ITALO CALVINO

Un ottimista in America

1959 - 1960

MONDADORI

ISBN 978-88-04-64487-3

© 2002 by Esther Judith Singer Calvino - Giovanna Calvino
e Arnoldo Mondadori Editore S.p.A., Milano

I edizione ottobre 2014

PREMESSA

Fra il novembre 1959 e il maggio 1960 Italo Calvino fece il suo primo, lungo viaggio negli Stati Uniti, un viaggio che per varie ragioni si può definire «iniziatico». Visse soprattutto a New York, la città da lui più amata, che lo assorbì «come una pianta carnivora assorbe una mosca». Visitò numerosi stati e centri urbani – Cleveland, Detroit, Chicago («la vera città americana, produttiva, materiale, brutale»), San Francisco, Los Angeles, Montgomery, New Orleans, Savannah («la più bella città degli Stati Uniti»), Las Vegas, Houston – incontrando scrittori, editori, agenti letterari, ma anche uomini d'affari, sindacalisti, attivisti per i diritti civili (primo fra tutti Martin Luther King), gente comune.

Tornato in Italia, rielaborò e dette forma compiuta agli appunti di diario e alle corrispondenze pubbliche e private di quel viaggio che lo aveva entusiasmato e arricchito. Era intenzionato a farne un libro «come i Viaggi *di Gulliver. Avventure, e soprattutto disavventure, non mi sono certo mancate».*

Nell'agosto del 1960, rispondendo a Carlo Bo che gli chiedeva di fare un bilancio di quel viaggio, Calvino disse: «Partendo per gli Stati Uniti, e anche durante il viaggio, spergiuravo che non avrei scritto un libro sull'America (ce n'è già tanti!). Invece ora ho cambiato idea. I libri di viaggio sono un modo

5

utile, modesto eppure completo di fare letteratura. Sono libri che servono praticamente, anche se, o proprio perché, i paesi cambiano d'anno in anno e fissandoli come li si è visti se ne registra la mutevole essenza; e si può in essi esprimere qualcosa che va al di là della descrizione dei luoghi visti, un rapporto tra sé e la realtà, un processo di conoscenza.

Sono cose di cui mi sono convinto da poco: fino a ieri credevo invece che sulla sostanza del mio lavoro il viaggiare potesse avere un'influenza solo indiretta. Qui c'entrava l'aver avuto per maestro Pavese, gran nemico del viaggiare. La poesia nasce da un germe che ci si porta dietro per anni, magari da sempre, diceva lui, press'a poco; cosa può contare su questa maturazione tanto lenta e segreta l'esser stato qualche giorno o qualche settimana di qui o di là? Certo, viaggiare è un'esperienza di vita, che può maturare e mutare qualcosa in noi come qualsiasi altra esperienza, io pensavo, e un viaggio può servire a far scrivere meglio perché si è capito qualcosa di più della vita; uno visita per esempio l'India e tornato a casa scriverà, meglio, non so, le memorie del suo primo giorno di scuola. Comunque, a me viaggiare è sempre piaciuto, al di fuori della letteratura. E a questo modo ho compiuto pure il mio recente viaggio americano: perché mi interessavano gli Stati Uniti, come sono fatti realmente, non, che so io, per un "pellegrinaggio letterario" o perché volessi "trarne ispirazione".

Però negli Stati Uniti sono stato preso da un desiderio di conoscenza e di possesso totale di una realtà multiforme e complessa e "altra da me", come non mi era mai capitato. È successo qualcosa di simile a un innamoramento. Tra innamorati, come è noto, si passa molto tempo a litigare; e anche adesso che sono tornato, ogni tanto mi sorprendo mentre tra me e me sto litigando con l'America; ma a ogni modo continuo a viverci dentro, mi butto avido e geloso su ogni cosa che sento o leggo di quel paese che pretendo d'esser solo io a capire. [...]

Aspetti negativi del viaggiare? Si sa, distrarsi da quell'orizzonte d'oggetti determinati che forma il proprio mondo poetico, disperdere quella concentrazione assorta e un po' ossessiva che è una condizione (una delle condizioni) per la creazione letteraria. Ma in fondo, anche se ci si disperde, cosa importa? Umanamente, è meglio viaggiare che restare a casa. Prima vivere, poi filosofare e scrivere. Gli scrittori innanzitutto vivano con un atteggiamento verso il mondo che corrisponde a una maggiore acquisizione di verità. Quel qualcosa che se ne rifletterà sulla pagina, quel qualunque cosa, sarà la letteratura del nostro tempo, non altro».

Poi, nel marzo del 1961 (come scrisse a Luca Baranelli in una lettera del gennaio 1985), quando aveva già corretto le seconde bozze e scelto il titolo – Un ottimista in America *–, Calvino decise «di non pubblicare il libro perché rileggendolo in bozze l'avevo sentito troppo modesto come opera letteraria e non abbastanza originale come reportage giornalistico. Ho fatto bene? Mah! Pubblicato allora, il libro sarebbe stato comunque un documento dell'epoca, e di una fase del mio itinerario, come Raniero [Panzieri] aveva visto».*

UN OTTIMISTA IN AMERICA
1959 - 1960

America a prima vista

Ero pentito di non aver preso l'aereo. Sarei arrivato a New York spinto dal ritmo dei grandi affari, della politica al vertice, dei personaggi sorridenti delle telefoto: la giusta via d'approccio per gli Stati Uniti d'oggi. Invece m'ero lasciato persuadere a prendere il piroscafo – «Vuoi mettere? È tanto bello!» –, il più moderno transatlantico americano in partenza da Le Havre. E così arrivavo invece già gravato dall'ombra d'un'altra America: un'America di noia provinciale, di anziane coppie di coniugi annoiati, di benessere senza slancio, di povertà di risorse vitali interiori.

Il bastimento è un mezzo di trasporto anacronistico, popolato, come le stazioni termali, di vecchi che passano le serate a giocare a *bingo*, una specie di tombola, o a scommettere su corse di cavalli filmate.

In mezzo a una pallida bruma, incappottato, sporgevo il collo dal bavero alzato la mattina del quinto giorno all'alba, sopracoperta, per distinguere New York. Ecco, all'orizzonte che schiarisce, tra le luci d'una sparsa costa, come una montagna che prende forma. E a un tratto è stato tutto giusto, non si poteva arrivare che così. Il viaggio, il diverso, ha senso soltanto se ci si paga l'arrivo:

11

e noi, privilegiati e nervosi, lo paghiamo appena con un poco d'impazienza.

Emersi dal cielo appena chiaro i grattacieli sono le rovine d'una mostruosa New York abbandonata di qui a tremila anni. No: è una massa porosa e quasi diafana, filtrante luci. Paiono luci dimenticate (nella fuga, dagli ultimi abitatori?) e infatti ora, qua e là, poi come tutte insieme, si spengono: è giorno.

I colori affiorano lentamente sulle forme massicce e plumbee e sono colori completamente diversi da quelli che la nostra memoria fotografica prevedeva, e ci si perde in un disegno di volumi e di forme sempre più complicato, minuzioso, labirintico. Tutto resta silenzioso e deserto; a un tratto: le auto! là alla base scorrevano scorrevano da chissà quanto tempo, come una corrente di formiche luminose, e non ce ne eravamo accorti.

Totem e lampeggiatori

Il fiume delle auto corre le strade e l'occhio dell'europeo in America è suggestionato nei primi giorni soprattutto dal fatto che queste macchine siano tutte lunghe, lunghissime, talora assurdamente lunghe e larghe.

Ma dopo qualche giorno questa soggezione delle dimensioni finisce, tutto diventa naturale, riportato alla generale scala di grandezze americane. E allora l'occhio dell'europeo – mentre avanza in mezzo alla corrente del traffico – comincia a essere attratto dalla varietà di forme che presentano le code delle auto.

Osservo le svariate forme dei fanali posteriori: ognuna sollecita riferimenti e suggestioni, dai più ovvi (gli enormi proiettori rotondi che ricordano gli inseguimenti tra *gangsters* e polizia come li abbiamo imparati al cinema) ai più segreti; non c'è tipo di lampeggiatore per cui non si possa fare tutto uno studio d'interpretazione simbolica, nel quadro della mitologia americana: lampeggiatori a pinna – omaggio delle origini, al mondo dei balenieri di *Moby Dick* –, o a freccia – omaggio agli indiani del Far West –, o a pinnacolo di grattacielo – omaggio alla prosperità dell'era americana –, oppure a missile, a razzo – omaggio votivo alla conquista dello spazio e all'incerto futuro.

Naturalmente, dato che siamo nel paese della psicoanalisi, molti lampeggiatori richiedono d'esser interpretati in quella chiave simbolica: i simboli maschili sono i più numerosi, ma abbondano anche quelli muliebri, a sancire la pacifica accettazione del matriarcato.

Ecco la coda bassa e larga di certe auto che s'inarca nel bordo superiore come una sottile e falcata linea di sopracciglia e, sotto, i fari sono due enormi oblunghi dardeggianti hollywoodiani occhi di diva.

Cercando posto in un affollato parcheggio – con l'impaccio che un ex guidatore d'utilitarie italiane ha nel destreggiarsi con una macchina americana troppo lunga – il mio sguardo è catturato come in un museo di totem, confuso fra tanti suggerimenti d'ideologia e di costume e d'allegoria esistenziale, e quasi ormai credo che le auto servano solo come tabernacolo di quegli oggetti magici, anzi non consistano in altro che in essi, siano fatte interamente di cristallo: e così in una operazione di retromarcia fin troppo cosciente e attenta – combattuto tra tremore religioso e istinto iconoclasta – calcolo male la sterzata e finisco, in un crollo di vetri infranti, per «bocciare».

La città delle scosse elettriche

Prime definizioni di New York: è una città elettrica, impregnata di elettricità, dove ci si carica di corrente a ogni passo, dove si prendono scosse dovunque si posi la mano. Scendendo da un'auto, all'afferrare la maniglia per chiudere lo sportello si sussulta: una scossa elettrica. In casa non puoi toccare il pomo d'una porta, una ringhiera, un rubinetto, un interruttore senza che il braccio sobbalzi indietro percorso da una scarica. Basta una corsa in taxi, basta entrare dal freddo delle vie al caldo eccessivo delle case, basta attraversare una stanza strascicando le pantofole sul tappeto, e ci si carica come accumulatori.

Già i miei riflessi condizionati sono all'erta, la mia mano esita prima di sfiorare gli oggetti più innocenti. Temo e attendo la scossa, se non viene resto deluso, ormai ne ho bisogno, la desidero. Talora anche una stretta di mano, una carezza sprigionano scintille. Una carica elettrica trascorre dalle cose al ritmo dei giorni, ai sentimenti, ai rapporti. È energia vera, o è un estremo impoverimento di tensione in noi che ci fa più sensibili all'energia che emana dalle cose?

Finita l'epoca eroica delle grandi avventure individuali e collettive, la coscienza americana langue oggi per mancanza di tensione, di scopo, in vista di un benessere che – raggiunto o da raggiungere – si configura come un tran-tran privo di slancio. Ma la tensione si sprigiona ancora dalle cose, dal processo economico, dalla febbre produttiva che vive al di là delle volontà umane. Il mondo delle cose è sveglio, insonne, lo anima una specie di implicita razionalità; mentre il mondo degli uomini somiglia talvolta a un sonnacchioso gestire d'automi.

Cerco il segreto di questo dissidio, il punto in cui l'energia umana dovrebbe inserirsi in quella delle cose, e non lo trovo, e strofino i polpastrelli punzecchiati dal pulviscolo elettrico di Manhattan.

Il taccuino delle ragazze

Che l'America non è più il paese dell'avventura, lo sapevo bene; ma che le giornate newyorkesi sembrino voler espellere ogni possibilità d'imprevisto fino a questo punto, non me l'aspettavo. Le settimane sono sempre preordinate in anticipo, la vita è governata dalla *schedule*, dal programma, dal taccuino; già venti giorni prima devi aver fissato gli appuntamenti d'affari della giornata, e con chi farai colazione, e il *cocktail-party* a cui sei invitato, e chi hai invitato a cena, e i ricevimenti serali in cui andrai a bere uno *scotch*. Se poi vuoi andare a teatro a Broadway, devi prenotare una poltrona tre o quattro o cinque mesi prima.

Anche le ragazze a New York lavorano tutto il giorno, e tutte le sere escono con un cavaliere. Se vuoi invitarle tu una sera, devi farlo almeno con un paio di settimane d'anticipo; lei consulta il suo taccuino, tu consulti il tuo, si concorda una data, si scrive il nome.

«Così, dapprincipio mi capitava d'accompagnare una ragazza diversa ogni sera, – dice Giovanni B., che, italiano, ama molto le donne. – Una sera, una m'interessò più delle altre; avevo fretta di rivederla, ma lei aveva già tutte le sue sere impegnate per due settimane, e io anche. Dovemmo rimandare di quindici giorni il nostro secondo appuntamento; mi pareva di morire nell'attesa. Quando finalmente ci rivedemmo, non era più così bello; io non potevo togliermi di mente un'altra ragazza con cui ero uscito nel frattempo, e che avrei rivisto di lì a due settimane; a lei era capitato lo stesso con un altro cavaliere. Così ho continuato

15

per mesi a inseguire ragazze da cui mi separava una lunga lista d'appuntamenti programmati settimane prima, innamorandomi d'ognuna e dimenticandomi d'ognuna prima di raggiungerla una seconda volta. Ero alla disperazione».

«E poi?».

«L'incantesimo si è rotto con Muriel: abbiamo cominciato a uscire *steadily*, cioè tutte le sere, coppia fissa».

«Allora, sei felice?».

«Macché. Ora sono legato mani e piedi. Tutte le sere con lei. Dimmi: è una vita?».

L'America non è americanizzata?

La prima impressione del viaggiatore a New York è che l'America non sia affatto americanizzata, che siamo più americanizzati noi di loro. Comincia a scandalizzarti il fatto che non si riesce a conoscere un newyorkese che possieda l'automobile (perché non si saprebbe dove parcheggiare; quindi tutti preferiscono andare in taxi). Negli uffici (aziende private ed enti pubblici) all'europeo che s'aspetta di trovare la rigorosa efficienza dell'*organization man* pare soltanto di vedere una volenterosa approssimazione, una buona volontà familiare. E ti sembra che la gioventù non vesta in fogge americane come da noi, e non sappia cosa siano quei biliardini elettrici che da noi si chiamano *flippers*. (Qui si chiamano *pin-ball-machines*, ma per trovarli bisogna andare in un apposito locale a Times Square). E via dicendo: non ultima, l'impressione che questo sia l'unico angolo dell'universo dove la Coca-Cola non ha fatto breccia.

Nello stesso tempo t'accorgi che è proprio tutto quello che vedi a essere America, più America dell'America che c'è ormai anche da noi. L'americanizzazione che c'è da noi non è altro che l'immagine del contrasto tra un livello tecnologico-produttivo-distributivo più avanzato, cui una parte dell'umanità è arrivata, e un livello tradizionale immobile, da cui un'altra parte dell'umanità trova sempre più difficoltà a uscire. Qui invece vecchio e nuovo sono rami della stessa pianta: l'organismo accumula e trasforma le sue contraddizioni in un processo di crescita continuo e quasi animale.

A cavallo per le vie di New York

Ho capito come dominare New York: andare a cavallo. Nei primi giorni non sapevo. Volevo affittare o comprare usata una di queste auto dalla coda lunghissima, solo per avere il senso dell'inserimento nella vita americana; ma tutti mi sconsigliano, quella è la via sbagliata, avere una macchina a New York è un disturbo: se per miracolo trovi da parcheggiare la notte davanti a casa, di mattina presto devi scendere a spostare l'auto sul marciapiede opposto perché è scaduto il tempo consentito: i newyorkesi veri vanno tutti in taxi. Giusto: ma non si risolveva il mio problema.

Adesso, finalmente ho capito qual è la prima cosa che deve fare uno straniero a New York: affittare un cavallo. È, oltre tutto, la giusta via d'approccio all'America, la via storica, perché partendo dal cavallo potrò seguire l'evoluzione dei mezzi di trasporto che hanno caratterizzato la storia americana, e, se è il caso, arrivare alla Cadillac.

Il guaio è che questa è la prima volta che monto a cavallo in vita mia. Per arrivare a Central Park, siccome la scuderia è piuttosto lontana, nel West Side (una delle poche superstiti tra le molte scuderie che erano qui intorno), devo cavalcare per una via piena di traffico e attraversare due *avenues*.

Dall'alto della sella, domino i tetti delle auto, obbligate a rallentare dietro il passo del cavallo, prudente sull'asfalto. Sprovvisti di senso epico, i monelli portoricani che giocano sui marciapiedi mi danno la baia.

A Central Park, buon fondo un po' fangoso; per i prati corrono i soliti scoiattoli; intorno, nell'aria meravigliosamente serena s'alzano i grattacieli; rimbalzo in arcioni cercando invano di prendere il ritmo del trotto; l'amazzone che mi accompagna, leggera in sella, mi grida istruzioni tecniche che non capisco; il mio cavallo s'invischia in pantani o si caccia sotto fronde basse in cui m'impiglio; la bianca scia d'un reattore si perde sopra i grigi grattacieli che sfumano *downtown*; e questa città, che è sempre stata degli ultimi venuti, da oggi è mia.

L'inserimento

Ma New York non è America: questa è la prima cosa che ti dicono arrivando. E cos'è New York, allora? Europa? Neppure: è un continente a sé, a pari diritto delle due Americhe, dell'Europa, dell'Asia, Africa, Australia.

Prima di tutto New York è un ritmo, un'estrema concentrazione di movimento nello spazio come nel tempo, il senso d'un'attività assoluta. Attività certo, ma a far cosa?

Questa Manhattan (è di Manhattan che parlo, di solito, quando dico New York; non mi muovo quasi mai dall'isola) non si può dire una città industriale. D'industrie, oltre quella degli abiti fatti, c'è quella della carta stampata: libri, giornali. (Più, si capisce, il porto). Ma tutta l'industria americana gravita qui per la finanza, le banche, la borsa; per la direzione degli uffici vendita; per i servizi pubblicitari e di *public relations*; per le fondazioni culturali che assorbono denari altrimenti destinati al fisco.

È il cervello del mondo industriale, Manhattan, separato dal corpo. Un sospetto come di muoverci in un mondo completamente astratto aleggia nel febbrile clima produttivistico di New York, sui perfetti grattacieli di acciaio e vetro di Madison Avenue. Siamo su un'astronave? È una città questa o un organismo innaturale, un universo-ufficio sospeso nel vuoto?

Ma no: non sappiamo forse che il mondo di domani sarà tutto così? Le fabbriche interamente in mano agli automi, ai congegni elettronici, forsennatamente produttive, e noialtri tutti dediti a pensare dalla mattina alla sera nuovi usi per quelle macchine che non si possono fermare; se per un minuto i cervelli elettronici o quelli umani smettono di funzionare, è il disastro.

Quindi sono qui e voglio vivere questo ritmo. Ma come faccio se il mondo della grande industria mi ha qui invitato (indirettamente: attraverso la provvida, mai abbastanza lodata *foundation*) con l'etichetta di «scrittore»? Figuriamoci se sono venuto a New York per fare la vita dello scrittore! Lo scrittore, gira gira, è un mestiere che è uguale dappertutto. Qui poi, gli scrittori sono decine di migliaia, come i poeti nell'Italia meridionale, con la differenza che in America si è scrittore di professione, cioè, in una maniera o nell'altra, ci si campa. (Non lo dico mica per dire che è bene; avrete capito, spero).

Dunque, offrendo New York la possibilità di scelta tra due tipi di vita: lo scrittore e l'uomo d'affari, scelgo il secondo. Sono o non sono un *manager* d'una importante azienda editoriale italiana? Mi fingerò in viaggio d'affari. Subito le mie settimane sono piene d'appuntamenti, di riunioni, di visite, d'incontri: vivo di corsa, tra un'azienda e l'altra, tra un agente e l'altro, già tra i dirigenti delle case in concorrenza s'è sparsa la voce delle mie visite: «Da te è venuto? Da me viene domani», «Ha comprato? Ha venduto?», le mie colazioni sono ormai soltanto d'affari (*business-lunches*), i miei *cocktail-parties* sono *business-parties*, e già invidio coloro che, più inseriti di me nel sistema, riescono ad avere dei *business-breakfasts* alle sette e mezza del mattino.

Ma i miei affari sono eterei, impalpabili, inafferrabili; forse riuscirò a salvarmi dalla fine classica dei *businessmen*, l'infarto. Che razza di merce sono venuto a cercare? Il sapore delle ore di Manhattan, le ore del *manager*, della onnipotente segretaria, della telefonista che mangia canditi, del negro dell'ascensore, il tonfo della posta imbucata giù per il condotto verticale dal ventesimo piano; tutto qui. La merce che tratto sono immagini, materiale grezzo per riflessioni: faccio incetta d'immagini d'America, cerco di piazzare immagini d'Europa.

Ma cosa c'è di diverso, tra me e loro, loro che fanno sul serio? Non è questo che vogliamo tutti noi, questo senso di partecipare al meccanismo, di sentirci inseriti, e tutto il resto, i prodotti, i denari, non sono che un pretesto?

A colazione, a mezzogiorno preciso, noi *businessmen* preferiamo certi ristoranti semibui, dalle luci smorzate sui tavolini sotto paralumi rosa o azzurri, e dai rumori attutiti da tendaggi e tappeti. Questa luce da acquario ci calma, e possiamo cominciare, coi martini, la nostra giornata alcolica, intavolare trattative con gesti lenti, come i movimenti dei pesci nell'acquario, e le parole si formano sulle nostre labbra e si staccano, vuote, intercambiabili, come bollicine d'aria...

Il villager

Forse faccio male ad abitare al Greenwich Village. È così poco New York, proprio perché è il cuore della vecchia New York, della *downtown* dove le vie non si chiamano con numeri ma ancora con nomi come un tempo, e non seguono il simmetrico tracciato a scacchiera, ma un tessuto fitto e irregolare. Il Village vuol «far Parigi», Rive Gauche, ma in fondo è una somiglianza involontaria che da quando è stata scoperta fa di tutto per farsi credere volontaria. Forse somiglia di più a Soho, anche perché i «nativi» del Village sono italiani, famiglie meridionali stabilite qui da cinquant'anni e più, estrema testa di ponte verso nord del grande agglomerato italiano di Downtown, che giù confina con i fitti quartieri ebrei e giunge fino alla città cinese, mentre sull'East Side risale ancora a nord, aggirando l'isola dei russi e dei polacchi e perdendosi poi nelle sue estreme propaggini tra i territori dei greci e degli armeni.

Molti italiani del Village, ora, non più poveri, hanno case in campagna, ma ancora restano abbarbicati all'antico quartiere, per mandare avanti i ristoranti e le botteghe. Con lo strato sociale successivo di abitanti del Village, quello della *bohème* intellettuale (l'invasione degli artisti cominciò negli anni '10 attratta dagli allora bassi affitti), la convivenza non è sempre facile. Certo ora la *bohème* giovanile del Village s'è identificata in gran parte con i *beatniks*, che hanno apparenze un po' troppo antigieniche e scostanti per esser considerati buoni vicini di casa, eppure gli aborigeni italiani è sull'atmosfera *beat* che ora campano e mandano avanti i loro esercizi. Infatti, il folklore intellettuale del Village (le dizioni di versi *beat* con musica jazz, ma anche semplicemente lo spettacolo dei tipi che si vedono passare per le strade o al caffè Reggio) è diventato un'attrattiva turistica per gli stessi newyorkesi e alimenta una corrente di turismo interno cittadino verso le vie italiane come MacDougal Street e Bleecker Street. Però un'alleanza non si può dire che sia nata: i giovanotti siciliani, anche se americanizzati da tre o quattro generazioni, conservano particolari idee sui rapporti con le donne e una riottosità paesana verso le usanze strane. Spesso nascono risse tra siciliani e *beatniks*, la polizia interviene con arresti in massa, e i turisti domenicali tornano spaventati a Uptown.

Poco resta dello strato sociale antecedente a tutti questi, l'ambiente signorile ottocentesco della Washington Square dei tempi di Henry James, di cui sopravvivono gli agiati e decorosi palazzi di pietra rossoscura (*brownstones*), dai portichetti neoclassici, alti sulle scalette che scavalcano il vallo del seminterrato.

Un altro strato benestante e benpensante, di nuovo conio, questo, ora preme sul Village: gli abitanti degli enormi edifici moderni che continuano a crescere. Perché la speculazione edilizia minaccia il Village: le vecchie case vengono buttate giù, e al loro posto sorgono massicci grattacieli da appartamenti in ferro e vetro.

Ieri a un angolo di Sixth Avenue una ragazza dall'aria della studentessa attivista faceva firmare ai passanti l'ennesima petizione per la salvezza del Village, per preservare le caratteristiche contro l'invasione degli speculatori. Ho firmato. Siamo molto attaccati al nostro quartiere noi del Village. Non scherzo. C'è tanto di fasullo nel Village che mi sta sullo stomaco, eppure sono un *villager*, leggo ogni settimana la «Village Voice» coi *cartoons* di Pfeiffer, non potrei vivere che qui, ogni angolo di strada che buttano giù, ogni grattacielo che cresce (e qui fan presto, da una settimana all'altra) soffro come fossi a casa mia in Riviera.

Abitare al Village non è facile. Gli alberghi che non superano i sei dollari al giorno sono sudici, cadenti, puzzolenti, polverosi e d'ognuno venivo a sapere che c'era vissuto per qualche mese Jackson Pollock; l'urlo di disperazione dei suoi quadri ora per me resta legato al ricordo della mia prima stanza d'albergo newyorkese, la scaletta di ferro lurida e rugginosa davanti alla finestra su un budello di cortile dove non entra mai il sole.

Poi, per sette dollari al giorno mi sono accordato con un vecchio albergo signorile e spazioso all'inizio di Fifth Avenue, dove aveva soggiornato Mark Twain, ed ora abitano soprattutto vecchie signore. Qui, rispetto al Village, ho una posizione d'egemonico distacco, come un residente del ceppo più antico, che ne conosce tutta la storia, rimpiange i guasti che fa il tempo, ma pure li sente come continuazione d'una sua storia propria.

E così è, infatti. «Non sapete, – dico agli amici di Uptown che, magari nati e cresciuti a qualche chilometro più in là, non sanno nulla di nulla, – non sapete che qui tutt'intorno era la *farm* di un certo Randall, che la lasciò in testamento come ospizio per i vecchi marinai? E che l'ospizio non riuscì mai a funzionare perché i marinai si facevano ricoverare durante la settimana, ma appena c'era il servizio religioso in chiesa scappavano nelle bettole del porto? E che l'ospizio esiste ancora di nome ed è una società fondiaria che possiede ancora molte delle case qui intorno?». Storie che ho sentito raccontare l'altra sera da qualche inquilino d'una vecchia casa, e subito entrate a far parte del mio bagaglio storico; o che ho trovato in uno dei tanti libri su questo quartiere. «E lo sapete perché Broadway dalla 10ª Strada in giù continua storta? È che qui c'era la fattoria del vecchio Brevoort che fece resistenza a schioppettate contro quelli dell'impresa delle strade, perché volevano tagliare il suo albero favorito, un olmo; e tanto fece che l'ebbe vinta, e questo tratto di Broadway fu tracciato per storto, per salvare l'olmo del *farmer*…».

L'importante, appena arrivati in un posto, è sentirsi un passato dietro le spalle, magari tutto opinabile, aneddotico e leggendario, ma pur sempre un passato. Venire in America vuol dire lasciarsi alle spalle la storia europea, che qui non ha più corso, e lo storicismo europeo, che qui non si sa cosa sia; e subito, in cambio, s'acquista questa smania di salvare – in mezzo a una realtà che d'anno in anno si trasforma, dove il paesaggio, le case, la razza e il ceto della gente, tutto è labile – dei rimasugli di ricordi tramandati, un pathos di gracili memorie, una suggestione di spirito locale.

Ecco perché sono diventato un *villager*. Non per scelta: in America nessuno ha scelto un luogo piuttosto d'un altro: ci si capita per caso e subito lo si fa proprio. E non perché è il quartiere degli intellettuali, ma perché è proprio tornando qui ogni sera che mi sento perfettamente «inserito»: da una parte la febbrile vita industriale, dall'altra la «pietas» del passato, la nostalgia della vecchia America. Sono due aspetti complementari, non può darsi l'uno senza l'altro.

Poi, mi piace fare il cicerone di New York ai newyorkesi: l'unico modo di non sentirsi turista è di considerare turisti i residenti. E dove si può fare questo, meglio che al Village? «Ma come, non sapete che lì girato l'angolo c'è Patchin Place, un cortile rimasto intatto dal tempo in cui c'erano le scuderie? Non conoscete la casa più vecchia di New York a Bedford Street? Ci stavano gli schiavi; qui intorno era campagna. Ma come, non avete mai visto dietro questo muro il vecchio cimitero degli ebrei portoghesi? Non avete visto i lampioni a gas a MacDougal Alley? E in quella casa abitava John Barrymore, finché non lo sfrattarono perché si costruì un giardino con aiole e fontane all'ultimo piano e fece marcire mezza casa». (Non è vero; la casa non c'è più; tutto è cambiato). «E ora vi faccio vedere dove stava Edgar Allan Poe». (Figuriamoci: non esiste più nulla di quell'epoca qui intorno). «E qui ci fu la prima agitazione sindacale della storia d'America: gli spaccapietre, per protestare contro l'impiego dei forzati di Sing Sing nella costruzione dell'università; ci fu uno scontro con le guardie a cavallo, proprio qui a quest'incrocio...».

Vantaggi del provvisorio

Amare una città ha sempre una controparte di sofferenze: vedere le immagini delle strade amate cambiare, le armonie antiche sconvolte, il nuovo esser sovente più brutto e sempre incommensurabile al passato. Per chi vive nella scriteriata Italia d'oggi, questo strazio è quotidiano: e non è consolazione il pensare che forse è stato sempre così in tutti i tempi.

Anche per New York è così. Sono stato via due mesi e non riconosco più i luoghi: case che prima non c'erano, prospettive scomparse. Eppure qui non si prova lo stesso senso che in Italia. Perché da noi chi vede sorgere un brutto edificio di speculazione ha il senso d'un imbruttimento definitivo, sa che lo avrà davanti agli occhi tutta la vita, che lo vedranno i suoi figli e i suoi nipoti. Qui no: una casa media dura al massimo trent'anni, ma molte se ne buttano giù dopo dieci o dopo sette. Il paesaggio urbano cambia con un ritmo tanto veloce che non riesci a legarti se non alla sua capacità di trasformazione, ai segni costanti della sua provvisorietà, gli steccati e le impalcature e le benne; e a quei luoghi privilegiati che per una particolare grazia o pregio riescono a superare i traguardi dei cinquant'anni, dei settanta, dei cento e aprono i rari e perciò ancor più patetici spiragli sul passato. Quando questi luoghi «antichi» vengono minacciati allora l'offesa è sentita in modo più grave che da noi, e il patriottismo civico insorge.

Ma sempre resta questa consolazione: alla provvisorietà del bello corrisponde la provvisorietà del brutto; una casa brutta dura poco: si tratta solo d'aspettare.

«Certo era americana, – scrive nel suo diario Giovanni B., l'italiano che non pensa che alle donne, – americana nel modo di vita, nella mentalità, nei gusti, nell'amore. E così gioiosamente entusiasta, senza problemi, lontana da tutte le idiosincrasie femminili europee». Io che sempre, arrivato in un posto, non vedo l'ora di conoscere la vera rappresentante di quella civiltà, il prototipo, non potevo certo lamentarmi di Joan, la mia prima *girlfriend* newyorkese. Eppure, il tipo fisico, il portamento, anche il modo di vestire: no, tutto questo non corrispondeva alla mia idea della ragazza americana. E a tratti ne sentivo, lo confesso, come annebbiata la mia contentezza, come qualcosa che non riuscivo ancora ad afferrare.

Una sera, mentre lei mi parlava di sé, ebbi la chiave. C'era una ragione tanto semplice: era russa! Padre oriundo di Kiev, madre di Odessa, emigrati qui da cinquant'anni. Come avevo fatto a non accorgermene? Quell'incarnato, quel sorriso, quello chignon: una russa! Quel modo d'alzare le braccia ridendo! E il vestito col bordo di pelliccia, il falpalà! Una ragazza di Čechov! Ora l'avevo inquadrata perfettamente: e mi piaceva anche di più.

Però: l'americana; mi restava quel problema. Ero già a New York da un paio di settimane, e non avevo conosciuto *la* newyorkese. Presi a uscire con Judith. Questa veramente, nel tipo, nel modo di ridere, non dico che mi piacesse più di Joan, ma era – come dire? – assolutamente tipica. Volevo spiegarle questo concetto, in un intervallo del jazz. «Sai, la prima ragazza che ho conosciuto a New York era russa…».

«Anch'io sono russa» disse Judith.

I suoi nonni sia paterni sia materni venivano dalla Russia. I loro veri cognomi, difficili da *spell*, erano stati subito cambiati in altri cognomi anglosassoni, comuni.

«Sai, anche Betsy è russa, e Liza, e Maude». Tutte le ragazze che conoscevo a New York erano russe. L'unica che non lo fosse, Annie, era polacca.

Mi prese la smania d'incontrare una ragazza di famiglia anglosassone, una, una sola. Ma dove si trovano a New York i discendenti degli inglesi? Irlandesi, quanti se ne vuole, tedeschi, italiani, armeni... Finalmente conobbi Sylvia, che veniva su dal Maryland. Vecchia famiglia inglese, presbiteriana: *old settlers*. Però non s'andava d'accordo. Finì subito.

Ma perché cercavo un'anglosassone, poi? Ormai sapevo che sarebbe stata un'eccezione, una stranezza. Non cercavo la tipica newyorkese? E l'avevo, l'avevo dal primo giorno, Joan, la mia prima ragazza, lei che rappresentava lo spirito di questa città dove i *natives* sono gli *aliens*, dove ognuno è venuto da fuori (o c'era venuto suo padre, o suo nonno, o tutt'al più suo bisnonno) e per questo è subito la città di tutti...

La scuola della durezza

Ciascuno dei gruppi etnici che compongono il calderone americano ha perduto, nei duri anni di lotta per la vita, qualcosa delle sue caratteristiche e ne ha rinvigorito e ispessito altre. Quelli che più di tutti e più a lungo hanno sofferto dello spaesamento sono gli italiani. In gran parte staccatisi da un'Italia prenazionale, dai paesi del Meridione da pochi decenni annessi allo Stato italiano, arrivarono qui senza nessun'altra esperienza di civiltà se non quella agricola-pastorale, altro mezzo d'espressione che il dialetto, altra cultura che un folklore semicattolico e semipagano.

Come usciti dal grembo della natura biologica, si trovarono di punto in bianco scaraventati in mezzo all'impetuosa crescita della società industriale e dell'urbanesimo: ancora negli occhi dei figli dei figli è rimasto qualcosa di cupo e sbigottito, come se non fossero liberati del tutto della tensione di diffidenza dei primi anni dopo lo sbarco. I pochi elementi di coscienza italiana è qui che li acquistarono, per patriottismo di gruppo e di quartiere: impararono che potevano essere orgogliosi di Giuseppe Verdi e in seguito di Benito Mussolini; non seppero mai saldarsi con uno strato d'intellettuali, quale poteva essere quello costituito dai connazionali esuli politici, prima e durante il fascismo, e quindi non ebbero altri capi e altri ideali che quelli della politichetta affaristica rionale.

Ma non sono i soli ad esser così: non c'è gruppo etnico che sia uscito indenne dal trauma che costò a tutti l'inserimento nel nuovo mondo. In America, dove la parola «patetico» è usata solo in senso limitativo e spregiativo, ogni peculiare coloritura di quella dimensione umana che è il pathos pare cancellata. Gli anglosassoni hanno perso l'ineffabile guizzo di follia che è il fascino dei cittadini britannici; i tedeschi hanno perso quella rosea giovialità da bambini non ben sviluppati; i russi hanno inghiottito l'estroversione dei sentimenti e dei conflitti interiori; gli italiani hanno perso ogni traccia del nativo brio peninsulare; gli ebrei, che per unico denominatore comune hanno quello di portare per il mondo la fiammella d'un pathos che brilla al di là d'ogni miseria umana, qui sono tutto fuor che patetici, e la fisionomia ebraica che dopo un po' impari a riconoscere in certi omaccioni sbrigativi e *tough* che fanno i guidatori di taxi non entra per nulla negli schemi che ci siamo costruiti in Europa.

Resta il gran mare del popolo negro che nella ricchezza naturale della sua vitalità mescola e unisce violenza, abbandono alla gioia di vivere, buffoneria, struggente compassione di se stessi. E restano le compatte isole cinesi che paiono resistere al ritmo e alla durezza della società che le circonda, mantenendo nelle loro strade un'animazione minuta, di piccoli traffici, di stridulo vocio, di gaiezza operosa, di civile benessere. I cinesi pare abbiano il monopolio dell'onestà: Chinatown è l'unico quartiere popolare dove la polizia non debba combattere una delinquenza giovanile. I negri pare abbiano il monopolio della felicità fisica: il Palladium, il *dancing* della gente di colore nel quartiere di Broadway, è l'unico luogo dove puoi vedere una gioventù che esplode di bellezza e forza e armonia e spontaneità esistenziale.

A unire tra loro tutti i gruppi, al di là degli antichi asti e rivalità, è un senso di mutua intesa, quella sorta di complicità che lega chiunque ha scelto di vivere negli Stati Uniti, a qualsiasi livello economico e intellettuale appartenga. Complicità nell'aver voltato le spalle ai sistemi di valori delle terre d'origine, tradizionali o innovatori che fossero, e accettato le regole del gioco americane, la priorità del denaro, il valore umano che ha per prova la contesa economica, il fondo duro e spregiudicato sul quale si potranno poi costruire (con non maggiori rischi d'ipocrisia che altrove) una morale e una virtù.

La sociologia e il calderone

M'accorgo che più sto qui e più ogni discorso generale diventa difficile. Giro, osservo, ascolto, scrivo, e sento sempre di più l'insoddisfazione di chi azzarda approssimazioni su approssimazioni... Ormai, non resta che dare la parola ai sociologi, ai freddi raccoglitori di dati. Basta un breve soggiorno in America per rendersi conto del perché questo è il paese delle inchieste sociologiche, dei sondaggi Doxa, delle ricerche di mercato. Nessuna forma di conoscenza e di previsione pare possibile, di fronte a un mondo umano così cangiante, se non basata su una dettagliata accumulazione di dati, su scandagli statistici minuziosi, sempre più minuziosi, fino a annegare in un mare di cifre e risposte e notizie che non si possono più mettere insieme, che non significano più nulla...

L'eredità africana

Certi negri non sanno nemmeno d'essere negri. La donna di servizio di certi miei amici sostiene d'essere pellerossa. «*I'm colored but not a Negro. I'm an Indian*». È senz'ombra di dubbio una negra d'origine africana, potrebbe magari discendere da un popolo nobilissimo, da una famiglia regale, ma non la sfiora nemmeno il sospetto che ci possa essere una gerarchia di nobiltà d'origine anche tra i negri. È affascinata dal mito degli indiani delle antiche tribù, gli unici che possano vantare un'aristocrazia non solo su tutti i *coloreds* ma sugli stessi bianchi, perché più «americani», stabiliti su queste terre da sempre.

Il culto dei negri per il loro passato africano sta nascendo adesso, come tendenza intellettuale, da quando essi cominciano a vedere un legame tra le loro rivendicazioni d'uguaglianza e il movimento d'emancipazione del mondo coloniale. I negri cominciano a capire che l'Africa non è un motivo di vergogna, come sempre i bianchi hanno fatto loro credere, ma può essere un motivo d'orgoglio. L'arte africana, i nomi degli antichi popoli, i loro riti e costumi sono ora oggetto d'una specie di moda tra le *élites* negre americane. Una commedia d'ambiente negro che si dà ora a Broadway

(*A Raisin in the Sun*), a tendenza di moderato liberalismo razziale, prende in giro questa infatuazione. Di fatto, una tale tendenza che potremmo chiamare «neoafricanista» rischia di diventare una risposta al razzismo in termini razzisti; ma è nello stesso tempo l'acquisizione del senso d'appartenere a una «storia», da parte di chi ne era stato sempre escluso.

L'ondata cattolica

Una statua fatta in serie, di plastica o di gesso, bianca, tutta drappeggi, ti segue dappertutto per le vie di Boston: sul cruscotto dei taxi, negli autobus, sui manifesti, nelle vetrine. «*Our Lady of United States*». La Madonna. Scolpita in enormi dimensioni, la stessa statua sarà posta a sovrastare la città, illuminata la notte dai riflettori, a sancire la conquista cattolica dell'antica capitale del puritanesimo.

Per Natale, se New York è il regno di Babbo Natale (Santa Claus), Boston è il regno del presepio. Lo sfavillare di luci del Don Bosco Shrine dichiara la rivincita del gusto sfarzoso dei cattolici sull'austerità protestante.

Ma la nuova Boston dei conquistatori, industriale e plebeo-borghese, è plumbea e tetra, quanto la vecchia Boston protestante, mercantile e manifatturiera, era arcigna e aristocratico-intellettuale. Le due tetraggini si sono sommate. Il cattolicesimo irlandese (o irlando-siculo), cresciuto su terreno protestante, non porta con sé ventate di pagana gaiezza e indulgenza latina. È più buio e fanatico del suo predecessore.

L'espresso-place

Il più recente apporto italiano alla cultura degli Stati Uniti è il caffè: inteso nel duplice senso di bevanda e di locale di ritrovo.

La moda degli *espresso-places* trionfa da qualche anno a New York e si sta estendendo a tutto il paese. Certo, sono felice quando posso bere un caffè «all'italiana» (quello che si chiama caffè in America è un'altra cosa, una bevanda calda con un leggero aroma, con cui si può pasteggiare). Ma non riesco a far capire agli americani l'invincibile disagio che mi comunicano questi locali dove «l'atmosfera italiana» è creata con la semioscurità, i tavolini di marmo, i busti d'imperatori romani, le croste di quadri pseudorinascimentali, un altoparlante che canta pezzi d'opera. Al banco troneggia una macchina da espressi del tempo di re Umberto, con aquile e colonne e angioletti, tutta laccata in oro; più la macchina ha l'aria antiquata e sbuffante, più si pensa che il caffè sia autentico.

Il caffè negli *espresso-places* si prende sempre da seduti, e costa da 25 a 75 *cents* a seconda delle varie specialità. La consumazione dev'essere scelta in un lungo menu, dove è scritta per ogni tipo di caffè una spiegazione della ricetta e talvolta delle note storiche. «Roman Espresso»: *Caffè italiano con una scorza di limone servito in bicchiere.* «Caffè Borgia»: *Caffè italiano e schiuma di latte coperta di cioccolato grattugiato d'importazione.* «Cappuccino»: *Un preparato di latte caldo e cannella è aggiunto al Caffè Espresso. Mistura speciale che si dice sia stata elaborata dai monaci Cappuccini, secoli fa.*

Gli *espresso-places* sono gestiti spesso da nuovi venuti, italiani nati in Italia, non dai soliti italo-brooklynesi che queste finezze non le conoscevano. E non c'è operazione mentale più difficile, mi sembra, di quella con cui costoro riescono a cancellare ogni ricordo di cosa l'Italia è veramente, inventare un'Italia irreale, che corrisponde proprio a quella che gli americani si aspettano che sia. O forse, ci credono anche loro, forse pensano anche loro che il concetto «Italia» possa essere pensato solo in questi termini allegorici, i busti romani, le romanze della *Tosca*, e tutto il resto sia vuoto, nulla, nebbia informe e irricordabile, anonimo scenario delle loro vite anonime di «prima»?

L'invasione portoricana

L'isolato di fronte aveva quasi tutte le finestre accese; a frammenti, a ritagli, a spicchi, un divincolarsi di vite familiari serpeggiava per centinaia di stanze.

«Portoricani, – disse l'amico che mi ospitava; stavo guardando dalla finestra di casa sua, giù in una via dell'alto West Side, – qui intorno ce n'è pieno. D'estate tengono le finestre aperte. Li vediamo dormire nei loro letti, far l'amore, allattare i bambini, picchiarsi, ubriacarsi, tutto. Qualche anno fa questa era ancora una buona strada residenziale. Ma presto dovremo cambiare alloggio».

Come sapete, a New York l'indirizzo, il numero della strada e della casa è tutto: quando un quartiere comincia a essere abitato da una popolazione diversa, i vecchi inquilini sciamano via. «Ti nuocerebbe nella professione abitare in una strada invasa dai portoricani?» domando.

«Non è questo, – mi risponde. – È che siamo sfrattati. Il padrone di casa non trova più conveniente affittare appartamenti così grandi. Preferisce dividere quest'appartamento in tre e affittarlo ai portoricani: ci guadagna di più».

Siamo in una casa dall'aria signorile, dagli ambienti spaziosi, i camini di marmo, costruita una trentina d'anni fa. Presto sarà declassata a *slum*. Il West Side ha ancora dei buoni appartamenti ad affitti relativamente bassi: case del tempo in cui questa era una zona residenziale privilegiata, cioè di prima che i prezzi cominciassero a calare per lo spostamento degli alloggi di lusso dalle rive dell'Hudson a quelle dell'East River. La popolazione più ricca prese a gravitare sui nuovi palazzi costruiti al posto delle catapecchie dell'East Side; e intanto nel West Side, cadute le discriminazioni, s'insediava la media borghesia intellettuale ebrea, nata nei poveri quartieri di Downtown e dei «borghi». Adesso è giunto anche per loro il momento di scappare, lasciando il passo all'ondata dei portoricani.

Appena arrivato, vedendo le contraddizioni di New York (la generale professione di fede nell'uguaglianza delle razze, e le discriminazioni rigorose che vigono nei quartieri distinti e in certi alberghi) m'ero fatto uno schema di quello che poteva essere il perfetto modo di ragionare d'un padrone di case, pressappoco in questi termini:

«Ho dei soldi da investire, costruisco una serie di palazzi di lusso, per tenere alti gli affitti impedisco l'accesso al quartiere agli italiani, agli ebrei, ai negri e agli *indios* portoricani. Coi profitti potrò sovvenzionare associazioni contro l'intolleranza razziale, comitati per la fraternità tra i vari gruppi etnici e religiosi, movimenti per l'uguaglianza della gente di colore».

Invece ora mi rendo conto che il ragionamento tipico del perfetto proprietario immobiliare è sensibilmente diverso, e potrebbe essere enunciato così:

«Ho dei soldi da investire, compro una serie di palazzi di lusso, li apro a italiani, o ebrei o negri o portoricani che ne erano esclusi, faccio così scappare gli inquilini di alto rango, riduco a *slums* i palazzi moltiplicando gli appartamenti e gli introiti. Coi profitti potrò sovvenzionare associazioni per la difesa della razza bianca, movimenti antisemiti, *clubs* aperti solo agli anglosassoni protestanti».

L'*Actor's Studio*

Un giovane a letto, che dorme. Comincia a muoversi, alza il capo, poi ripiomba sul cuscino. Fa per levarsi, lentamente, si ributta giù, sprofonda il viso, s'agita. Si siede sul letto. È preso dalla disperazione, dice: «*God*». Cerca di dormire ancora. No, si alza. Tutto questo avviene lentamente, in silenzio. Intorno, sedute sulle panche d'un teatrino circolare, un centinaio di persone osservano attentamente.

Siamo all'Actor's Studio, a New York, un martedì o un venerdì mattina. Da fuori si sentono fischi di sirene. Siamo nel West Side, in un quartiere vicino al porto. Due volte alla settimana, attori e registi si riuniscono qui la mattina dalle undici all'una per assistere a un paio di esperimenti di recitazione di loro colleghi, e discuterli con loro. Un signore dalla testa bianca e dal volto impassibile che siede in mezzo è il direttore, Lee Strasberg. Quando gli altri hanno finito di parlare, dice la sua. Spesso i suoi interventi sono vere e proprie lezioni, secondo gli spunti offerti dall'occasione: lezioni di psicologia della recitazione, o di tecnica della regia, o commenti a un testo o a un autore.

Adesso il giovane attore ha acceso una sigaretta, l'ha buttata via, si è alzato, si è messo i pantaloni, è andato alla finestra, è sempre più disperato. Stiamo assistendo a un tipo di esercizio inventato – mi dicono – da Strasberg, che si chiama «un momento privato». L'attore deve, senza testo scritto, rappresentare un suo problema psicologico. Gli esercizi si svolgono con estrema lentezza: una delle caratteristiche dell'Actor's Studio è permettere agli attori di svolgere i propri temi scenici al di fuori dei normali limiti di tempo imposti dalle esigenze di spettacolo.

Il giovane ha messo un disco e pare un po' meno disperato. No, interrompe il disco, ha una ricaduta. Ora va alla finestra, fuma, torna a mettere il disco. Ci siamo: comincia a fischiettare! Siamo a posto, la disperazione è superata, ce l'ha fatta.

Terminata l'azione scenica, l'attore deve spiegare ai colleghi cosa ha voluto fare, le difficoltà che ha incontrato nella rappresentazione, i dubbi che gli sono venuti. Gli altri discutono, gli fanno delle domande. La discussione si svolge nello stesso modo e con una uguale attenzione alla componente psicologica, anche quando l'esperimento non è un'improvvisazione d'un attore ma un testo d'autore, atto unico o scena di commedia recitata da tre o quattro persone. Il verbo *to feel*, sentire, è qui (come in genere in tutta la vita americana) una parola-chiave; il culto della sincerità interiore porta a comparare continuamente i propri problemi a quelli del personaggio. La domanda di prammatica qui è: «ma in quel momento, stavi lavorando su un tuo problema personale o su un problema scenico?».

Ora la sostanza ideologica di questo metodo è molto discutibile, e certo si presta a esibizionismi, può diventare una forma di snobismo ed essere messa facilmente in caricatura. Per la verità Strasberg, con la sua tranquilla sobrietà, non manca mai di castigare ogni compiacimento non sano: il suo stile umano è quello dell'autorità clinica d'un serio psicoanalista. Ma quel che conta, quel che secondo me è prezioso e raro dell'Actor's Studio, è l'atmosfera che vi si respira: un'atmosfera pulita, di povertà, di passione di miglioramento, d'amore per il proprio mestiere. (L'Actor's Studio riesce a reggersi con pochi mezzi, per la collaborazione volontaria degli attori). Del clima pieno di fervore degli anni '30 (Strasberg era una delle figure di punta del teatro di quel tempo) questo è uno dei pochi semi che abbiano fruttificato.

Ed è un prodotto tipico dell'ambiente intellettuale di

New York. C'è dentro tutto: la componente russa, cioè la tradizione realistica con forte carica d'interiorità della scuola teatrale di Stanislavskij (il mondo del teatro newyorkese è composto in massima parte di ebrei originari della Russia e della Polonia); la componente freudiana radicata sulla vecchia componente protestante della confessione pubblica; e l'immancabile componente pedagogica anglosassone, cioè la fiducia che ogni cosa possa essere insegnata e imparata.

È facile mettere in ridicolo questo o quell'aspetto, ma c'è dentro a tutte queste componenti un fondamento morale e un'antitesi a una concezione estetizzante «ispirata», irrazionale, dei fatti dell'arte.

Wall Street elettronica

La borsa di New York è tutto un meccanismo elettronico. Dallo Stock Exchange sono trasmessi i dati minuto per minuto che vanno alle grandi agenzie di borsa, come questa Merrill Lynch, Pierce, Fenner & Smith che sto visitando adesso, e che riceve gli ordini di compra-vendita per telefono e telescrivente da tutte le città degli Stati Uniti e anche dall'Europa. Qui le macchine calcolatrici ogni secondo computano i prezzi e i punti e i dividendi, e tutte le operazioni, trasmesse automaticamente allo Stock Exchange, determinano il corso delle quotazioni, mentre altre macchine ancora più complicate fanno i calcoli per l'*over-the-counter market* che non vi starò a spiegare come funziona, e ognuna di queste cifre computate da tutti questi cervelli meccanici in questo enorme palazzo di Wall Street va a finire su all'ultimo piano, alla Grande Memoria Elettronica dove ogni tuo gesto di speculatore abile o maldestro, il guadagno e la perdita d'ogni minuto d'ogni tua giornata di borsa resteranno qui registrati immutabili fino al Giorno del Giudizio.

La Memoria, vista da vicino, è come uno strofinaccio sfilacciato. Ora l'ho vista, ringrazio la ragazza, posso andare. A ogni visitatore e aspirante investitore, l'ufficio Public Relations della Merrill Lynch, Pierce, Fenner & Smith destina una graziosa ragazza-guida che lo accompagna nella visita e gli spiega tutto con rapida minuziosità. Naturalmente, ci ho capito pochissimo, ma all'uscita mi muniscono di opuscoletti in cui si spiega come e perché fare investimenti, con massime sul denaro di grandi filosofi.

Negli Stati Uniti la propaganda per il concetto che il denaro crea denaro, e anche per ribadire il semplice fatto che il denaro è una cosa buona, importante e degna d'esser perseguita, non ti dà tregua. Le banche impostano su questi temi la loro pubblicità sui muri, negli autobus, sui giornali. A vedere tanto sforzo propagandistico si direbbe che il culto del denaro sia in declino, che di denaro la gente non voglia più saperne.

E forse in una così inconsueta supposizione c'è del vero. Il denaro, sublime astrazione della borghesia dei tempi eroici, per accumulare il quale si forgiavano vite di rischio e d'avventura ma anche di volontà e di sacrificio, non è più che un mezzo per procurarsi al più presto le comodità del vivere, beni di consumo, automobili e lavatrici elettriche. L'avventura è finita, ma con essa è finito anche l'austero ascetismo. È dal nuovo culto domestico-edonistico della famiglia ben fornita che comincia il materialismo americano, corrodendo l'idealismo del denaro dei capitani d'industria ascetici e insaziabili nel loro sogno d'accumulazione e moltiplicazione astratta.

Il collegio delle ragazze

Le ragazze qui hanno un solo divieto: non possono tenere l'automobile. (Sto visitando un *college* di ragazze molto ricche, nel Westchester, famoso per la liberalità dei suoi criteri pedagogici). Eppure, vedo molte macchine parcheggiate a un lato del *campus*. Mi spiegano che viene dato il permesso di tenere l'auto alle ragazze che ne hanno bisogno per motivi di salute. Di fatto, quasi tutte le ragazze ottengono il permesso: come potrebbero, altrimenti, visitare il proprio psicoanalista un paio di volte alla settimana?

Il metodo di questo *college* è che ogni allieva sia libera di scegliere i corsi che vuole; non ci sono lezioni ma «seminari», discussioni tra allieve e professori; non ci sono esami; insomma, ci si diverte su piacevoli e svariati temi culturali. Tra le palazzine dove hanno sede le facoltà e i dormitori, le ragazze in pantaloni, maglioni, calzettoni colorati sfarfallano per i prati. Domina nel vestiario una propensione, quasi un'affettazione, di comodità, senza preoccupazioni d'eleganza. C'è un tipo di brache molto diffuso nei *colleges* femminili, corte al ginocchio, che non han nulla di civettuolo. Ma la varietà di fogge dell'abbigliamento studentesco è occasione, in alcune, per precoci esplosioni di *glamour*.

Assisto al «seminario» di letterature comparate. Il tema della discussione di oggi è un personaggio di Dostoevskij: Aljoša Karamazov. Le ragazze sono sedute attorno a una tavola rotonda, con il professore, un famoso slavista, russo di nascita. Una ragazza legge la sua relazione su Aljoša; le altre a turno dicono il proprio parere. Poi il professore interviene, a suscitare problemi e a indirizzare la discussione, ma più egli dà prova di finezza interpretativa e d'efficacia pedagogica più vengo preso da un senso come di vertigine: queste ragazze sono lontane dai Karamazov come dalla luna. Sentire Dostoevskij e il pensiero religioso e rivoluzionario russo aleggiare sui prati del Westchester, in mezzo a quest'aiola di ereditiere di New York, del New Jersey, della Pennsylvania, dà uno sgomento e un entusiasmo interplanetario. E mentre osservo i visi delle *teen-agers* intente a immedesimarsi in quella estrema morale di sacrificio e d'assoluto, la commozione delle distanze mi prende, per quell'Europa che è anche Russia, e che vista di qui appare un luogo di dimensioni misurabili e familiari, e suscita finalmente il senso dolente d'una patria.

Tra macchine che pensano

Visito una fabbrica di cervelli elettronici, vicino a New York, sotto Natale. Tra i meccanismi cibernetici sono drappeggiate decorazioni natalizie, vischio e nastri con scritte augurali; le operaie, tutte grasse, con grembiuli a colori vivaci, hanno scatole di dolciumi sui banchi di lavoro; in alcuni reparti si organizzano piccole feste attorno all'albero; e gli altoparlanti trasmettono *Christmas carols* cantate da voci di bimbi, offerte dalla direzione della fabbrica alle maestranze della tecnica più avanzata del nostro tempo.

Il complesso d'inferiorità proprio dell'umanità di fronte alla potenza cosmica della tecnica moderna, l'avevo superato di colpo, a Washington. Ero riuscito a fissare, attraverso una serie di raccomandazioni e di contatti, una visita al centro di calcoli spaziali, cioè la stazione che riceve e analizza i dati del Vanguard e dei vari razzi. Mi avvio all'appuntamento con la fierezza del viaggiatore che è riuscito a raggiungere una zona difficilmente esplorabile, segreta. Quando arrivo lì, rimango un po' deluso. Questo centro di calcoli spaziali era una vetrina in una via centrale, una specie di negozio o di mostra, con modelli di satelliti, spaccati di razzi, telescriventi e macchine calcolatrici. Un funzionario specializzato in *public relations* mi guida ai vari modelli che dovrebbero mostrare il loro funzionamento accendendo certe luci al premere d'un bottone. Ma spesso non s'accende niente; sono guasti. Giovani matematici battono sui tasti dei *computers* spaziali con gesti che ai miei occhi invidiosi paiono esitanti e distratti. Eppure non ci sono trucchi: quelle cifre che le telescriventi sgranano, quelle luci che si accendono vengono dalle immensità siderali. Mi spiegano che c'è un centro uguale a questo a Cape Canaveral, e questo serve solo per verificare certi calcoli.

Insoddisfatto, ho continuato a inseguire le immagini del mondo cibernetico nelle fabbriche, ad ammirare memorie elettroniche più belle di qualsiasi quadro astratto: cascate di fili di vari colori che si mischiano con effetti pittorici straordinari.

Immagini dell'umanità futura: i laboratori degli organismi di ricerca che sorgono a fianco delle fabbriche, sganciati dai compiti immediati della produzione. Nelle loro cellette dalle pareti spostabili (per poter disporre sempre di locali delle dimensioni richieste; l'architettura dei laboratori e delle scuole è tra le più belle d'America) i matematici e i fisici riempiono di formule le loro lavagne verdi.

Tutto bello. Però, maestranze ultraqualificate e scienziati e cervelli elettronici certe volte paiono in stridente contraddizione con altri aspetti dell'organizzazione in cui il loro lavoro si svolge. In uno stabilimento molto importante sono ricevuto da un gruppo di *managers*; prima di farmi visitare i reparti, mi fanno – come s'usa – un discorsetto sulla struttura aziendale. Una delle prime cose che mi dicono – senza che io l'abbia chiesto – è che in questa azienda non esiste un sindacato. Domando come mai. «Non ne hanno bisogno, – mi rispondono, – sono pagati più che altrove». Di fatto, una tecnica che porta in sé la promessa di un futuro di straordinaria emancipazione umana, si svolge oggi spesso in un clima di paternalismo dichiarato.

In una azienda tecnicamente avanzatissima, per il compleanno del presidente del consiglio d'amministrazione, Mister H., si dà una festa. Tutti i dipendenti vengono invitati insieme alle loro mogli con una lettera ciclostilata dove si dice che per chi non abbia mezzo di trasporto per recarsi alla festa la direzione fornisce macchine con autista che passeranno a prenderli all'ora tale, che se la moglie non avesse l'abito da sera la direzione glielo fornisce presso la nota sartoria tale, che a tutti i genitori di bambini la direzione assicura per quella sera un servizio di *baby-sitters*, che al tavolo numero tale sono fissati i posti tale e tale, e quando entrerà Mister H. tutti dovranno alzarsi in piedi e cantare la seguente canzone sul noto motivo... e lì seguono i versi d'una filastrocca in onore di Mister H.

Uno scienziato, per spiegarmi l'organizzazione di ricerca della sua azienda, traccia uno schema sulla lavagna, e tutte le linee convergono in un punto in alto, dove egli scrive il nome del padrone. Continua ancora la linea verso l'alto e scrive: *God*. Sopra il padrone non c'è che Dio.

Era un semplice sfogo d'ironia oppure era la concezione protestante del capitalista solitario eletto dalla grazia divina che sopravvive anche tra le macchine che pensano?

Jet e tradizione

Nessun paese è lontano dall'Inghilterra quanto gli Stati Uniti. Se, per esempio, in Italia ti capita d'incontrare abbastanza spesso persone o ambienti che puoi qualificare con l'aggettivo «inglese», in allusione a uno stile, a una saggezza, a una follia non altrimenti definibili, ciò non ti capita mai in questo paese, che ebbe per culla la stessa civiltà inglese e che ne parla – sia pur a suo modo – la lingua.

Ora sto visitando il New England, il vecchio regno della tradizione, l'America puritana che è alla radice del nostro mito, figlia ribelle e severa dell'antica Inghilterra. Ma per trovarne il volto vero bisogna uscire da Boston, dove il vecchio quartiere di Beacon Hill è stretto d'assedio da una sorda e anonima città industriale e dall'ondata dell'ascesa livellatrice (e insieme autoritaria) irlandese e italiana. Bisogna andare a Salem, il porto dei vecchi capitani-armatori che portarono a casa dalla Cina preziose porcellane come zavorra dei loro velieri, o a Nantucket, il porto dei balenieri.

Viaggio sulla costa in macchina con un amico che abita da queste parti. Dice, indicando una delle case settecentesche in legno che biancheggiano tra gli alberi: «Sono le cinque. Scommettiamo che se entriamo in questo momento troviamo le padrone di casa che stanno versando il tè?». Il tè? Da quando sono in America mi sono dimenticato che a quest'ora si possa bere altro che whisky: *scotch* o *rye* o *bourbon*. Entriamo.

In America, paese della giovinezza, l'antico è pochissimo e questo pochissimo non diventa vecchio. Queste antiche villette di legno sembrano costruite ieri. E ad entrarvi, sembra d'entrare in un Ottocento rimasto attuale: come se non un tarlo o una sbiaditura avesse intaccato questi mobili, questi arredi, questa dignitosa armonia.

Le padrone di casa, madre e figlia già anziana, stanno veramente servendo il tè come tutti i pomeriggi a quell'ora. Viene in visita un'amica, anch'essa anziana, a riportare gli ultimi pettegolezzi del vicinato; il mio amico, che è di casa, è entrato nella conversazione come riprendendo il filo di un discorso interrotto poco prima; siamo in un mondo immutabile, in cui ogni gesto e ogni chiacchiera è come un rito.

Eppure le padrone di casa sono ritornate ieri in *jet* da una vacanza in Giamaica; la visitatrice invece è stata proprio ora per una settimana a Honolulu. I viaggi transoceanici s'inseriscono in questo ritmo imperturbabilmente tranquillo. Anche la prima domanda dell'amica in visita dev'essere di prammatica: «*Tell me, is Jamaica getting spoiled?*» (Mi dica, la stanno rovinando, la Giamaica?).

Il sabba delle streghe

Alcuni intenditori affermano che per prima cosa in ogni città bisogna andare a vedere i *burlesques*, gli spettacoli di spogliarello, perché non c'è miglior chiave d'interpretazione per comprendere la civiltà del luogo. Io non ho nulla da eccepire contro questo criterio metodologico, ma in genere scelgo altri procedimenti conoscitivi; quest'aspetto della vita associata americana confesso che l'ho un po' trascurato. Cerco di riparare azzardando, su una gamma d'esperienze personali non vastissima e su sparse testimonianze indirette, qualche considerazione generale.

Dunque, grava sul *burlesque* americano un'ipoteca moralistico-teologica. Per chi il *burlesque* lo frequenta come per chi lo condanna, esso è considerato alla stessa maniera: il socchiudersi di uno spiraglio d'inferno, un controllato sfrenarsi della parte più nera dell'anima. Questo aspetto è più sensibile nelle città e negli Stati dove la repressione moralistica è più forte.

Nell'arcigna Boston puritano-cattolica, il *burlesque* appare come una valvola di sfogo dalle inibizioni quotidiane; uno sfogo tetro come i sabba delle streghe che venivano bruciate da queste parti, perché nato dalla stessa fantasia repressa degli austeri censori.

Ai numeri di *strip-tease* si alternano di solito scenette comiche sconclusionate, la cui oscenità è portata all'estremo da motivi sessuali d'una elementarità infantile e ancor più infantili rappresentazioni dei bisogni corporali. Le donne che recitano in questi *burlesques* sono di solito non giovani, grasse, anatomicamente grottesche. Il pubblico, nell'oscurità della sala, è intento; c'è chi scoppia in risate fino alle lacrime, ma i più assistono impassibili, seri, a occhi sbarrati.

Lo spirito di questi spettacoli è in una sistematica denigrazione del sesso; si rivolge a spettatori che vogliono essere confermati nella convinzione che il sesso è cosa turpe e vile, e che quindi loro fanno benissimo a tenersene lontani, a non lasciare che turbi la rispettabilità della loro vita quotidiana. Solo si può indulgere alla sua lusinga nella penombra di queste sale infernali, attraverso lo schermo della buffoneria, della derisione, della laidezza.

(Questa concezione del *burlesque*, che direi caratteristica della costa atlantica e del Settentrione, è diffusa un po' dappertutto anche altrove, ma non vale per gli Stati, gli ambienti e i gruppi etnici dove la gioia di vivere è più spontanea – o più programmatica. Nei posti turistici o nei locali negri, nei *night-clubs* delle varie Chinatowns, o nei ritrovi eleganti, lo *strip-tease* è basato sulle reazioni psicologiche del pubblico più naturali e prevedibili. Spira in esso una particolare gioia della vita fisica e dei sensi? Non direi: è la solita *routine* di mestiere, dappertutto).

Il diavolo nel paese di Dio

In tutti i vagoni della metropolitana di New York c'è una *réclame* con due vignette a colori: il viso d'un signore giovane, forte e volitivo, un *manager*, lo sguardo verso l'alto, ispirato (un viso che potrebb'essere anche d'un quadro sovietico dell'epoca staliniana), e, nell'altra vignetta, lo stesso uomo, con la stessa espressione, raffigurato in mezzo ad altre persone, seduto – s'indovina – nei banchi d'una chiesa. La scritta dice: «Prendi forza per la tua vita: prega insieme questa settimana».

Worship together: non ho tradotto bene, l'espressione è più indeterminata eppure più precisa: «pratica il tuo culto insieme ad altre persone», cioè non cavartela pensando che preghi per conto tuo, quello che conta è che tu frequenti una chiesa. E fallo *questa settimana* (sabato o domenica, a seconda se sei ebreo o cristiano), cioè non rimandare, se vuoi raggiungere i risultati psicologici e pratici del prender forza per quel qualcosa che può seguire anche leggi molto diverse da quelle della religione, la *tua vita*, gli affari. È un modello di pregnanza pubblicitaria e nello stesso tempo una definizione del posto della religione nell'America d'oggi.

La pubblicità a nome non di questa o quella Chiesa, ma delle Chiese in generale è oggi frequente, specialmente a cura del Comitato riunito dei Protestanti, Cattolici ed Ebrei, di cui si vedono molti manifesti per iniziative di beneficenza: le offerte vanno trasmesse attraverso «la vostra chiesa o sinagoga». Nel centro di New York, all'incrocio di Fifth Avenue e 42ª Strada, c'è un enorme cartellone con una famigliola modello inginocchiata a mani giunte, e la scritta: «La famiglia che prega unita resta unita».

Quando si parla dell'America religiosa si mette di solito l'accento sulla molteplicità dei culti, sul regime di libera concorrenza delle Chiese, che è uno degli aspetti più caratteristici della tradizione liberale di questo paese. Ma adesso l'impressione che ne ho avuto è stata d'un blocco ai vertici delle varie Chiese, d'un regime quasi di «cartello», che non ammette che qualcuno resti fuori dall'una o dall'altra confessione. E questo – se non è vero per le grandi città dove si respira veramente un'aria di libertà di pensiero – è certo vero per i piccoli centri dove le varie Chiese regolano la vita associata. Occorre «appartenere» a una Chiesa, ed è dalla denominazione religiosa che i vari gruppi sociali e nazionali acquistano coscienza d'essere e diritto d'imporsi. Ma all'interno del «cartello» religioso, prosegue una lotta sorda e tesa; nella quale i protestanti si vedono continuamente costretti ad arretrare dalle antiche posizioni di predominio, di fronte alla ormai solida posizione degli ebrei a New York e un po' in tutto il Nord (il che non toglie che essi debbano ancora sottostare a odiose discriminazioni in alberghi, *clubs* e scuole) e soprattutto di fronte alla marea dei cattolici, che hanno superato la fase della difesa dalla discriminazione e mirano all'egemonia.

Pur fedeli alle loro caratteristiche teologiche e di tradizione, le diverse Chiese sono venute qui assomigliandosi più che altrove; e non solo per i loro spregiudicati metodi pubblicitari o per la loro gara di «americanismo», ma perché tutte sono diventate espressioni d'uno spirito comune, che chiamerei lo spirito *teocratico* degli Stati Uniti: una delle poche eredità dei primi coloni puritani che non sia stata travolta dalla civiltà industriale e dall'irrompere delle masse non-protestanti nel calderone americano; anzi, una eredità che, ognuno a suo modo, cattolici ed ebrei abbiano contribuito a rafforzare. Gli Stati Uniti non hanno conosciuto il problema dei rapporti tra Stato e Chiesa nei termini che lo resero cruciale per la storia d'Europa e per la formazione della nostra cultura, ma non hanno avuto neanche il senso netto della separazione dalla sfera della Chiesa di tutto ciò che è laico.

L'Europa, nata dalla confluenza della tradizione pagana e classica e del cristianesimo, è rimasta fondamentalmente politeista, sia nel senso comune popolare sia nella cultura;

ha alla sua base la nozione della pluralità degli dei e delle verità; anche quando incappa nell'assolutismo o nel totalitarismo la sua aspirazione ideologica è verso una distinzione tra i diversi culti, un *sincretismo*; crede nella dialettica dei contrari anche quando la nega e cerca di arrestarla.

L'America invece è cresciuta lontana dalla tradizione classica; il naturale politeismo greco-latino le è estraneo; il residuo sincretismo pagano degli indiani e dei negri troppo rozzo per influenzare la mentalità bianca. Anche il cattolicesimo, il duro cattolicesimo irlandese-americano, sembra saldare Medioevo e Controriforma scansando la componente umanistico-rinascimentale. L'America è il paese della Bibbia; i Padri Pellegrini arrivarono con quel libro e quello solo; ciò che nella tradizione americana tiene il posto dell'Olimpo e del mondo classico è Jehova e l'antichità ebraica; questo paese pluralistico per sua natura storica, sociale ed economica, è come forma mentis monoteistico in maniera esclusiva. L'America cerca sempre di pensare per entità assolute, siano pur esse il denaro o il successo; benché la sua realtà sia il movimento, non ha il senso dell'antitesi se non come contrapposizione tra Dio e Satana.

Invitato a cena in una casa del Connecticut, mi sono trovato seduto tra un monsignore – uno dei più autorevoli esponenti del clero cattolico di New York, persona assai abile e spregiudicata – e un altro invitato che faceva, in polemica col monsignore, professione di scetticismo, con le fragili ma ostinate ragioni dell'esperienza empirica, del «credo solo a ciò che vedo». Il monsignore ci giocava come il gatto col topo.

In questi casi, uno storicista europeo cosa fa? Aspetta, con sorridente indulgenza, che una battuta gli dia il destro d'alzare il livello filosofico della discussione. Così cercavo di fare io.

Alle immancabili osservazioni dell'anglosassone empirico sulle responsabilità divine nel male del mondo, il monsignore tirò in ballo il diavolo: «Per noi, il diavolo esiste, come esiste Dio. La caratteristica della cultura dell'Occidente è questa: il mondo è lotta continua di Dio col diavolo, mentre nel pensiero orientale la divinità è qualcosa di confuso con l'universo, statica, in cui la libertà umana si annulla». E mi strizzò l'occhio: aveva passato la palla a me.

«D'accordo, – dissi io, – tutto sta a vedere, volta a volta, chi è il diavolo. Dio e il diavolo si scambiano spesso le parti».

«Oh no, – fece il monsignore, – il diavolo resta il diavolo. Oppure lei crede, *like your* Signor *Papini*, che il diavolo possa essere salvato?».

Stetti un momento perplesso, se dovevo annettere Papini alla mia parte. «Non è questione d'esser salvato: il diavolo, come lei dice, cioè la negazione, l'antitesi, può agire in senso positivo, può essere lui a salvare... Anzi, una civiltà si salva solo accettando il proprio diavolo, la propria contraddizione interna o esterna come un elemento necessario...».

Ma lì non ci intendevamo più: né sul piano della teologia né su quello della realtà americana.

Chi fa da sé

Passo il *week-end* da certi coniugi che vivono nello Stato di New York, in un villaggio di casette sparse tra boschi e paludi, abitato solo da intellettuali e artisti. I miei ospiti sono nati in Europa e non rinunciano a certi agi: difatti hanno una donna di servizio che viene tutte le mattine. Una situazione privilegiata; l'unica cosa sgradevole è che mentre loro preferiscono tenere un'automobile piccola, la donna di servizio ha una macchina che è il doppio della loro, e a veder parcheggiata nel giardino la macchinetta padronale e la grossa auto della cuoca, i miei ospiti non si sono ancora abituati. Continua a serpeggiare in loro un disagio, un'invidia ancora del tutto europea.

Peggio quando la signora deve passare qualche ora fuori e combina con una *baby-sitter* che gli sorvegli il bambino: la *baby-sitter* parcheggia in giardino un'auto più grossa e lunga di quella della cuoca. Un mattino c'è un grande avvenimento: i miei ospiti sono riusciti dopo lunghe pressioni a ottenere dal sindacato degli stagnini che venga un uomo ad aggiustare un rubinetto che perde. E lo stagnino arriva con una Rolls-Royce lunga di qui a là. (Mentre tra gli intellettuali sta imponendosi la praticità – e in certi casi lo snobismo – della macchina piccola, per la classe operaia le grandi dimensioni sono sempre la dote più ambita per la propria automobile).

Il padrone di casa si fa sulla soglia, vede la propria piccola macchina fiancheggiata da quei colossi, scuote il capo amaramente.

Parlo di gente d'animo ancora europeo. Chi è americano davvero, se può disporre d'aiuti di persone di servizio o altra mano d'opera ringrazia il cielo; se no cerca di far da sé. Gli americani hanno finito di aspettare lo stagnino, sanno che non verrà mai, che andare in giro per le case a fare piccole riparazioni non è compatibile con una moderna organizzazione di tutte le forze per una più alta produttività; sanno che le Unions faranno pagare sempre più care le ore dei loro uomini: quindi il rubinetto se lo riparano da soli, e si sono anche convinti che ripararlo da soli è divertente e distensivo.

È la filosofia del *do it yourself*, del «fattelo da solo». Con questo slogan i grandi magazzini presentano una quantità di prodotti meccanismi attrezzature perché il marito americano (o la moglie), tornato dall'ufficio, possa risolvere tutti i piccoli problemi pratici della casa, dalla falegname-ria all'idraulica al giardinaggio.

Già si può dire che non esista appartamento di intellet-tuali ai cui muri non sia stata data la tinta dai padroni di casa; è una gioia, un orgoglio, questo di dipingere i muri, che – per cortesia d'ospite, in ogni casa in cui sono invita-to – sono tenuto ad apprezzare, a commentare con parte-cipe compiacimento.

Il giorno di libertà delle donne di servizio è qualcosa di talmente sacro che non ammette eccezioni. Si può vedere in una villa del Settecento del Westchester, in una famiglia di grandi banchieri, la padrona di casa servire un *brunch* (la colazione domenicale) da sola, senza cameriera né cuoca, con perfetta organizzazione ed agio.

Una domenica, in una casa di campagna, un padrone di casa – uomo assai famoso – prepara e serve la cena a mol-ti invitati. «Ma la donna di servizio quando torna?» do-mando. «Torna? È in casa! – mi rispondono. – Ma pas-sa la domenica chiusa in camera a guardare la televisione e non scenderebbe neanche se ci fosse un incendio». (Per contratto sindacale, la camera della donna di servizio deve avere un televisore, oppure lei può esigere di guardare la televisione insieme ai padroni).

Il fatto che molte donne che esercitano lavori intellet-tuali vivano senza persone di servizio e debbano cucinare loro stesse, ha avuto conseguenze sul mercato librario. La letteratura gastronomica ha una grande diffusione: tutte le case editrici pubblicano libri di cucina, soprattutto ma-nuali di ricette straniere ed esotiche, o di piatti storici, e sono *best-sellers* sicuri.

Vita d'albergo

Questo, della vecchia America rimane, che qui devi sapertela cavare da te, nessuno ti aiuta in niente, non si concepisce nemmeno perché o come qualcuno abbia bisogno d'essere aiutato. Parlo delle piccole cose, naturalmente. La più moderna e specializzata organizzazione della produzione mette tutto a tua disposizione per semplificarti la vita, ma al di là di questo tu sei solo e devi esser pronto a farti tutto da te come il pioniere della frontiera.

Negli alberghi il personale non muove un dito di più di quello che è sindacalmente prescritto che deva muovere. Se hai bisogno che ti facciano un pacco e il tuo albergo è abbastanza grande, ci sarà una *package room* dove personale specializzato, nelle ore del suo orario, ti farà il pacco secondo la tariffa prescritta (più la mancia); ma se la *package room* non c'è, nessuno ti farà mai un pacco, e la posta rifiuterà di accettare i pacchi malfatti.

L'orario d'un treno puoi chiederlo solo all'impiegato dell'ufficio informazioni della stazione; nessun altro al mondo te lo dirà mai. Certo un grande albergo offre tanti di quei servizi che la tua vita è semplificata; ma per avere le scarpe lucidate non c'è altro mezzo che tu vada dal lustrascarpe e ti sieda lì a leggere il giornale finché non te le ha lustrate.

Vivere in un mondo un po' brusco ma che non sa cosa sia un atteggiamento servile, per un italiano può essere scomodo ma è un'esperienza che alza il morale, dà un'idea dell'umanità più corroborante di quella cui siamo abituati. Se il mastodontico portiere gallonato che ti apre lo sportello del taxi ti accoglie già dalla prima sera con un *Hello, friend!* lo trovi subito naturale.

(Le mance però le prendono. Ma il fatto che non sei tu a

concederle ma loro a esigerle, protestando se tu – candido e inesperto – ne dai una troppo bassa, cambia già il rapporto).

Certo, ci sono problemi che l'organizzazione americana non ha risolto. Quello dei bottoni delle camicie, per esempio. Non so se sapete cosa significa dare a lavare e stirare una camicia negli Stati Uniti. Devi dire se la vuoi con amido o senza; se la vuoi con amido, la riavrai tutta ben confezionata nel cartone, ma diventata dura come un pezzo di lamiera; se senza amido, la riavrai sempre montata sul suo cartone, ma ridotta a una roba molle molle, una pappetta. (E sempre tutta stampigliata di numeri e sigle come quella d'un carcerato). In un caso come nell'altro, i bottoni o sono saltati o saltano via appena fai per metterla.

Ora, per cucire un bottone d'una giacca o d'un pantalone, negli Stati Uniti devi mandarlo dal sarto. Per le camicie, no: nessun sarto accetta di attaccare bottoni alle camicie. Ad assicurare il perfetto stato dei bottoni della camicia dovrebb'essere la stireria che l'ha stirata; ma chissà come lavorano queste stirerie; alle volte ti cambiano tutti i bottoni e ci mettono certi bottonacci loro, attaccati – credo – a macchina, senza nemmeno i due punti incrociati: un punto alla bell'e meglio e via!, così al primo abbottonamento si staccano.

Soluzioni legali non ce ne sono: devi chiamare una cameriera dell'albergo (che subito ti dice che non ha tempo, che non ha ago, che non ha filo) e darle una forte mancia, tutto tra ammicchi e risatine di complicità come se si trattasse di una proposta sconveniente.

L'organizzazione dei pasti

Qualche volta, se mi trovo a esser solo e ad aver fretta, faccio colazione al banco d'una *cafeteria*, o addirittura in un *self-service* o in un *automat*, in mezzo alla gente che si sbriga in una corsa fuori dell'ufficio. Qui l'orario di lavoro va avanti ininterrotto fino alle cinque del pomeriggio senza che sia stabilito un intervallo per il pasto: ogni impiegato si piglia per fare *lunch* quella mezz'ora o tre quarti d'ora (che invece per i *managers* posson essere un'ora o magari due). Questo di consumare i pasti come un'operazione di lavoro in serie ha la sua buona dose di tristezza e di squallore: a vedere certe zitelle, certi omini, soli davanti al loro vassoietto di plastica, ti si stringe il cuore. Ma resta il fatto di questa poderosa organizzazione industriale del pasto economico, queste catene di ristoranti dove si mangia al banco seduti su sgabelli come a un bar. La città ne è piena, soprattutto nelle vie dove si concentra la vita aziendale, e per tutta la giornata su questi sgabelli davanti a questi sobri vassoi si succedono folle immense, senza interruzione.

Per secoli nel mondo l'idea di povertà è sempre stata collegata con l'idea di fame. Qui non è che non esistano più i poveri, ma quei pochi *cents* per comprare un *hamburger* da addentare tra due fette di pane spalmate di senape e una foglia d'insalata non mancano neanche all'ultimo disoccupato.

In un mondo senza fame, qualcosa pure cambia di ciò che il mettersi a tavola significa nel rituale del costume quotidiano. O meglio: il pasto si va configurando in due forme distinte che tendono sempre più a differenziarsi. Da una parte, il pasto come necessaria funzione della giornata lavorativa perde ogni senso di festevolezza e gioia. Dall'altra, il pasto come cerimonia conviviale tende a diventare non un'eccezione festiva ma una pratica normale; e questo, sia nella vita degli affari, dove ogni rapporto, per esempio, con persone estranee alla propria ditta viene regolato con un invito al ristorante, sia nella vita delle relazioni umane edonistiche, nei rapporti tra uomo e donna, per cui la cena al ristorante è il modo classico di passare parte della sera (certo, non siamo a Roma, qui non si passa tutta la sera in trattoria, c'è sempre altra gente in piedi che aspetta di prendere il tuo tavolo) o comunque l'avvenimento centrale della serata.

La scelta del ristorante in questi casi è il momento fondamentale, e si attua in due tempi: primo, scegliere *come* si vuole la cena, cioè se messicana, giapponese, armena, tedesca, francese eccetera; secondo, *dove*, cioè quale tra i vari ristoranti messicani, giapponesi eccetera preferisci.

Tra tante cucine esotiche è raro che capiti di cenare americano, cioè di andare a una *steak-house* a mangiare una bistecca. Ed è un peccato, perché è proprio la sana, semplice e nutriente bistecca l'unico cibo genuino e familiare. Ma non oso dirlo, non oso contrastare la fede newyorkese nella pastasciutta...

Le ragazze sole di New York

Viaggiando per gli Stati Uniti, di scapoli se ne trovano pochi e di donne senza marito ancor meno. Così è dappertutto, tranne che a New York. Anche New York è un universo di mariti e di mogli, ma con qualcosa in più, e questo qualcosa sono molte migliaia di donne che vivono sole, ragazze o divorziate, che lavorano, hanno la loro indipendenza economica, abitano in un appartamentino per conto loro. Questa vita da sola può essere anche uno stadio temporaneo: dopo il *college*, ormai la ragazza non torna più in famiglia, trova un impiego e un alloggio in città, esce la sera coi giovanotti che la invitano, li sa tenere a bada o incoraggiare secondo una sua ben cosciente politica, finché con uno di questi giovani non comincia a uscire tutte le sere e poi si sposano. Ma non è questo che importa: duri molto o duri poco nei casi singoli, lo star sola è una situazione normale, reale, che si configura perfettamente nel quadro economico, psicologico, di costume, di organizzazione del lavoro e dei servizi della società newyorkese, anzi ne è una delle principali caratteristiche.

Una ragazza organizza la sua vita da sola come una condizione che può essere permanente; e tale in effetti può essere, perché si sceglie di vivere così o perché non si è scelte per vivere altrimenti.

Lo scapolo-donna a New York può esistere senza complessi di inferiorità: «scapolo» e non zitella, sia quella che non piace abbastanza a nessun uomo sia quella cui piacciono troppo molti uomini. (Parlo della ragazza media, non della ragazza molto bella; l'America non è il paese della bellezza femminile generalizzata come ancora qualcuno crede, e New York non ha niente a che fare con Roma, luogo di concentrazione e di lancio di quel particolare valore che è la bellezza femminile. La *career girl* qui sa di dover puntare sulla sua capacità di lavoro e sulla sua abilità nell'impostare i rapporti umani).

La vita di lavoro di New York, di questo gigantesco accentramento di tutti i «servizi» dell'America produttiva, è in mano alle donne, alle ragazze. In mano in senso esecutivo, intendo. Questo è possibile per due motivi interdipendenti: il lavoro è organizzato in modo che, agli ordini di dirigenti di provata esperienza e competenza, possano essere impiegate un gran numero di ragazze appena uscite dal *college*, anche a posti di relativa responsabilità; alla loro volta i *colleges* femminili, che talvolta sembrano accademie di eleganti passatempi, danno invece alle ragazze quel tanto di nozioni e di mentalità generale per inserirsi subito in un certo tipo di servizi: le materie economiche e giuridiche sono quel tanto che serve per diventare delle ottime segretarie di uffici amministrativi, la letteratura è quel tanto che serve per lavorare nelle case editrici o nelle agenzie letterarie o teatrali, le arti sono quel tanto che serve nelle ditte di pubblicità o negli *art departments* dei periodici a larga tiratura.

E mentre gli uomini immessi nel meccanismo dell'organizzazione industriale dopo un po' perdono ogni entusiasmo, si sentono frustrati, ridotti a rotelle dell'ingranaggio, seguono scetticamente una *routine*, le donne nelle stesse condizioni si sentono potenziate, sviluppano una partecipazione creativa, un'applicazione meticolosa, un alacre accanimento aziendale. Il tanto spesso dichiarato predominio femminile nella società americana, credo che oggi consista proprio in questo: le donne riescono a lavorare con passione e gli uomini no, e ciò ha naturalmente un riflesso anche nella vita privata.

Questo predominio femminile, nei termini in cui si è espresso fino a ieri – il binomio madre-moglie, la formula del «matriarcato americano», certe vignette e certi racontini di Thurber –, appartiene a una concezione dell'America provinciale e casalinga e agricola; ma ora, in nuovi termini, esso rientra nei gangli dell'organizzazione industriale: e non è più un matriarcato ma un adeguarsi della lotta tra i sessi alle formule competitive caratteristiche di tutta la vita americana.

Non so quante siano le donne indipendenti di New York in rapporto a quelle che vivono in un normale *ménage* coniugale, non ho statistiche sottomano né in fondo m'interessano: quello che è certo è che sono le prime che danno sale alla vita newyorkese, che muovono i fili della città, dalle scrivanie degli uffici fino alle cinque del pomeriggio, e dopo le cinque in ogni ristorante o ritrovo o *party* privato.

Questa indipendenza sociale e psicologica delle donne

si ripercuote anche sulla vita degli uomini. I rapporti tra donna e uomo si configurano finalmente su un piano di parità, riescono finalmente a essere liberi. Liberi dico nel senso di coscientemente decisi, non nel senso di spontanei; tutto qui è più che mai attento, calcolato; la spontaneità, tanto, è inutile porsela come ideale, il mondo moderno va nella direzione opposta.

Tra i tipi di donna che ci sono ora nel mondo, questo della ragazza di New York, lavoratrice, autosufficiente, libera, responsabile, socievole, che sa il fatto suo, abbastanza ambiziosa, che sa vivere con poco ma apprezza tutto ciò che c'è di buono, egoista e generosa quel tanto che basta, è forse quello che meglio potrebbe caratterizzare il mondo di domani.

Sono ragazze felici? Mah, cosa vuol dire? Certo, sono spesso anche insoddisfatte, inquiete, vanno dallo psicoanalista, quasi tutte si lamentano degli uomini americani (altro luogo comune), ognuna ha la sua teoria psico-sociologica per spiegare come mai l'uomo americano non va.

La felicità è ancora uno dei grandi miti americani, ma chiedersi se la gente è felice o no è porre male il problema. L'importante è avere un senso, non essere vuoti dentro, partecipare a qualcosa d'extraindividuale, non essere degli spostati, non girare a vuoto, non sprecare la vita. Le ragazze di New York hanno la terra sotto i piedi, e non è poco.

La televisione a colori

Ieri sera ho visto la televisione a colori. Lo spettacolo di Perry Como ogni tanto s'interrompeva per la pubblicità d'una ditta di prodotti alimentari: per cinque minuti non si vedevano altro che piatti di candidi spaghetti sui quali una mano versava una salsa scarlatta, piatti di carne rosata e insalata verde e maionese gialla e cucchiai e forchette in azione, mentre una voce suadente accompagnava e incitava queste operazioni.

Guardo a occhi sgranati, affascinato mio malgrado e nello stesso tempo con una specie di cattiva coscienza, come se assistessi a uno spettacolo lubrico. Mi viene da domandarmi che effetto avrebbe la trasmissione improvvisa di queste visioni gastronomiche a colori nei paesi sottosviluppati: a Palma di Montechiaro, a Calcutta, in un villaggio del Brasile. Forse provocherebbe una serie di fenomeni fisiologici, salivazione, deglutizione, attività di succhi gastrici ed enzimi intestinali, che in qualche modo sostituirebbe il cibo, oppure produrrebbe ulcere, epatiti, edemi. Forse scatenerebbe reazioni psicologiche impreviste, aprirebbe nuove speranze, libererebbe cariche rivoluzionarie sopite; oppure cullerebbe in una specie di nirvana cancellando ogni diaframma tra realtà e miraggio.

Ero in casa di amici d'una coreografa d'avanguardia: alcune scene di un suo balletto dovevano essere inserite quella sera nel *Perry Como Show*. Perciò eravamo riuniti attorno al video. Ecco i balletti, finalmente: ma restiamo un po' delusi.

Finito lo spettacolo, uno degli ospiti prova a telefonare alla coreografa. È già a casa, disperata, piange. È scappata dallo studio prima che la trasmissione finisse, vuole suicidarsi per protesta contro le sopraffazioni della televisione al suo lavoro.

La televisione e le idee

Torno dalla campagna, domenica sera tardi. Telefono a un'amica. È a casa, non è uscita, sta guardando la televisione: c'è un'intervista con Nehru.

Vado a trovarla. L'intervista con Nehru dura tre quarti d'ora. Poi c'è una discussione, tipo «convegno dei cinque»: uno scrittore, un giornalista, un uomo politico, un'attrice. Di domenica sera molti teatri sono chiusi e la gente sta a casa; per la televisione è la serata dei programmi più importanti e più seri.

Si sente parlare della televisione americana come una palestra di stupidaggini, ma credo che per noi sia più utile e istruttivo mettere l'accento sulle trasmissioni come queste della serata di domenica.

La molteplicità dei «canali» televisivi (più d'una decina, a New York) in concorrenza tra loro lascia un certo spazio per fare, male o bene, e non è detto che la moneta cattiva cacci sempre la buona. Per esempio: una stazione è impegnata in un programma quotidiano: *The Play of the Week*. Per una settimana, un qualche famoso lavoro teatrale viene ripetuto tutte le sere, per dar modo al maggior numero di spettatori di vederlo. L'iniziativa suscita scetticismo («Non avrà spettatori»), proteste («Fa concorrenza ai teatri!»); invece ha successo, nella settimana se non una sera l'altra tutti vogliono vedere *The Play of the Week*, e si nota un risveglio d'interesse per il teatro; gente che non era mai andata a vedere spettacoli di prosa comincia a prenderci gusto. Ma gli organizzatori del programma hanno posto come condizione che il lavoro non abbia le solite interruzioni per la pubblicità: caso unico in tutta la rete. Anche per questo, il pubblico l'apprezza. Ciò non basta perché la stazione televisiva possa reggere le spese. Senza pubblicità non si può far nulla, *The Play of the Week* viene sospeso. Commenti sui giornali, proteste; e una grande compagnia petrolifera fa il bel gesto: compra il programma e lo trasmetterà a suo nome, ma impegnandosi a non fare inserti pubblicitari.

Ma l'influsso maggiore sul costume americano, la televisione può averlo attraverso le discussioni, i dibattiti, le conferenze stampa. Si è detto più volte che uno dei guai della televisione è che la gente per guardare il video non discorre più, non discute. A dire il vero, questo gusto della discussione in America esiste così poco, che, al contrario, può essere proprio la Tv a crearlo e a guidarlo su un certo livello. Uno di questi programmi di discussione tra personalità varie, su vari temi (*Open End*), non termina fino a che non si è esaurito l'argomento; può andare avanti fino alle due di notte. La gente poi continua a parlarne per tutta la settimana. Certo, le discussioni alla Tv saranno superficiali, eluderanno i veri problemi. Ma basterebbe che insegnassero alla gente l'atteggiamento critico, problematico, con cui si può considerare qualsiasi aspetto della realtà, e la tecnica della discussione, e il contrasto dei punti di vista: sarebbe già un compito culturale per eccellenza. È lì che i grandi mezzi di diffusione possono avere una funzione, ancor più efficacemente che attraverso ogni iniziativa d'informazione divulgativa o d'educazione estetica.

«Cultura di massa»

Non ho mai voluto lasciarmi prendere interamente dalla polemica contro la «cultura di massa», l'«industria culturale», contro gli aspetti della vita associata delle grandi città industriali. Polemica che ha forti elementi di verità ma che se è assunta come principale criterio ideologico porta a vedere in una luce irrimediabilmente negativa il volto stesso d'una società caratterizzata dallo sviluppo della tecnica, della produzione, del consumo, della comunicazione, e a rimpiangere una condizione d'isolamento umanistico dei pochi e di agreste semplicità folkloristica dei molti. Atteggiamenti vani, prima ancora che reazionari. Il problema d'oggi è come rendere la più positiva possibile per uno sviluppo totale della civiltà umana la ricchezza di mezzi che la società industriale offre. Se si comincia a dire che l'umanità è votata all'idiozia per via della televisione, della pubblicità, degli elettrodomestici, si finirà per concludere che l'umanità era più vicina alla saggezza e alla grazia quando al posto della televisione c'era il parroco del villaggio, al posto della pubblicità la superstizione, al posto degli elettrodomestici il vaso da notte. I pericoli di rimbecillimento, d'impoverimento morale, di morte spirituale sono sempre incombenti, in qualsiasi stadio della storia umana. Si tratta di sviluppare il massimo di libertà e di coscienza vivendo sulla base del livello tecnico della propria epoca, usufruendo al massimo grado dei mezzi più avanzati senza restarne schiavi, dando alla società la struttura più idonea allo stadio cui sono arrivati i mezzi di produzione.

È con questo spirito che voglio interrogare l'America: non tanto per far la critica alla «cultura di massa», che già è stata fatta per filo e per segno, quanto per vedere cosa ne può venir fuori di nuovo.

Accenno il mio punto di vista all'amico M. «La "cultura di massa" non è un fatto nuovo per l'"uomo di massa", che l'ha sempre avuta, – mi dice, – ma è un pericolo per l'intellettuale. Le capacità di pensare diminuiscono: l'America corre il rischio di diventare un corpo acefalo».

Il consumo dei classici

Nelle stazioni delle autostrade, tipico luogo americano, i bar vendono anche libri. Accanto a ogni banco di *cafeteria* o banchetto di caramelle c'è l'edicola rotante dei *paperbacks* (termine che potrebb'essere tradotto «dorsi di carta» e che distingue le edizioni economiche in brossura dai libri rilegati in tela).

I *paperbacks* da qualche anno non sono più soltanto romanzi polizieschi o *westerns* o erotici, ma anche libri di storia e filosofia e classici e letteratura fina; e se ne trovano dappertutto, mischiati o affiancati alla produzione editoriale più commerciale, anche nei *drugstores* delle località più sperdute.

È questo un paese che pare occupato a far di tutto fuorché leggere, e invece legge moltissimo. Ed è un paese che sembra occupato a leggere tutto fuorché roba buona, invece legge anche molta roba buona, spesso per sbaglio e qualche volta apposta, specie se sono libretti piccoli, che stanno in tasca. Forse tra una decina d'anni si potrà cominciare a vedere cosa ne salterà fuori.

In fondo le cose da vedere di qui a un po' nel mondo (per ora, pare non si veda molto) sono due. Quel che salterà fuori dall'Unione Sovietica, da questo paese senza distrazioni, dove la gente, non avendo a disposizione libri gialli né settimanali scandalistici, legge e rilegge i classici anche in tram. E quel che salterà fuori dagli Stati Uniti, questo paese tutto distrazioni, dove nel continuo turbinare della carta stampata e illustrata, le macchine tipografiche pur di non star ferme son capaci anche di stampare opere di cultura, e i lettori pur d'aver qualcosa sotto gli occhi come *chewing-gums* sotto i denti, sono capaci anche di leggerle.

La frivolezza è in ribasso?

Contro le profezie dei più severi critici della «cultura di massa», il livello di richiesta del pubblico medio tende sempre a elevarsi. Ne nasce quel tono *middlebrow*, cioè di gusti intellettuali medi, contro il quale più s'appuntano gli strali dei raffinati. Autori stili valori problematiche che fino a ieri erano considerati «per pochi», da un anno all'altro diventano pasto delle folle, e la patina lustra della commercializzazione annette nuovi territori e assume forme più pretenziose. I raffinati, gli *highbrows*, torcono il naso e già guardano con nostalgico compiacimento ai gusti bassi dei prodotti dell'«industria culturale» più popolare e rozza, come se si trattasse d'un poetico folklore, fresco di spontaneità e di poesia.

Di fatto, la cultura *middlebrow* ha sempre avuto in America una tradizione (come esempio si sente citare spesso, in senso sia positivo sia negativo, la «Saturday Review»). E se livellamento culturale nella società industriale ha da esserci, è certo meglio che si realizzi sul gradino di maggiore informazione e larghezza di vedute possibile.

Un esempio curioso è come il tono *middlebrow* fa presa ora anche su una rivista «per uomini» famosa per le fotografie a colori di donne nude: «Playboy». A interessi frivoli e spesso scollacciati, «Playboy» applica un'accuratezza editoriale e giornalistico-informativa che la distingue tra le pubblicazioni consimili, e presenta spesso firme letterarie di primo piano. Ma ora i fedeli di «Playboy» sono in allarme: la rivista ha cominciato a pubblicare articoli contro l'armamento atomico. Cosa succede? Adesso si metterà anch'essa sulla via del dibattito d'idee, della politica, delle discussioni intellettuali? A dire il vero non sono i veri lettori di «Playboy» che protestano; la rivista segue fedelmente l'evoluzione delle richieste del suo pubblico; è invece il pubblico *highbrow* che vorrebbe che «Playboy» restasse esclusivamente improntata alla sua sana e volgare futilità. Già è successo lo stesso con «Esquire», che era partita come la rivista più frivola d'America ed ora rappresenta per un largo pubblico la rivista letteraria «di stile» e raffinata. Dove andremo a finire?

Una massa d'élite

Delle differenze più grosse con la vita d'Europa, ci si rende conto a poco a poco. Una delle cose più strane è questa, e ancora non ci avevo badato: di questa gente di New York che frequento, nessuno va al cinema, mai. Io non ci vado perché trovo più istruttivo passare la sera a conoscere persone, a discorrere, ma ora mi accorgo che non mi capita mai di trovare qualcuno che sia stato di recente al cinema e che parli di film.

Sì, a dire il vero i film italiani e francesi e quelli di Bergman che danno nei piccoli cinema intellettuali del Greenwich Village vanno a vederli; ma il cinema americano è completamente ignorato. Conosco anche persone che spesso, di pomeriggio, vanno al Museum of Modern Art dove danno vecchi film di cineteca tutti i giorni, gratis per i soci. Ma ai cinema, ai veri cinema non ci vanno: dico quelli grandi, che poi sono pochissimi, in Broadway e nelle vie vicine, e un film sta su per tre o quattro mesi, e quindi per esempio l'abitudine che in Italia hanno certuni di vedere un film ogni sera in America sarebbe impossibile.

Una volta sola sono andato a vedere un film americano: *On the Beach*, quello con Ava Gardner, che tratta della fine del mondo dopo un'esplosione atomica. Mi interessava vederlo per l'argomento e anche perché era l'unico film di cui ci fosse a New York della pubblicità in giro (i manifesti di film negli Stati Uniti sono rarissimi). Non mi è piaciuto, ma avevo voglia di discuterne con qualcuno; ebbene non mi è ancora riuscito di incontrare qualcuno che l'abbia visto, o che si proponga di vederlo, o che abbia mai pensato che si potesse andarlo a vedere.

Voi direte che frequento solo gente *highbrow*, intellettuali, ma non è vero; frequento la gente normale di New York, di tutti i tipi. Ma bisogna dire che Manhattan è un'isola speciale dove le attività economiche sono l'editoria, i giornali, lo spettacolo, la moda, le *public relations* e gli *advertisements* di tutte le grandi aziende d'America. E gli avvocati che si occupano di tasse o di diritti d'autore. E gli agenti (letterari o teatrali o di pubblicità) che sono la categoria più diffusa, una vera e propria massa come i metallurgici in una città industriale. (Ci sono anche agenti per chi vuole trovare un agente). Ne risulta un fenomeno che non so se i sociologi abbiano già analizzato: l'industria culturale crea enormi concentrazioni di lavoratori intellettuali, i quali producono cultura di massa ma non la consumano; quindi, da parte di queste masse di intellettuali (intellettuali medi: sono in gran parte giovani e ragazze usciti dal *college* di recente) la richiesta «di massa» è per i prodotti di cultura «d'*élite*».

Ma chi sono, allora, gli spettatori dei film americani negli Stati Uniti? Naturalmente nei quartieri portoricani cinema se ne vedono, con manifesti in spagnolo e film doppiati in spagnolo; e anche i negri e gli italiani al cinema penso che ci andranno. Ma sono strati di popolazione con cui è difficile entrare in contatto: il senso vero dell'importanza del cinema nell'America d'oggi non riesco a raggiungerlo.

Il linguaggio del film, che era sembrato divenire l'unificatore dei diversi livelli culturali della società moderna, da una parte s'intellettualizza ponendosi sul piano delle arti colte, dall'altra si relega nella sfera del folklore, indagabile solo dagli scandagli del sociologo e dell'etnografo.

Vacanze in Urss

Si può dire che quasi tutte le sere mi capita d'incontrare per caso qualcuno che è tornato dall'Unione Sovietica da poco, o che si dispone ad andarci, o che prepara un viaggio per l'estate prossima e raccoglie informazioni da altre persone che ci sono già state. Sono uomini d'affari, scrittori, signore, scienziati, giornalisti; ci vanno per turismo, per missioni ufficiali, per studio, per la caccia all'orso, per comprare o per vendere. Da quando gli scambi tra i due paesi sono tornati in una certa misura possibili, vedere coi propri occhi il grande antagonista è diventata una delle più forti passioni degli americani (di un certo livello sociale e culturale, s'intende).

L'oggetto, l'indumento, il regalo che viene dalla Russia si aggiunge nella casa dell'intellettuale americano al solito assortimento di suppellettili messicane. Nell'appartamento di una specialista di *public relations*, di ritorno da un viaggio a Mosca per conto di certi uomini d'affari, ho visto sette antiche icone, una più bella dell'altra e, pare, autentiche: ma si dice che, a uso appunto degli americani, sia sorto a Mosca un commercio semiclandestino di icone false.

Com'è l'atteggiamento verso l'Urss di questi visitatori americani? Di curiosità, di ricerca d'obiettività, d'ironico scandalo di fronte agli aspetti più paradossali d'un sistema tanto diverso dal loro. La polemica antisovietica in loro non accenna certo a esser meno decisa e oltranzista, ma si dissacra, perde quell'aspetto astrattamente teologico che domina nella stampa e nei discorsi ufficiali, e s'appunta su una realtà vivente e quotidiana.

Ma in genere l'Unione Sovietica resta oggetto di una conoscenza aneddotica, esterna, marginale, sia negli atteggiamenti di valutazione positiva sia in quelli di critica e ripulsa. La forma mentis americana non è portata a ragionare in termini storici né a identificare momenti-chiave della storia dell'umanità in paesi o regioni o uomini. Quello che la rivoluzione sovietica può rappresentare come apertura di prospettive storiche agli occhi di milioni di uomini, si può dire che sia incomprensibile agli americani.

Maccarthysmo stanco

Mr M. ha una grana. Pubblica un bollettino sull'attività delle Nazioni Unite, dedicato esclusivamente ai documenti delle sedute. Il bollettino riporta tutti i resoconti, le mozioni e i discorsi, naturalmente anche quelli dei sovietici. Questo è bastato a un senatore per denunciare Mr M. al Comitato per le attività antiamericane, come diffusore di libelli comunisti. L'accusa è ridicola, non c'è probabilità che abbia conseguenze, si capisce bene il retroscena (la moglie di Mr M. è una dirigente della Lega per l'emancipazione della gente di colore, e quel senatore è uno del Sud, antintegrazionista arrabbiato), ma intanto l'inchiesta dovrà fare il suo corso. Mr M. è tranquillo, ma annoiato: finirà per essere certamente scagionato d'ogni accusa, ma intanto avrà dovuto sottostare a una procedura sgradevole, prendere un buon avvocato che gli costerà un sacco di quattrini. Una grana.

Il maccarthysmo è fiaccato ma non morto, non può più scatenare il terrore, ma continua la sua azione di disturbo, di persecuzione spicciola, di punture di spillo. Non più sostenuto dal clima ufficiale né dall'opinione pubblica, ma sopravvissuto nella coscienza dei suoi fautori, fa il possibile per mantenersi in vita, sperando che venga l'ora di tornare alla ribalta. Con braccia ormai molli e lente, da fantasma, cerca di colpire i fantasmi di sovversivi che non esistono, ombre che sfuggono alla presa.

Comunismo col kappa

La domanda che un visitatore italiano si sente continuamente fare dagli americani di media cultura è: «È ancora forte in Italia l'infiltrazione comunista?»; e quando spieghi loro che finché penseranno che il comunismo è un «infiltrazione» non capiranno niente di quel che succede nel mondo, sembra che si parli di cose cui non avevano mai pensato.

C'è un senatore che ha iniziato una campagna perché la parola *Communism* venga scritta con l'iniziale K: *Kommunism*, per rendere chiaro a tutti che è una cosa straniera e odiosa. Si dirà che una certa aliquota di deficienti c'è sempre stata in tutte le classi dirigenti da che mondo è mondo; ma che l'iniziativa di quel senatore non sia immediatamente sommersa dal ridicolo, anzi sia seguita – senza entusiasmo ma con obiettività – anche dai giornali più seri, è un sintomo che, collegato a molti altri, può aiutare a comprendere la serie di sconfitte americane in politica estera.

La debolezza americana non è oggi questione di combustibile atomico per gli sputnik; è questione di intelligenza dei problemi mondiali. La guerra fredda, con quella dozzina d'anni di politica basata sui rapporti di forza, è stata deleteria per lo sviluppo dell'intelligenza sia dei sovietici sia degli americani. Ora entrambi cercano di recuperare questi ritardi di sviluppo mentale, ma come era inuguale il ritardo, così sono inuguali i recuperi: i sovietici quello che succede nel mondo (soprattutto nel mondo sottosviluppato) lo capiscono bene e forse non avevano mai smesso di capirlo; gli americani hanno smesso di capirlo e sembra che non riescano a capirlo più.

La storia e la geografia

Perché gli americani non hanno il senso della storia? Quando poni loro questa domanda, dicono: «Eh, già, sì, avete ragione», come colti da un complesso d'inferiorità, e poi ti dicono che l'Europa ha avuto il Medioevo, e loro no, ha avuto i romani e i greci, e loro no, e si mettono a invidiarti i vecchi castelli, le rovine degli acquedotti. Cerchi di far capire loro che non è questo, che senso della storia è un certo modo di considerare il futuro, più ancora che il passato; ma è difficile da spiegare, non ci si comprende. Il fatto è che questo è il paese degli uomini che hanno scelto la geografia e non la storia. Da più di tre secoli, l'America è stata una soluzione geografica per uomini (masse o individui) che si trovarono di fronte a problemi storici nei loro paesi d'origine. I Padri Pellegrini, e tutti i *settlers* puritani del Sei e del Settecento, nel conflitto religioso inglese avevano scelto la soluzione geografica; non potendo imporre la tolleranza religiosa o la vittoria delle loro dottrine, avevano cambiato di posto. Nell'Ottocento i poveri italiani o tedeschi o polacchi o russi o irlandesi, di fronte alla fame, non potendo concepire alcuna via di sviluppo storico per i propri paesi, scelsero la soluzione geografica: passarono l'Atlantico. Lo stesso gli ebrei dell'impero zarista e di quello absburgico, terrorizzati dai *pogrom*. Lo stesso i singoli individui che, fino ai nostri giorni, perseguitati per ragioni politiche razziali o religiose, cercarono negli Stati Uniti un paese in cui quel loro particolare problema non si ponesse.

La stessa storia nazionale degli Stati Uniti è in gran parte una ricerca di soluzioni geografiche all'interno del paese: i suoi eroi sono i *pioneers*, che spostarono la «frontiera», che cercarono in altri luoghi possibilità di vita maggiori di quelle che avrebbero avuto restando dov'erano, che cercarono un'America all'interno dell'America.

C'è pur stato un fatto storico, d'importanza mondiale, che s'è attuato qui: la guerra d'indipendenza e la teorizzazione della democrazia americana; ma ha avuto come spinta di base il bisogno di sancire una volta per tutte l'avvenuto distacco geografico dalla madre patria. E c'è stata sì la volontà di marcare un passaggio storico, con la guerra di secessione, da una società agricola paternalistico-schiavista a una società industriale di capitalismo in espansione e di mentalità democratica, ma tutto si ridusse a una vittoria militare e a un'imposizione economica: soffocamento del Sud da parte del Nord industriale. C'è pure stato il tentativo rooseveltiano di passare dalla fase storica del capitalismo liberista a quella d'un capitalismo controllato e regolato, ma non è riuscito a marcare una trasformazione delle coscienze e se n'è salvato solo un insieme d'espedienti pratici per proteggere l'economia dalle crisi.

Ora la geografia non offre più vie di sviluppo. Gli americani non sono «imperialisti» nel senso europeo della parola; lo era Teddy Roosevelt; un tentativo di soluzione storica anche il suo: passare sul piano dell'espansionismo coloniale come gli europei; ma la vera «destra» americana è isolazionista, non espansionista; anche di recente, in piena guerra fredda, MacArthur è stato presto messo fuori gioco.

La soluzione geografica è stato il viaggio *verso* l'America, compiuto una volta per tutte; non è concepibile l'idea di *tornare* nel resto del mondo; non è concepibile che altrove si stia meglio che negli Stati Uniti. A far la guerra altrove si va per difendere l'America, la propria geografia, il proprio benessere etico-economico; ma poi si torna.

L'espansionismo americano s'attua con le merci, gli affari, l'area del dollaro, quello sì. È sempre l'illusione che siano le cose, da sé, a decidere. E invece non decidono niente, complicano le contraddizioni del mondo, i problemi storici si accumulano. Ormai i problemi dell'America e quelli del mondo son tutt'uno. E l'America non sa risolverli. E l'Europa – anche se sapesse – non può.

71

Nostalgia della dialettica

In Europa prima si pongono i problemi, poi avvengono i fatti.

In America prima avvengono i fatti, poi si pongono i problemi.

In Europa i problemi si pongono sempre, non sempre avvengono i fatti giusti.

In America i fatti avvengono sempre, non sempre si pongono i problemi giusti.

In Europa dai nuovi fatti nascono nuovi problemi.

In America: i fatti danno fatti, coi problemi si comincia sempre da capo; la storia culturale è un succedersi di «generazioni» ognuna separata dalle altre; non ci sono «scuole» che abbiano una continuità di sviluppi, ma strati cronologici: «gli anni '20», «gli anni '30», «gli anni '40».

L'antitesi

In Europa, l'antitesi capitalismo-socialismo modella ogni ragionamento, ogni pensiero. L'America non possiede il senso dell'antitesi: il socialismo pare cancellato dalle coscienze per un processo freudiano di rimozione. Il capitalismo avvolge e permea di sé tutto. Anche se la coscienza intellettuale è lucidamente critica nell'annotarne i mali, gli aspetti negativi, non c'è mai qualcosa che ad esso si contrapponga, se non – in letteratura o in arte – una fanciullesca rivendicazione spirituale individualista, senza linea né prospettive.

Il mondo americano d'oggi è dunque, come orizzonti ideologico-culturali, straordinariamente unitario. Questo spiega la grande possibilità di presa dell'«industria culturale», sicura di parlare un linguaggio che non viene messo in discussione; cosa impensabile da noi, dove qualsiasi cosa che si stampi o diffonda è formulata tenendo conto – magari inconsciamente – delle possibili reazioni di qualcuno che non ne accetta le premesse.

Un discorso simile vale per l'Unione Sovietica?

Ma l'unità culturale sovietica – tanto più programmatica e perentoria e istituzionalizzata – ha come presupposto la continua coscienza dell'antitesi, propria del meccanismo di pensiero hegeliano e poi marxista.

Di fatto, sia gli americani sia i sovietici si fanno dell'«avversario» un'immagine quasi sempre mitologica e mistificata, perché si limitano a vederlo come una forza esterna nemica e solamente negativa, senza cercare di capire da quali valori è costituita questa sua forza. Ma ciò non toglie che nella struttura mentale dei sovietici ci sia la possibilità di farsi una nozione dialettica dell'avversario, mentre per la struttura mentale americana è più difficile farsi dell'avversario una nozione che non sia teologica.

Arte e antitesi

La coscienza attuale dell'intelligenza americana è caratterizzata da un'indeterminata scontentezza per la società della meccanizzazione e del benessere, e tuttavia da una incapacità o non-volontà di proporre possibili antitesi o soluzioni.

Come si riflette questo stato d'animo in arte e in letteratura?

Il senso dell'antitesi storica, in arte e in letteratura, provoca l'immagine. Il poeta contrappone alla realtà un'immagine. Quest'immagine implica (anche quando vuol essere una riproduzione d'una data sezione di realtà scelta come paradigmatica) un nuovo discrimine di valori.

Una tale operazione ora sembra impossibile alla coscienza americana. La quale riesce a esprimersi compiutamente solo con delle reazioni che non si cristallizzano in immagini, cioè restano allo stato di grido. Perciò sono avvantaggiate due forme d'espressione che permettono la maggiore tensione lirico-espressionista senza proporre immagini: la pittura informale e la musica jazz.

I veri «documenti» dell'America d'oggi vanno cercati quindi in queste due direzioni (del resto molto diverse l'una dall'altra: la pittura astratto-espressionista è carica d'una disperazione troppo cieca e gridata per persuaderci di non essere ingiustificata; il jazz «freddo» è invece una razionalizzazione del nervosismo attuale che direi più fondata e storicamente utile, però sempre col sospetto d'un virtuosismo formale).

La letteratura invece è obbligata a scegliere e coordinare immagini o magari soltanto parole con un significato: e non ce la fa. Non nascono immagini-antitesi, o meglio: esse sono tutte fiacche e inadeguate. Perciò un discorso sulla letteratura americana degli ultimi anni si può fare solo su un piano di fenomenologia letteraria, che non tocchi il piano dei valori.

I libri più interessanti che vengono dall'America negli ultimi anni non sono creazioni letterarie ma libri di saggistica sociologica, che descrivono criticamente aspetti nuovi della realtà americana, senza contrapporre alcuna possibilità di soluzione. Ma ogni volta che il romanziere tenta un'operazione parallela a quella della sociologia, cioè cerca d'evocare una carica poetica – positiva o negativa – su qualche particolare di questo quadro, fa cilecca.

Arte e sicurezza

La violenza, l'urlo, il *no* dell'ultima pittura americana astratto-informale (e quello che vorrebbe corrisponderle in campo letterario: il flusso verbale della *beat generation*) sono segni d'una situazione di crisi?

Direi che è proprio il contrario. La società americana si sente tanto sicura che ha bisogno di provocarsi artificialmente la coscienza d'una disperazione esistenziale.

Per converso, l'Unione Sovietica, che per quarant'anni è vissuta in uno stato di tensione e d'insicurezza, sente il bisogno nell'arte di immagini e forme rassicuranti, tradizionali, ispirate a buoni sentimenti.

Vita di scrittori

Nel mondo letterario di New York, sono diventato particolarmente amico d'un giovane scrittore che pare abbastanza tipico e rappresentativo, e che qui chiamerò Bill Stern. (Non è che scelga le mie amicizie in base alla loro rappresentatività sociologica: sono amico di Bill perché è un tipo allegro, intellettualmente agile, dotato insieme di chiarezza morale e furberia: qualità che non è facile trovare tutte insieme).

Bill ha scritto diversi libri (uno all'anno, in media) ed è ben quotato tra i nomi della sua generazione. Ma certo i libri non basterebbero a farlo vivere, se non ci fossero i *grants*, cioè le borse da parte di qualche fondazione culturale. Spera di farsi assegnare un *grant* adesso, per finire un romanzo. Andrà in Arizona, o forse in California. Ma intanto non vorrebbe perdere un'altra borsa, da un'altra *foundation*, per autori teatrali, perché ha anche intenzione di scrivere una commedia. Bisognerà che scelga. Con una

Guggenheim (mi pare) ha passato sei mesi a Haiti, con una Rockefeller (o una Ford Foundation?) ha girato l'Europa. È il sistema migliore che uno scrittore ha per vivere; altrimenti, non è difficile trovare una cattedra di *writing*, ossia d'arte dello scrivere, in un'università o in un *college*: vita tranquilla, poco da fare, ma bisogna aver voglia di passare qualche mese in un centro universitario fuori mano.

La mai abbastanza lodata provvidenza della legislazione fiscale americana, per cui le grandi industrie e banche possono devolvere una parte dei milioni che dovrebbero pagare come tasse al finanziamento di fondazioni culturali, fa sì che la disponibilità di denaro per la cultura sia enorme. E per gli scrittori la battaglia per la vita consiste nel riuscire a farsi assegnare una borsa dopo l'altra. Spesso vi riescono anche gli esordienti, anche chi ha pubblicato una novelletta su una rivista, o chi presenta alla *foundation* i primi capitoli d'un romanzo e chiede d'esser mantenuto per poterlo finire. Sono borse non alte, s'intende; ci si vive appena; gli scrittori giovani vivono sempre un po' da *bohémiens*; di solito si sceglie, per usufruire del *grant*, un paese esotico, dove la vita costi poco, o dove comunque si possa uscire in maglione e sandali: Cuba, le Hawaii, Via Margutta. C'è anche il vantaggio di entrare in contatto con popolazioni strane, che ispirano coloriti bozzetti di vita vissuta: proprio quello che ci vuole per le riviste a larga tiratura e per concorrere a nuovi *grants*.

Nessuno scrittore qui ha, come da noi, una seconda professione, se non coloro che sono entrati ormai stabilmente nella categoria dei professori universitari. L'insegnamento di solito è qualcosa di temporaneo anch'esso, un invito da parte di un'università o d'un *college* a svolgere un corso di lezioni o conferenze. Lo scrittore è considerato sempre uno che può far parte a terzi dei segreti della sua arte.

Ne deriva, nella vita dei giovani scrittori, un'atmosfera insieme di sicurezza e d'instabilità. Lo scrivere, purché raggiunga un certo livello medio, è una professione come un'altra, che può dare da vivere. Attraverso il mecenatismo istituzionalizzato, il lavoro creativo non è liberato dai calcoli economici ma non è neppure legato a una richiesta di mercato: è lì a metà. Gli scrittori di medio livello sono una moltitudine, e le loro tirature, in tutti gli Stati Uniti, non sono più alte delle nostre iniziali tirature italiane, né molto più redditizie, come diritti d'autore.

La posta in gioco su cui ognuno punta è il successo: misteriosa istituzione, senza un regolamento preciso e che non si sa mai chi possa scegliere tra i suoi favoriti.

Scrittori-fantasma

Un caratteristico mestiere newyorkese è il *ghost-writer*, lo «scrittore-fantasma», che scrive libri per conto di personalità famose che non sanno scrivere: confessioni di attrici o di personalità mondane, memorie di campioni sportivi o di grandi industriali, esposizioni politiche di uomini di Stato o generali. Puoi incontrare il *beatnik* poeta maledetto che, per pagarsi gli stupefacenti, fa il *ghost-writer* d'un reverendo pastore per libri di edificanti omelie.

Il minuscolo alloggio del Greenwich Village in cui abita, Bill Stern l'ha avuto in prestito da uno scrittore più anziano, che ora è a Hollywood. A guardare i libri che il padrone di casa ha lasciato negli scaffali, bisogna riconoscere che pochi meritano la qualifica di «scrittore» come costui: è uno che ha scritto assolutamente di tutto, sotto i nomi più diversi, dai romanzi ai libri di astronomia e sulle materie plastiche, alle memorie d'un famoso suonatore di jazz.

Oggetti messicani adornano le stanze: il padrone di casa

aveva vissuto in Messico e tra le sue varie attività c'era stata quella di guardia armata di Trotsky. Naturalmente, ha
scritto un libro su quest'esperienza, e ciò è bastato a farlo considerare esperto in cose russe. Un produttore del cinema l'ha subito chiamato a Los Angeles come consulen-
te per un film su Pietro il Grande.

Una famiglia tipica

Bill Stern deve andare per qualche giorno a Cleveland,
dove vivono i genitori, per tenere una conferenza, e a Detroit a vedere le sue bambine che vivono con la moglie da
cui è divorziato. Mi invita ad accompagnarlo.

Andiamo a Cleveland in aereo. Accoglienza calorosa a
casa Stern, tipica famiglia israelita del Middle West. Il babbo di Bill, Samuel Stern, era arrivato dalla Russia ragazzo
con un cognome troppo difficile, subito cambiato; ha fatto
il muratore, poi l'erbivendolo, e solo dopo l'ultima guerra
è riuscito a far fortuna, diventando uno dei più grossi proprietari d'alberghi della città. Vive ancora modestamente
nella sua villetta, con la moglie e tre dei figli. Quasi ogni
estate fa con la moglie un viaggio in Israele. È americaniz-
zato e bonariamente filisteo, ma ora è orgoglioso d'avere
per figlio uno scrittore noto e non trova nulla da eccepire
sul modo di vita di Bill a New York, così diverso dal suo.

La madre di Bill è la classica *Good Jewish Mother*, provv-
vida, protettiva, che pensa a tutto; la sua cucina, che unisce le tradizioni ebraica, russa e della campagna americana,
s'esplica nella gran varietà di pietanze e contorni sciorinata
sulla tavola in una moltitudine di piatti. La soddisfazione
del benessere finalmente raggiunto aleggia sulla tavolata.

Dei tre fratelli di Bill, il maggiore fa l'avvocato e ha lo
studio in uno degli alberghi del padre; è specializzato na-

turalmente nel ramo più richiesto e redditizio dell'avvocatura civile: la consulenza fiscale. Il più giovane aiuta il padre nell'ufficio dell'albergo. Ma il vero personaggio della famiglia, ancora più di Bill, è Tom: trentacinquenne, ha fatto molti mestieri, anche l'operaio in fabbrica, ma pianta sempre ogni cosa a mezzo, e ora vuol fare lo scrittore anche lui. Il padre è scontento, però capisce che avere dei figli intellettuali aumenta il suo prestigio nella comunità cittadina: e ha deciso di mantenerlo per qualche anno a scrivere, per vedere cosa combina. Ma Tom non è abile come Bill: mite, disarmato, inconcludente, anarchicheggiante, animato da un'adesione amorosa e ottimista verso la vita e insieme da un radicale amaro spirito critico, potrebb'essere il poeta capace d'esprimere una nuova visione del mondo, così come può avviarsi a diventare un patetico fallito di provincia.

La città scompare

Ho visto più «America» girando in questi giorni per Cleveland e Detroit, che in due mesi a New York. La formula che usavo come sintesi delle mie prime impressioni in questo paese: «L'America è troppo poco americanizzata», comincia a rivelarsi non vera.

Innanzitutto è cambiata l'idea stessa che mi facevo di «città». Si esce dall'autostrada, si cerca la città; dov'è? È scomparsa. Puoi girare per ore in macchina e non trovi quello che corrisponde al centro. Sì, c'è ancora una *downtown*, un centro d'uffici, ma la città residenziale è sparita, si è sparsa su una superficie grande come una nostra provincia. La *middle class* vive nelle villette a due piani, rade, nei quartieri sterminati di viali tutti uguali. Non si può fare un passo senza auto, anche perché non c'è da andare in nessun posto. Non ci sono in giro botteghe di tipo tradizionale; ogni tanto a un incrocio di questi viali c'è uno *shopping center*, un centro d'acquisti dove si può fare la spesa.

Credevamo che la nostra era fosse caratterizzata da un massimo di concentrazione urbana. Invece non lo è già più. Siamo nella fase della polverizzazione urbana; già la nostra civiltà, i costumi, la mentalità stanno cambiando; il mondo superindustrializzato sta tornando un mondo di piccoli nuclei familiari, stretti intorno al focolare (la televisione) come era fino a ieri solo il mondo agricolo.

La rotazione dei quartieri

Anche i quartieri poveri sono composti di tante rade villette; con la differenza che invece di una famiglia ce ne abitano due o tre, e la costruzione, in genere di legno, si deteriora nel giro di pochi anni, diventa uno *slum*. Invecchiano presto, queste case, e passano presto di mano in mano. Ma non è solo la casa singola: è tutto il quartiere a cambiare popolazione nel giro di cinque o sei anni. Quello che quattro o cinque anni fa era un *suburb* elegante adesso passa in mano alla borghesia negra benestante. Anche i negri poveri intanto hanno fatto un passo avanti, sono andati ad abitare nelle villette d'un *suburb* dove fino a qualche anno fa stavano solo ebrei. Ora che quello scaglione di ebrei ha migliorato la sua situazione economica ed è sciamato via, ognuna delle loro villette è stata divisa in appartamenti e affittata a famiglie negre. Le sinagoghe, ancora coi candelabri sulle vetrate e sugli archivolti, ora sono state adattate a chiese battiste. Nel vecchio quartiere negro ora sono entrati i messicani; dove c'erano gli italiani ora ci sono gli ungheresi, ma le insegne dei negozi restano quelle di prima.

Più ci si inoltra nei quartieri poveri, più si scopre che il perpetuo movimento, prima ragione di fascino della civiltà americana, è ancora in atto. Esso non ha il volto roseo e pubblicitario dell'*American way of life*, ma testimonia una vitalità più profonda, anche nella sua rozzezza, nel suo sudiciume, nella sua violenza. Nei centri industriali come Cleveland o Detroit, chi troviamo come ultimi arrivati, ancora al gradino più basso, tra i non assimilati? Sono gli immigrati interni, i *poor whites*, «bianchi poveri» del Sud che vengono quassù a cercare lavoro nelle fabbriche, gli ultimi superstiti del puro ceppo anglosassone, fino a ieri i più refrattari al generale nomadismo dei loro connazionali. Gli orgogliosi e inetti figli d'una prospera società decaduta, disdegnatori dei loro fratelli *yankees* produttivi e spregiudicati, eccoli ridotti a un livello economico e culturale inferiore ai loro antichi schiavi.

Con loro si chiude, non senza una sua morale, il ciclo delle rotazioni di popoli in uno spazio astratto, che corrisponde alla città dilatata ed esplosa così come l'esplosione d'un corpo celeste muove il roteare dei pianeti.

Gli intellettuali in provincia

Tutte le sere, si finisce per andare a far visita a questo o a quello, nelle villette dei *suburbs* residenziali: famiglie di professori, professionisti, pittori; l'altra sera, da un ex professore di filosofia che ha cambiato mestiere: presenta canzonette alla radio.

Nelle case degli intellettuali di provincia si discute di più che a New York delle prossime elezioni e della politica; direi che si discute di più in genere. A New York tutti sanno già tutto: si scherza, si allude, ma non ci si impegna quasi mai nelle proprie opinioni.

L'atteggiamento, in queste discussioni casalinghe, è vario: è in provincia che ci sono i più lucidi e amari critici della vita americana, così come, nella stessa categoria di persone, si trovano gli entusiasti a tutti i costi, quelli che sentono il bisogno d'affermare continuamente che tutto va bene, quelli che non avvertono nessuna insoddisfazione per la situazione culturale, e citano le cifre delle università, dei teatri, delle biblioteche con lo stesso entusiasmo quantitativo dei sovietici. Sono di solito persone stabilitesi negli Stati Uniti da data più recente, per cui l'America è ancora una scelta volontaria e devono convincere se stessi prima degli altri. Parlando con loro viene naturale di fare l'ipercritico; con i critici invece viene naturale di lodare la civiltà americana, di cui molto spesso sottovalutano gli aspetti positivi più vistosi per noi europei.

L'America tappata in casa

A New York avevo avuto l'impressione che gli intellettuali non andassero mai al cinema. E qui? Credevo che la provincia mi si sarebbe rivelata finalmente il regno del cinema: invece saltano fuori altre abitudini, altre difficoltà, le abitazioni lontane dal centro, il piacere di passar la sera a casa, il problema dei bambini.

È questo il fatto: la gente la sera non esce. Si sta a vedere la televisione, e la televisione dà dei buoni film, film americani degli anni '30, anche se interrotti ogni cinque minuti dalla pubblicità di verdure in scatola e cera da pavimenti. Con questo blocco familiar-televisivo combinato con l'assenza di donne di servizio, l'America è tappata in casa e non si sa quando riuscirà a mettere il naso fuori. Tutti hanno bambini piccoli e le *baby-sitters* non sono facili da trovare, bisogna telefonare all'agenzia in precedenza, e costano care. Suocere e nonne che vivono con i giovani sposi pare che non ne esistano: le donne anziane vanno tutte a stare in albergo. Una coppia di sposi in genere prenota una *baby-sitter* una sera alla settimana, o anche due: ma in queste sere si va a trovare degli amici per un invito combinato in precedenza. Chi sta a New York (se ha preso le poltrone qualche mese prima) va a teatro, ma nelle altre città gli spettacoli teatrali sono rari. La cosa di dire: «Stasera che si fa? Si va al cinema? Guarda un po' che film danno!» negli Stati Uniti non esiste.

Paternalismo

Il Karamu di Cleveland è un centro comunitario fondato una trentina d'anni fa, per promuovere un'attività culturale comune tra bianchi e gente di colore. È qualcosa come le «case della cultura» nell'Unione Sovietica: un grande edificio che contiene teatri, esposizioni d'arte e d'artigianato, musei di cultura africana, aule dove vedo giovani negri che passano la sera intenti a lezioni di chimica o di biologia. L'architettura e il gusto degli arredamenti e allestimenti sono di prim'ordine. Il teatro mette in scena lavori dove negri e bianchi possono recitare insieme. Gli attori sono dilettanti o professionisti che danno la loro opera gratis.

Assisto alle prove d'una nuova commedia di autore negro che andrà in scena domani. Ma da quello che mi pareva un clima di illuminata avanguardia casco in un'atmosfera diversa: la commedia è una lacrimevole storia edificante moderato-sociale su tema razziale. Ricordo una commedia vista a Mosca, nove anni fa, al teatro del Komsomol: anche là vigeva una simile concezione pedagogico-sentimentale, un po' da teatrino d'oratorio. Ma qui c'è un'inclinazione paternalistica che mi dà un particolare fastidio.

Adesso, il Karamu con tutto il suo stile, la sua organizzazione e accuratezza, la sua ricchezza di mezzi, comincia ad apparire ai miei occhi come il tempio d'un soffocante paternalismo. Sfoglio il programma di una serie di conferenze di politica: è propaganda governativa, su di un tono ufficiale e assiomatico.

La morte del radicale

È morto un vecchio giornalista *liberal* di Cleveland. Era molto amato dalle famiglie ebree della città per le sue campagne contro l'antisemitismo. Il giornale che ospitava le sue *columns* gli lasciava completa libertà d'espressione, sebbene – come la quasi totalità dei giornali di provincia – fosse un organo conservatore e isolazionista. Leggo il suo ultimo articolo, sulla ricomparsa delle svastiche in Germania: calorosa oratoria democratica ottocentesca. Bill, che gli era amico, è andato al funerale e mi racconta. Il vecchio giornalista era quacchero ma alla cerimonia erano intervenuti pastori di tutte le Chiese, bianchi e negri, e rabbini. Ex alcolizzato, guarito con lunghi sforzi di volontà, egli era uno dei capi dell'Anonima Alcolizzati, una società di mutuo soccorso tra ubriaconi cronici. Al funerale, tra i visi dei pallidi ecclesiastici e degli intellettuali negri, spiccavano le rosse facce dei beoni.

Un bar

Aspettando Bill che è andato al funerale del giornalista, siedo in un bar dall'aria un po' losca in una via popolare. Gli avventori al banco sono omaccioni col berretto a visiera e donne mature e volgari. Uno fa suonare un tango al jukebox e balla con una delle donne. C'è qui tutta un'America che a New York non è facile vedere: quelli che per noi sono i simboli dell'americanizzazione – come i biliardini e i tiri a segno elettronici – corrispondono all'America più provinciale e proletaria.

Nel gabinetto del bar, cerco di decifrare una scritta a matita sul muro. Non è la solita scritta oscena: è un'invettiva razzista contro i negri e i *cucarachas* (cioè i latino-americani). Torna Bill e mi spiega che questa zona è abitata da «bianchi poveri» del Sud (Virginia, Georgia, le zone del fanatismo razzista) immigrati qui a lavorare nelle fabbriche d'automobili.

Conferenza al tempio

La conferenza di Bill è al tempio *conservative*. Le chiese degli ebrei americani si dividono in sinagoghe (del culto cosiddetto «ortodosso»), templi «riformati» e templi «conservatori». Gli «ortodossi» osservano scrupolosamente i riti e i divieti della tradizione; i «riformati» costituiscono rispetto ai primi una specie di protestantesimo, un adattamento della religiosità ebraica al modo di vita americano; i cosiddetti «conservatori» sono una via intermedia che concilia alcuni aspetti formali della tradizione con una spregiudicata mentalità moderna.

Al venerdì sera, a metà della funzione che segna l'inizio del sabato, in questo tempio si usa tenere una conferenza culturale, per ravvivare l'interesse dei fedeli. È Stern padre che ha combinato la conferenza di Bill, la quale segna la prima consacrazione del figlio come una personalità culturale cittadina, e un riconoscimento di prestigio di lui, Samuel Stern, da poco tempo entrato a far parte dei maggiorenti della chiesa.

Accompagno al servizio la famiglia Stern in pompa magna; la signora Stern porta il distintivo d'una onorificenza israeliana: «*Woman of Valour*». I figli, anche i più scettici, godono della soddisfazione dei genitori. Come tutti i fedeli, anch'io indosso la *yarmulka*, lo zucchetto nero, e leggo dal libriccino degli inni i versetti dei salmi, unendomi al coro dei fedeli in risposta ai versetti letti dal rabbino. Tra gli inni del libriccino c'è *America*, il noto inno patriottico. La bandiera degli Stati Uniti è a un lato dell'altare, come sempre in tutte le chiese; all'altro lato c'è la bandiera d'Israele. Il rabbino porta la toga nera e i paramenti bianchi, ma ha la barba rasa, a differenza degli «ortodossi». C'è un magnifico cantore che somiglia a Mischa Auer; canta accompagnato dall'organo, che è un'innovazione rispetto all'ortodossia. Sul palco sono anche ragazzi della scuola rabbinica coi paramenti sacri e ragazze vestite da passeggio (altra innovazione) che si alternano al rabbino e al cantore nella lettura dei salmi.

A metà del servizio il rabbino, dopo aver commemorato i membri della comunità morti durante la settimana (e anche il giornalista radicale amico), dà la parola a Bill. Il tema scelto da Bill è: *I beatniks*, che sugli inviti è stato corretto in: *I beatniks e la fede*. Ma Bill non parla affatto di fede; descrive le usanze della nuova generazione del Greenwich Village, la passione per le droghe e la sregolatezza sessuale, e sostiene che il loro ideale del *keeping cool*, dell'indifferenza, deriva dalla perdita degli ideali politici e sociali che furono caratteristici della cultura americana d'anteguerra. Usa diverse volte l'espressione *making love* al posto del termine biblico *fornication*, cosa di cui alcuni fedeli si dorranno col rabbino. Ma per il resto il clima di liberalità è assoluto.

Finita la conferenza, si riprende il servizio, e babbo Stern è chiamato dal rabbino a tirare la tendina dell'Arca.

La gente s'affolla a congratularsi coi vecchi Stern raggianti e coi figli che sorridono intimiditi. Anch'io, creduto uno dei fratelli Stern, ricevo la mia parte di congratulazioni.

In auto

Parto in auto con William e Thomas Stern per Detroit. Per un tratto guido anch'io, per la prima volta su un'autostrada americana, e registro le prime nuove esperienze: il sorpasso indifferentemente a destra o a sinistra; ma attenzione nel cambiare di corsia; la semplificazione della guida col cambio automatico; il controllo radar della polizia per gli eccessi di velocità.

La mia prima impressione che «l'America non è americanizzata» s'arricchisce di nuove variazioni sul tema: per esempio, i cartelloni pubblicitari sulle autostrade sono rarissimi (e dire che qui non deturperebbero nessun paesaggio); ai distributori di benzina non vedo quasi mai i nomi delle marche famose che per noi s'identificano con l'America (è che le grandi compagnie si presentano nei vari Stati con nomi di sottomarche locali, a me sconosciuti).

Anche sulla «città che scompare», nuovi dati: l'autostrada non s'arresta alle soglie della città, ormai: la penetra, la sventra, la domina. Le *throughways*, le strade di rapido attraversamento, cambiano la fisionomia della città, ne spostano tutti i rapporti, mettono in comunicazione quartieri lontani e isolano punti vicinissimi. La strada tra casa e ufficio non si fa più nel labirinto delle vie urbane, ma in un fulmineo canale tagliato nel mezzo della città, dal quale della città non si vede più nulla.

Color parcheggio

Il colore dell'America, quello veramente suo, inconfondibile, unico al mondo, è il color parcheggio: una speciale mescolanza di celeste e grigio e rosa e verdolino, cioè le tinte pastello delle distese d'automobili sotto il sole, ai piedi delle fabbriche e dei quartieri di uffici. T'accompagna, questo colore, appena esci da New York, per tutto il paese, principale elemento unificatore di cento paesaggi. (Un'unificazione decretata dall'industria automobilistica, che da qualche anno predilige le carrozzerie a colori chiari e sfumati; e potrebbe da un anno all'altro bruscamente cambiare).

Nella nuda campagna, dove il quadrilatero d'uno stabilimento industriale s'eleva come un'antica città fortificata, le migliaia di macchine parcheggiate cercano d'assomigliare a un'aiola, a un riposante tappeto di nuvole. È il colore soporoso e sfumato della *prosperity* che accompagna e mitiga le linee energetiche e funzionali delle carrozzerie.

Le fiere delle auto

Una coloritura più chiassosa assumono le vendite d'auto usate, anch'esse immense e anch'esse distese per tutti gli Stati Uniti, fiancheggiando per miglia le strade principali d'ogni città piccola e media. Qui cominciano ad aver corso i modelli e le tinte passati di moda, le vernici non più lustre, e anche le ammaccature, i graffi. Le macchine sono allineate sotto festoni di bandierine colorate, con un'aria da fiera di cavalli. Su ogni auto un cartello con cifre cubitali, che indicano non il prezzo ma l'entità del ribasso. La gran corsa all'acquisto e all'ascesa sociale s'annuncia in questo sbandierio da mercato in piazza, quasi da baraccone, ma l'effetto non è festoso: è squallido, è la monotonia dei piccoli centri lungo le autostrade, con la loro ostentazione di euforia commerciale.

Il regno della ruggine

Al gradino più basso, il regno del rugginoso, della plumbea lamiera: i cimiteri delle automobili, tempestosi mari di rottami. Di lì riprende il ciclo: dal mondo affannato a comprare comprare cose nuove e a buttar via buttar via cose vecchie, si passa al mondo che raccoglie tutto ciò che è stato buttato via, lo rivende, lo ricompra, lo riassorbe nella macina della produzione e del consumo.

Natura e storia

Il paesaggio che vediamo, di giovani boschi, è il terzo tempo della natura americana. Prima c'era la foresta originaria, al tempo degli indiani. Poi l'avanzata degli agricoltori-pionieri distrusse la foresta ed estese sul continente i campi coltivati. Ora l'agricoltura è concentrata negli «Stati del grano» e in altre zone d'agricoltura intensiva: qui la pianura è tornata a coprirsi di boschi e di prati, ma è un paesaggio gracile, un po' smorto e insapore, una natura che non è più l'antagonista dell'uomo ma un suo risultato, un capitolo della sua storia. E questa natura umanizzata sembra più lontana e incomunicabile della natura nemica.

(*Nota posteriore.* Nel West, nel South West mi rendo conto di cos'è la natura smisurata, i boschi di sequoie enormi, i *canyons*, il deserto, le foreste pietrificate. È una natura tanto al di là della scala umana che pare di non poter entrare con essa neppure in un rapporto di lotta. L'impressione che avevo avuto nel Nord, d'una natura entrata a far parte della storia, lascia qui il posto all'immagine più tradizionale dell'immensità di spettacoli naturali di questo continente: ma è, anche questa, un'immagine d'incomunicabilità. Sono lontane dall'uomo entrambe: la natura non scalfita dal tempo umano e quella che dal tempo umano è stata interamente assorbita).

I *musei marziani*

Il più vistoso risultato del sistema di lasciar pagare una parte delle tasse in imprese di cultura (comprando quadri per i musei o libri per le biblioteche, finanziando istituti scientifici o teatri sperimentali, dando borse a scrittori o a filosofi) è una fioritura di musei nelle località più impensate.

Il più americano dei musei è quello dei Cloisters, a New York: americano nel senso che solo qui poteva venire l'idea di costruire un edificio con pezzi di conventi spagnoli, castelli della Loira, vetrate di cattedrali gotiche, chiostri, tombe, colonnati, tutta roba «vera», trasportata dall'Europa. Un concentrato di passato, di tutto ciò che l'America non ha avuto e che ora, per un miracolo finanziario e fiscale e organizzativo, improvvisamente riceve.

(Penso ai problemi che avranno su Marte le prime generazioni di coloni che potranno guardarsi intorno in una situazione di benessere: come ricostruiranno una continuità con la storia della Terra, cosa faranno per non lasciare perduti e incomprensibili i secoli passati dai padri nel vecchio pianeta).

All'estremo opposto, altrettanto americano è il museo Guggenheim di New York, su disegno di F.L. Wright: una gigantesca vite o asse di tornio, sormontata da una cupola di vetro; dentro si arrampica un unico ballatoio a spirale dalle cui pareti bracci di ferro protendono i dipinti della più famosa collezione d'arte d'avanguardia.

I centri industriali del Middle West hanno musei bellissimi; e uno dei più ricchi è in una piccola città di acciaierie dell'Ohio, il cui nome già designa una nostalgia storico-europeizzante: Toledo.

Ma la cosa più curiosa sono le novità tecniche messe a servizio dell'arte. Al museo di Cleveland non ci sono guardiani, ma c'è in ogni sala una telecamera appesa al soffitto che gira tenendo d'occhio i visitatori. Un unico guardiano seduto nella sua cabina davanti a un sistema di video multipli può sorvegliare l'intero museo.

Nel museo di Detroit i ciceroni sono stati sostituiti da un sistema di stazioni radio a bassa frequenza. Per 25 *cents* si può noleggiare una scatoletta di cartone da mettere all'orecchio; in ogni sala è nascosta una piccola stazione trasmittente, con un disco udibile solo da chi ha il transistor all'orecchio, che dice: «Quadro numero 58, Courbet, *Paesaggio romano*: osservate le luci del tramonto sugli spalti del Tevere... eccetera. Quadro numero 59, Delacroix, *Donne algerine*: questo quadro fu dipinto durante il soggiorno dell'autore...».

Il paesaggio e le automobili

Nei musei finisco sempre per attraversare in fretta le sale dell'arte americana, però devo dire che questi pittori della fine Ottocento e del primo quarantennio del nostro secolo una funzione l'hanno avuta: di fissare e definire i paesaggi dell'America vissuta, sia urbana sia campagnola, cioè di sottrarre al regno dell'anonimo e dell'impoetico aspetti del mondo anonimi e impoetici per definizione. Certe vie squallide, di piccole o di grandi città, le «vedo» perché m'hanno insegnato a vederle Hopper, o Sloan, o tanti altri di cui non ricordo il nome. È una funzione della pittura, questa; non certo la sola, ma una delle funzioni che certamente la pittura ha. O meglio aveva. A un certo punto questa funzione di definizione e commento del mondo intorno cessa; la pittura americana diventa tutta astratta.

Potrebbe ancora darsi un pittore che rappresentasse il paesaggio vivente dell'America d'oggi? Vedo che subito si scontrerebbe contro una difficoltà: dovrebbe dipingere automobili. Perché le automobili ora sono una parte necessaria del paesaggio; un qualsiasi scorcio d'America, senza il mare dei tetti di lamiera celestina o grigia o rosa d'un parcheggio, o senza la fila che si snoda ininterrotta tra le righe bianche, è impensabile. E nessun pittore è ancora riuscito a far entrare un'auto in un quadro senza rendere il quadro goffo e banale. (Nessuno al mondo: anche Léger, il vero grande poeta del mondo delle macchine, quando ha dipinto un'auto è ricorso a modelli arcaici e un po' infantili, ha aggirato l'ostacolo, insomma). Potremmo dire che i pittori americani hanno cessato di interpretare gli oggetti quando si sono accorti che ormai non si poteva più evitare il problema di rappresentare delle automobili. Se volete, possiamo farci su anche tutta una teoria generale: l'astrattismo si è imposto perché dipingere paesaggi con le auto era impossibile. Ed enunciare anche il corollario che una pittura interessata alla forma delle cose riprenderà solo quando nascerà un genio capace di trasformare nei suoi quadri le automobili in forme pittoriche, di «inventarle» come Giotto inventò le pecore e Van Gogh le sedie impagliate.

Il mondo informale

Però non è detto che ora i pittori «informali» non insegnino a «vedere». Per esempio, un muro, le scrostature e scalfitture e macchie di muffa d'un intonaco, ora le vediamo in un modo nuovo, entriamo in un nuovo rapporto con esse. Ci rendiamo conto d'esser chiusi da muri più di quanto non credessimo prima, quando ci illudevamo d'aver sempre davanti finestre con bei paesaggi. E dall'aereo, guardando terra, cosa vedi? Pollock, sempre Pollock.

Le *bambine del divorziato*

Il tribunale ha concesso a Bill, recentemente divorziato, di passare due giorni al mesc con le sue bambine, che vivono con la madre. Una volta al mese Bill va da New York a Detroit, dove la ex moglie abita col suo nuovo marito e le figlie.

I rapporti di Bill con la ex moglie sono tesi: egli teme che l'influenza di lei gli alieni i sentimenti delle bambine. Arriviamo in macchina, Bill, Tom e io. Fermiamo la macchina un po' discosto. È l'ora convenuta; le bambine devono essere già pronte; a prenderle va Tom; Bill preferisce non mettere piede nella casa della ex moglie.

Attendo con lui nel viale. Siamo in uno dei soliti sterminati quartieri residenziali, cioè un parco di villette ognuna col suo praticello e il suo garage, tra alti alberi su cui corrono scoiattoli. In quartieri come questi abitano in genere coppie di sposi giovani, con due o tre bambini, e con una o due automobili. I bambini crescono in un universo di famiglie tutte uguali, distinguibili solo per l'auto che cambiano ogni anno; non vedono mai un povero né persone d'altre classi sociali se non la donna di servizio a ore o l'uomo che viene a radere i prati.

Tenute per mano dallo zio Tom, avanzano le due bambine, sui cinque e i sette anni, con le trecce e gli abitini da festa. Bill le festeggia con un po' d'apprensione. Forse le sente non abbastanza felici di rivederlo, più discoste da lui del mese precedente. Invece le bambine sono allegre e tran-

93

quille: prendono a chiacchierare col padre come l'avessero lasciato il giorno prima. Le visite paterne sono diventate una lieta ma regolare, normalissima abitudine.

Io e Tom andiamo in giro per Detroit e lasciamo Bill che non vede l'ora di essere solo con le figlie, d'esprimere tutto il suo talento paterno. Un amico gli ha prestato un appartamento vuoto, dove le bimbe potranno giocare con lui giochi straordinari. Poi le porterà al cinema, allo zoo, al luna-park, a prendere il gelato… A sera lo zio Tom riaccompagnerà le bambine dalla madre, per andarle a riprendere l'indomani mattina.

In America la gioventù si sposa presto e s'affretta a fare figli, nonostante che il controllo delle nascite sia una conquista ormai largamente acquisita dalla coscienza civile, e mezzi tecnici di assoluta sicurezza e comodità siano alla portata di tutti. Forse è proprio per il fatto che non volendo far figli possono benissimo *non* farli, che le giovani coppie americane appena sposate li vogliono e li fanno. Bellissima cosa, come tutto ciò che è frutto di una libera scelta. Ma se dopo qualche anno il matrimonio finisce in un divorzio?

Perché presto, molti di questi matrimoni giovanili entrano in crisi; i divorzi sono non facili, costosi, irti di risentimenti e contrasti di interessi. I bambini costituiscono in questi casi un problema di cui molto discutono la gente, la stampa, gli psicoanalisti, gli educatori. Per quel che ne ho visto io – e senza voler sopravvalutare le mie impressioni su una materia tanto delicata – è un problema soprattutto per i genitori. In una società dove il divorzio è comunemente ammesso, il fatto d'esser figli di divorziati non dovrebbe ormai più creare grandi problemi psicologici. L'avere un genitore che vive in un mondo diverso, e le cui apparizioni costituiscono eccezionali giornate di vacanza, è per le bambine di Bill un modo d'acquistare un'altra dimensione, un'esperienza di complessità e di fantasia in una vita che si profila fin troppo semplice e priva di contrasti.

A sera troviamo Bill carponi sul tappeto che si finge un orso; le bambine stanno apprestando una trappola per catturarlo. Ha passato la giornata nell'appartamento vuoto, a inventare giochi con loro. Dice: «Bisogna che le mie figlie ricordino questo come un giorno felice».

I bambini contro i «persuasori occulti»

Le bambine di Bill, nella stanza vuota, improvvisano una specie di rappresentazione: giocano alla televisione. Si producono in numeri di canto o di danza, a un tratto s'interrompono, una di loro va in cucina, torna con un barattolo di piselli, spiega col sorriso affabilmente pedagogico della pubblicità televisiva che quella marca di piselli è la migliore, poi riprendono la rappresentazione nel punto in cui l'hanno interrotta, e dopo un po' ancora si fermano per mostrarci l'aspirapolvere, la bottiglia di liquore, il detersivo.

Tranquillamente, i bambini, col loro spirito parodistico e ironico, si difendono dai «persuasori occulti», disarmano l'idiozia pubblicitario-televisiva. Il pericolo e il contagio che la «civiltà del consumo» diffonde sulle intelligenze non c'è modo migliore di combatterli che considerandoli fin dall'infanzia un naturale oggetto di canzonatura.

Dividerei il regno dell'idiozia umana in due categorie: le idiozie patriottiche e quelle non patriottiche. Per patriottiche intendo anche religiose, familiari, insomma quelle che si valgono d'un rispetto «sacro» e su cui la gente ha paura di scherzare; per non patriottiche quelle su cui è pacifico che si eserciti la critica, l'ironia, la caricatura, quelle insomma che appartengono al gran teatro del «profano». Le vere pericolose sono le prime. Il compito dell'intellettuale è battere senza tregua le prime, restringere i territori della negatività che si fa forte delle reverenze «sacrali» di qualsiasi tipo. Per battere le seconde bastano i bambini.

Le cattedrali del consumo

Anche la civiltà del consumo ha le sue cattedrali: i *supermarkets*, i *department stores*. Dietro le pareti di vetro dei *supermarkets*, per i piani sostenuti da colonne e collegati da scale mobili, l'abbondanza dell'America è alla portata della massaia. Si gira tra un banco e l'altro spingendo avanti il cestino di ferro a ruote come per le vie d'una città: e in certi *supermarkets* enormi, ogni corridoio tra i banchi ha un cartello con un nome di via.

Nei grandi magazzini o *department stores* si possono comprare, oltre che oggetti piccoli e grandi, inclusi i *motorscooters* italiani (che costano più delle auto a buon mercato) e i motoscafi (nelle città sui laghi, come Chicago e Detroit, è in gennaio che ferve il lancio dei nuovi modelli d'imbarcazioni per l'estate), anche molti servizi. Un giorno il «New York Times» è uscito con due pagine di pubblicità del più grande magazzino cittadino che esemplificavano tutti i servizi che venivano offerti alla clientela: dai rammendi agli abiti alla lucidatura dei gioielli alla riparazione degli elettrodomestici. In una società dove trovare un artigiano cui affidare il più semplice lavoretto diventa un problema quasi insolubile, la centralizzazione dei servizi appare la formula dell'avvenire.

Una storia dell'organizzazione del consumo potrebbe essere considerata ormai una sezione necessaria della storia degli Stati Uniti. La catena di magazzini più diffusa in tutto il paese acquistò la sua fama con le vendite per corrispondenza. Il suo catalogo (che ora è diventato un volume

1942

I borsisti della Ford Foundation a cena sul transatlantico
che li porta a New York (novembre 1959).
Da destra: Claude Ollier, Fernando Arrabal e Hugo Claus.

Italo Calvino tiene una lezione di letteratura italiana
al Sarah Lawrence College di Bronxville (New York).

Ero pentito di non aver preso l'aereo. Sarei arrivato a New York spinto dal ritmo dei grandi affari, della politica al vertice, dei personaggi sorridenti delle telefoto: la giusta via d'approccio per gli Stati Uniti d'oggi. Invece m'ero lasciato persuadere a prendere il piroscafo – « Vuoi mettere? È tanto bello! » – il piú moderno transatlantico americano in partenza da Le Havre. E cosí arrivato invece già gravato dall'ombra d'un'altra America: un'America di noia provinciale, di anziane coppie di coniugi annoiati, di benessere senza slancio, di povertà di risorse vitali interiori.

Il bastimento è un mezzo di trasporto anacronistico, popolato di vecchi, come le stazioni termali. Il sapore di *belle époque* che l'idea del transatlantico evocava in me, ora non riusciva piú a suscitare nessuna immagine. Quel tanto di vibrazione del passato che puoi recuperare in certi ambienti antiquati, che so io, della riviera francese o delle *villes d'eaux*, qui non lo si trova, perché il transatlantico è nuovo fiammante, un oggetto antiquato costruito pretenziosamente adesso, con un'architettura deprimente, con le pareti metalliche dei corridoi e delle cabine che dànno un senso d'inscatolamento.

Nel legno era la bellezza antica delle navi, ma il legno è scomparso completamente dalle navi d'oggi. I saloni sono oppressivi, sinistri, e i viaggiatori vi passano le serate a giocare a *bingo*, una specie di tombola, o a scommettere su corse di cavalli filmate. Risolvo le giornate nuotando nell'acqua diaccia della piscina deserta (è novembre) con un'unica bagnante: un'americana che poi risulta essere cecoslovacca.

L'unica riflessione che posso segnare per ora è una definizione

1

della noia: la noia è uno sfasamento rispetto al ritmo della storia, un sentirsi tagliati fuori avendo coscienza di tutto il resto che si muove: la noia di Recanati, la noia delle Tre Sorelle, la noia di cinque sere e quattro giorni in transatlantico.

Così, da questa pallida bruma, incappottato, sporgevo il collo dal bavero alzato la mattina del quinto giorno all'alba, per distinguere New York. Ecco, all'orizzonte che schiarisce, tra le luci d'una sparsa costa, come una montagna che prende forma. E a un tratto è stato tutto giusto, non si poteva arrivare che cosí, è questo il vero, l'unico arrivo, da quando New York ha questa immagine, e da prima ancora, per tutti i milioni d'uomini che hanno traversato l'Atlantico e scrutato da una prua brumosa il continente del loro sconosciuto futuro. Il viaggio, il diverso, ha senso soltanto se ci si paga l'arrivo: e noi, privilegiati e nervosi, lo paghiamo appena con un poco d'impazienza.

Emergendo dal cielo appena chiaro i grattacieli sono le rovine d'una mostruosa New York abbandonata di qui a tremila anni. No: è una massa porosa e quasi diafana, filtrante luci. Paiono luci dimenticate (nella fuga, dagli ultimi abitatori?) e infatti ora, qua e là, poi come tutte insieme, si spengono: è giorno.

I colori affiorano lentamente sulle forme massicce e plumbee e sono colori completamente diversi da quelli che la nostra memoria fotografica prevedeva, e ci si perde in un disegno di volumi e di forme sempre piú complicato, minuzioso, labirintico. Tutto resta silenzioso e deserto; a un tratto: le auto! là alla base scorrevano scorrevano da chissà quanto tempo, come una corrente di formiche luminose, e non ce ne eravamo accorti.

Non ci sono sorprese piú piacevoli di quelle che ti riportano all'ovvio. No, non è giusto: dirò che questo è lo speciale piacere, di fronte a quello che avevi sempre saputo, a scoprire che non lo sapevi per niente, e ora invece, ecco, lo sai. Che il vero piacere che dà l'America sia questo?

Totem
e lampeggiatori Il fiume delle auto corre le strade e l'occhio dell'europeo in America è suggestionato nei primi giorni soprattutto dal fatto che queste macchine siano tutte lunghe, lunghissime, talora assurdamente lunghe e larghe.

2

Ma dopo qualche giorno questa soggezione delle dimensioni finisce, tutto diventa naturale, riportato alla generale scala di grandezze americane. E allora l'occhio dell'europeo – mentre avanza in mezzo alla corrente del traffico – comincia a essere attratto dalla varietà di forme che presentano le code delle auto. I fanali posteriori si presentano come enormi proiettori rotondi che ricordano gli inseguimenti tra gangsters e polizia come li abbiamo imparati al cinema, o con una varietà di forme di cui si potrebbe fare tutto uno studio d'interpretazione simbolica. Ogni tipo di lampeggiatore corrisponde a una certa mitologia americana, muove una carica evocativa nel senso d'un certo contesto culturale: lampeggiatori a pinna – omaggio delle origini, al mondo dei balenieri di Moby Dick – o a freccia – omaggio agli indiani del Far West –, o a pinnacolo di grattacielo – omaggio alla prosperità dell'era americana –, oppure a missile, a razzo – omaggio votivo alla conquista dello spazio e all'incerto futuro.

Naturalmente, dato che siamo nel paese della psicoanalisi, l'interpretare questi e altri tipi di fanali posteriori come altrettanti simboli maschili non è affatto fuor di luogo. Ma diffusissimo è pure (l'automobile è femmina) il fanale a simbolo muliebre, che sancisce la pacifica accettazione del matriarcato.

Ecco la coda bassa e larga di certe auto che s'inarca nel bordo superiore come una sottile e falcata linea di sopracciglia e, sotto, i fari sono due enormi oblunghi dardeggianti hollywoodiani occhi di diva.

Cercando posto in un affollato parcheggio – con l'impaccio che un ex guidatore d'utilitarie italiane ha nel destreggiarsi con una macchina americana troppo lunga – il mio sguardo è catturato come in un museo di totem, confuso fra tanti suggerimenti d'ideologia e di costume e d'allegoria esistenziale, e quasi ormai credo che le auto servano solo come tabernacolo di quegli oggetti magici, anzi non consistano in altro che in essi, siano fatte interamente di cristallo: e così in una operazione di retromarcia fin troppo cosciente e attenta – combattuto tra tremore religioso e istinto iconoclasta – calcolo male la sterzata e finisco, in un crollo di vetri infranti, per « bocciare ».

3

inconfondibile, fortemente umano, che non ne faccia un personaggio.

Ma quello etnico non è che l'aspetto esteriore della questione: ciò che piú conta è l'influenza che l'Estremo Oriente esercita sul costume e sulla cultura. Dalla California volare alle Hawaii a passare il *week-end* è uno scherzo. Il Giappone è una meta obbligatoria di vacanze estive e per gli abitanti della West Coast ha il gran vantaggio sull'Europa della vicinanza. Nella eterna mitologia dell'evasione extramericana, i costumi asiatici prendono il posto che tradizionalmente avevano gli scenari parigini.

(E stiamo parlando d'un Asia che per gli americani è mutilata si può dire del suo tronco, cioè della Cina. ~~(È inutile ricordare qui quanto la catena d'errori che ha condotto i rapporti cino-americani a una situazione ormai molto difficile da riparare, pesi sui piú vari aspetti della vita del paese)~~. Ma per quel che riguarda l'influenza delle tradizioni millenarie sulla cultura e sul costume d'oggi; qui Cina e Giappone sono ugualmente presenti, come interesse di studi, di traduzioni dei classici letterari, filosofici, religiosi, come passione di assimilazione e d'interpretazione, che può essere anche una moda o una polemica (le pratiche yoga, il buddismo ~~dei beatnik~~, nato qui a San Francisco) ma fa pur sempre parte d'un significativo aspetto del nostro tempo.

Fare un bilancio degli elementi negativi (irrazionalismo e misticismo contro la tradizione razionale occidentale) e di quelli positivi di questo fenomeno, equivarrebbe ad analizzare il negativo e il positivo di quanto le culture dell'Estremo Oriente possono dare alla cultura occidentale. Ma voglio qui solo ~~dire del fatto~~ che, sia pur confusamente, caoticamente, va ~~prendendo~~ ~~forma~~ la ricerca d'un umanesimo nuovo che fonda le esperienze dei due mondi, e che potrebbe avere un suo luogo topico proprio a San Francisco.

(Sarà il Pacifico il nuovo Mediterraneo d'una civiltà mondiale di domani? Come fedele del Mediterraneo, l'entrare in confidenza col Pacifico mi è difficile. Mare straniero, diverso, con coste a picco non di roccia ma di terra molle, con porti dalle alte palizzate di legno dalle quali pescatori cinesi e siciliani gettano le loro lenze. Sulla spiaggia le onde buttano piante marine legnose e

92

così grosso che richiede un mobile apposta) veniva spedito alle fattorie più isolate nella campagna, ai tempi in cui le comunicazioni erano scarse e difficili.

L'onestà nelle vendite per posta fu il segreto del successo di quella ditta, in tempi in cui gli agricoltori erano senza difesa dalle truffe postali. Mi raccontano un esempio di truffa postale: un negoziante sconosciuto distribuiva per posta nelle campagne la pubblicità dell'arredamento di una camera da letto, con tanto di figura. Il prezzo era ragionevole, la camera sembrava bella; il *farmer* mandava il denaro, e cosa riceveva? un pacchetto! Dentro c'era sì il mobilio d'una camera da letto identico a quello della figura, ma era una camera da bambole!

Il rapporto tra fornitore e consumatore è uno dei rapporti sociali che hanno subito i cambiamenti più vistosi. E la cosa più importante è che ora nessuno paga. Quasi tutti, nei *supermarkets* e nei grandi magazzini, mostrano la loro *credit card* e si fanno segnare in conto tutto quel che hanno comprato. A chiunque può contare su uno stipendio o su un reddito sono aperti crediti spesso superiori alle sue possibilità attuali. Ma è tutto il meccanismo della produzione a imporre che si consumi, che ci si indebiti, che si sia ottimisti per l'avvenire, che si venda l'auto prima d'aver finito di pagare le rate per comprarne una nuova. Le case ormai è ovvio che non le paga chi le compra, ma la banca; e che ci starebbero a fare le banche, altrimenti?

È questa la società della fiducia, o la società dell'ansia? Una vita in cui a quarant'anni consumi beni che speri di poter pagare solo a sessanta, appare dilatata o accorciata? I figli nascono col destino di lavorare per pagare la macchina elettrica che sta lavando i loro pannolini, e che i loro genitori non riusciranno a pagare perché avranno ancora da pagare tante cose comperate prima...

Però, se per un momento riusciamo a sottrarci alla vertigine di questa spirale che non si sa dove vada a finire, vediamo, nell'organizzazione di produzione e di consumo americano, che il mondo dell'Utopia è vicino e possibile: il mondo di quando la *credit card* non sarà più la palla al piede (sia pur con una catena lentissima ed elastica) d'un debito che ci si trascinerà per la vita, ma la carta che darà diritto a ogni persona che lavora di disporre di tutti i beni che le sono necessari. Gli Stati Uniti, il paese più alieno dai fondamenti ideologici di questa aspirazione umana, sono in realtà il paese più vicino ad essa come presupposti pratici. Corrisponderà dunque all'immagine d'un efficiente *supermarket* il mondo futuro affrancato dai bisogni materiali?

La cena in solitudine

La facilità d'approvvigionamento e un'organizzazione produttiva e dei servizi avanzata ridurranno al minimo le operazioni necessarie alla sopravvivenza biologica. Come si presenterà la vita media, così semplificata?

Per ora l'immagine dei prodotti alimentari americani, confezionati in modo da rendere il lavoro in cucina il più semplice e prevedibile possibile, non si associa nella nostra mente a immagini di felicità. Ecco l'ultima novità: i *Tv dinners*, le cene per i telespettatori. Sono scatole che contengono una cena già pronta e disposta in bell'ordine in un vassoio; c'è la scelta tra vari menu tipo: una figura a colori sul coperchio riproduce fedelmente il contenuto. Non c'è che da scaldare e mangiare; l'ideale per chi sta guardando la televisione e non ha voglia di mettersi a far da cucina. Può cenare senza staccare gli occhi dal video che per pochi secondi.

Già possiamo evocare la scena: è sera, una donna sola o un uomo solo nel piccolo appartamento, la luce spenta, solo il televisore illuminato. Segue lo spettacolo, a un certo momento guarda l'orologio, è tardi, non ha ancora cenato. S'alza, sempre con lo sguardo al video, apre il frigorifero, prende a tastoni la scatola del *Tv dinner*, va verso la cucinetta – la televisione ora trasmette un inserto pubblicitario –, si ricorda di guardare la figura sulla scatola, contorno di pisellini, no: stasera preferisce il contorno di spinaci, torna al frigorifero, cambia scatola, la mette a scaldare, torna al video proprio nel momento in cui è ricomparso Perry Como: bene, non ha perduto niente, appena lo *show* s'interromperà di nuovo per la pubblicità andrà a prendere la cena scaldata.

Il tavolino è di fronte al televisore. Il vassoio è posato sopra un tovagliolo. Non c'è bisogno di guardare nel piatto: ha già visto la figura sulla scatola, prima. Può mangiare guardando Perry Como.

Il colore della miseria

Il colore della povertà negli Stati Uniti è rosso bruciato, come i fabbricati di mattoni dei quartieri più umili. Oppure è la tinta sbiadita delle villette di legno ormai in cattivo stato, che vengono affittate come *slums*. È povertà nel senso europeo o è «un'altra cosa»? Girando attraverso le grandi città industriali, dagli aspetti d'un benessere di massa di proporzioni molto vaste si passa in territori dove il benessere sembra non aver mai fatto capolino, e dove le condizioni di larghi strati popolari appaiono ben misere anche agli occhi duramente esercitati dell'europeo.

Tra ieri e oggi ho girato molto con Tom per Detroit, soprattutto nei quartieri di *slums*, di catapecchie. La recessione del '58 pare abbia lasciato qui uno strascico di disoccupazione e sottoccupazione.

In una città come Detroit, in cui si crea una parte cospicua della ricchezza americana, ci sono quartieri fangosi, dove le case sono poco più che baracche, e quando una viene demolita vedi donne e vecchi farsi attorno con carretti a mano ad approvvigionarsi di legna da bruciare. In questi quartieri della miseria non si trovano soltanto le masse degli ultimi arrivati (i *Latins*, ossia gli immigrati dall'America latina) o dei negri per i quali i passi avanti sono più lenti e difficili: sono anche scaglioni delle immigrazioni europee di cinquanta o cento anni fa che «non ce l'hanno fatta» e sono rimasti poveri generazione dopo generazione, e anche molti anglosassoni.

Le contraddizioni del sistema

L'ottimismo americano è una bellissima cosa, quando non porta a fare affermazioni senza senso, come quella – che pure ogni tanto si sente ripetere – che gli Stati Uniti sono ormai una società senza classi. Sono al contrario una società molto stratificata, con grossi divari nella stessa area, sempre all'interno della parte del paese più prospera e industriale (non parlo delle contraddizioni tra zone a livelli produttivi diversi, quello è un altro problema) e direi che questo corrisponda a un bisogno della sua economia: il meccanismo che tende verso la piena produttività e gli alti consumi affonda le radici in questo vasto territorio di sottoccupazione e sottoconsumo, da cui potrà arruolare via via le nuove leve di lavoratori-consumatori, secondo le esigenze, ma che non deve esaurirsi mai, deve continuare a riprodursi a quel livello.

Se alle volte negli Stati Uniti può prenderti l'illusione d'una via «neocapitalistica» di soluzione ai problemi del mondo, la realtà non tarda a rimetterti sotto gli occhi le «contraddizioni del sistema». L'economia capitalista, anche di questo capitalismo che ha bisogno di produrre benessere, continua a non poter fare a meno della miseria: questa è la conferma che ogni momento il viaggiatore socialista riceve dall'America, anche quando comprende che qui socialismo vorrà dire qualcosa di molto diverso dai nostri schemi europei, e anche qualcosa di meno trascendentale, di più pratico, senza grandi aloni ideali. Anche quando comprende che forse la faccia prospera e organizzata di questo mondo non cambierà di molto quando si sarà trovata la via per trasformare le grandi *corporations* in servizi pubblici gestiti e controllati nel solo interesse di chi lavora e consuma.

Il posto sicuro

L'America fino a ieri era stata una terra di popoli nomadi, dagli aborigeni indiani e dai Padri Pellegrini e dagli schiavi, fino ai pionieri, ai cercatori d'oro, agli immigranti d'ogni razza. Il primo passo obbligato per guadagnare la terra promessa, la traversata dell'Oceano, era ben lungi dal concludere la vicenda degli spostamenti attraverso il continente.

Ora l'America sta diventando il paese dell'acquisita stabilità; l'istinto ulisside sembra tramontato, l'ideale di ognuno non è il cercar fortuna ma il piantare radici. E l'automobile non è più l'invenzione in cui ha preso forma l'eterno ideale americano di movimento: al contrario, significa aver trovato la terra sotto i piedi, il radicamento.

La classe operaia, fino a ieri mobile e vagabonda secondo le ventate di richiesta di mano d'opera, ora pone innanzitutto il problema della sicurezza, cerca d'assicurarsi il posto di lavoro. A Detroit, dopo la recessione del 1958, il fatto che molti stabilimenti siano rimasti chiusi per sei mesi all'anno ha avuto come conseguenza un fenomeno nuovo: gli operai più anziani, quelli che hanno un certo numero di anni di *seniority*, hanno ottenuto la priorità nelle riassunzioni, cioè hanno praticamente il posto assicurato. Questa che per l'Europa sarebbe una richiesta ovvia, ha qui, dove l'operaio era sempre stato un lavoratore provvisorio, il significato d'una prima smentita alla regola di perpetua instabilità della vita americana.

I *nomadi privilegiati*

Eppure capita ancora d'incontrare un po' dappertutto, viaggiando sulle autostrade, sparsi scaglioni di classe operaia nomade: sono quelli che vivono nei *trailer-parks*, cioè nei parcheggi di *roulottes*. Possono essere mano d'opera di imprese stradali o lavoratori agricoli stagionali, operai specializzati per l'installazione di una nuova fabbrica, ma anche avere un carattere più stabile, vicino a un centro industriale, dove conviene gente da tutte le parti a cercare un *job*.

Sono villaggi operai semoventi, che somigliano ai nostri *campings* turistici, ma meno improvvisati, con un'aria più linda e ordinata, tendoni, verande, recinti per i bambini; sono gli accampamenti superstiti d'un mondo di vagabondi privilegiati.

I poveri veri, gli scaglioni di emigrati che non hanno ancora fatto il salto nel benessere o non riescono a farlo, e quelli che cominciano solo ora la scalata non vivono sulle ruote; al contrario, cercano d'abbarbicarsi ai luoghi, attendono affollati nei loro squallidi quartieri la possibilità di passare nel quartiere migliore, di fare il salto.

I projects

Ho visitato anche dei *projects*, come in America chiamano le case popolari costruite dai Comuni e dagli Stati per sostituire gli *slums*.

Già a New York ho notato che i *projects* sono molto tristi, anche quelli costruiti al tempo di Roosevelt, edifici di mattoni rossi, squallidi, anonimi, su spiazzi deserti, con l'aria da prigioni. Mentre invece questi *slums* di Detroit, villette di legno tutte sgangherate e putrefatte, hanno un sapore di vita e di gaia provvisorietà, non di condanna perpetua.

Qualcosa di simile provavo, nove anni fa, vedendo scomparire la vecchia Mosca di legno, con casette basse che erano certo molto più linde e ridenti di queste. Lungi da me la tentazione di estetismi reazionari; l'ideale sarebbe trovare soluzioni che acquistassero un po' di naturalezza e d'individualità.

Ma ho visitato a Detroit anche un *project* molto diverso dagli altri, di grande suggestione architettonica e urbanistica: il primo lotto del villaggio di Mies van der Rohe, quello con i grandi edifici verticali e altri orizzontali, nel verde. Sorge appunto in un'area che prima era occupata da *slums*. Gli affitti degli appartamenti e i prezzi per chi acquista (tutti tendono ad acquistare: le banche danno prestiti che si pagano a poco a poco) sono però piuttosto alti e destinano gli alloggi alla *upper middle class*: professionisti, dirigenti. (Senza discriminazioni razziali, comunque: tra i compratori c'è qualche negro).

Insomma, non è la soluzione del problema delle catapecchie: gli abitanti degli *slums* che vengono distrutti in questa zona devono andare a cercarsi altri *slums* da un'altra parte.

Immagini dimenticate

In un povero quartiere negro di Detroit, ritrovo la vista abituale di tutte le città europee e di cui m'ero quasi dimenticato: le passeggiatrici. A New York non ho mai visto una prostituta per la strada. Ce n'è in certi bar, in certi *dancings* «specializzati». Le prostitute vaganti esistono solo in provincia, in determinati rioni. A New York invece passeggiano ostentatamente i prostituti maschi, nelle vie frequentate da omosessuali.

I negozi poveri

L'aspetto esteriore dei negozi già basta a definire lo strato sociale che abita quella data strada. Si gira un angolo, a New York, e tutto, il colore delle insegne, le dimensioni dei cartelli dei prezzi, il modo come la roba è messa nelle vetrine, avverte che sei passato da un «mercato» all'altro. A Chicago nel quartiere italiano sono entrato in un grande magazzino: come dimensione e organizzazione è sul tipo dei grandi empori di Sears o di Macy che sono gli edifici più rappresentativi del centro d'ogni città d'America; solo che qui è tutta produzione di scarto, merce scadente, vestitucci striminziti: una grande abbondanza di roba nuova, in verità, ma che non ispira altro che uno struggente senso di penuria, un po' come certi negozi di Mosca, ma con tutt'altro significato.

In questo paese dove tutto si deve buttar via al più presto per poter comprare in fretta altra roba, in questo paese dove non si sa cosa vuol dire rammendare i calzini, dove per la via ogni tanto trovi un letto o un cassettone posati lì di fianco al marciapiede perché il camion dello spazzino domattina se li porti via, si scopre poi che esiste tutto un sottomercato dove si vende e compra roba che non immagineresti mai che qui si possa vendere e comprare. Non c'è *marché aux puces* o Porta Portese che allinei roba tanto misera come quella che gli ebrei di Orchard Street a New York – nerovestiti, con barbe e capelli lunghi, il cappello sempre in testa – sciorinano sui banchetti lungo i marciapiedi o nelle loro bottegucce; ma è un sottomercato che trovi dappertutto, girando per gli Stati, a fianco del mercato più prospero. Le due Americhe convivono: quella che butta via tutto e quella che non butta via niente.

A Chicago c'è un quartiere ora messicano, che l'anno scorso era italiano. Molti dei bottegai italiani, andandosene, avevano delle rimanenze di merce che non conveniva trasportare; e i messicani hanno rilevato i negozi con le scorte e tutto, e continuano a venderle fino all'esaurimento, anche se il loro commercio è un altro. Per esempio vedi un negozio di roba elettrica, con tutte le sue scritte in spagnolo, che vende anche sugo di pomodoro, rimanenza del bottegaio italiano che era lì prima; vedi una latteria che ha il problema di smaltire una partita di fazzoletti a quadri.

La carta stampata per gran parte degli americani è il regno dell'effimero: appena letta si butta via, e questo vale non solo per le spese riviste illustrate ma anche per i libri in edizione economica non rilegata, i *paperbacks*. Ma nei quartieri poveri esistono pure librerie dove si vendono *paperbacks* e riviste illustrate di seconda mano, sgualciti, sbrindellati, e tutta una produzione libraria minore, specialmente nelle lingue degli immigrati: spagnolo, cinese, greco, ungherese (non italiano, che come lingua scritta ha un corso limitato). Certi negozi salvano inattesi frammenti di tradizione: nel quartiere greco di Chicago ho visto un negozietto che vende solo statue di Socrate. Un altro negozietto, nel quartiere messicano, era diventato lo studio d'una zingara chiromante: attraverso la vetrina la si vedeva, acconciata di verde e di rosso, seduta al suo tavolo, e appollaiato sul tavolo c'era un gallo.

Nel cuore del mondo meccanizzato, affiora il fondo superstizioso delle cento diverse superstizioni che i popoli del calderone americano portano con sé. A Detroit, in una via popolare, c'è un negozio di incenso. In una squallida vetrina sono messi in mostra i più vari tipi di incenso per i vari culti, e insieme incensi per riti magici *vudu* dei negri e per stregonerie, e statuette cattoliche di santi, giochi di prestigio, libri sacri, carte da gioco, paramenti da chiesa, libri pornografici. L'etnografo e il sociologo avrebbero qui larga materia d'indagine. Curiosavo nel negozio con Bill che, quand'era operaio della Ford, aveva vissuto a lungo in questo quartiere: proviamo a ficcare il naso nel retrobottega ma il padrone, che fin da principio ci guardava con diffidenza, ci caccia via in malo modo. L'amico mi dice che al negozio fa capo un va e vieni di donnette, messicane, italiane, negre, più di quanto i suoi modesti commerci non giustifichino. Egli pensa che nel retrobottega si facciano filtri d'amore.

Uomini che si cancellano

Sulla vetrina c'è scritto «Sala di lettura San Tomaso d'Aquino». Dentro, si vede una stufa, delle panche, e sulle panche stipati un gran numero di straccioni, di poveri vecchi, di facce attonite e spugnose d'ubriaconi. Qualcuno tiene tra le mani un giornale, qualcuno l'ha lasciato cadere e russa, altri hanno un libro sulle ginocchia e protendono le mani alla stufa. La vetrina è appannata dai fiati. Fuori ci saranno dieci gradi sotto zero, siamo a Detroit, di gennaio, nella via più malfamata, quella dove vivono i *bums* o *hoboes*, ossia i vagabondi, gli ubriaconi.

Ogni città ha una strada che ospita questi rottami umani; la Bowery di New York resta sempre la più nota, anche se ora ha un aspetto molto più ripulito di quel che dicono avesse un tempo. Comunque, non puoi approssimarti al quartiere di Bowery senza accorgertene: cominci a veder ciondolare intorno tipi malvestiti e malrasi, che ti chiedono l'elemosina o accorrono alla tua auto offrendosi di aiutarti a parcheggiare o di pulirti i vetri o di toglierti la neve dal cofano, i poveri atti servili che nei nostri paesi appaiono familiari ma qui sono del tutto inconsueti, quasi incomprensibili.

La vita economica di queste strade è organizzata sulla misura della condizione umana dei loro abitanti: locande di infimo prezzo (nella Bowery, tutte proprietà d'una medesima catena alberghiera), bettole, ristoranti dove un pasto costa pochi *cents* e dove vige un sistema speciale per salvare gli alcolizzati dal pericolo di bersi tutto quel che hanno in tasca e trovarsi a morire di fame. Si tratta d'una tessera con scontrini per un certo numero di pasti; l'alcolizzato quando può disporre di qualche dollaro compra una tessera e per qualche giorno sa che avrà assicurato quel minimo di cibo che basta per vivere, e può tranquillamente spendere tutto il resto bevendo.

Un'altra attività di cui sono naturalmente campo le comunità di ubriaconi, è quella delle organizzazioni religiose. L'Esercito della Salvezza, missioni di redenzione e di assistenza delle varie Chiese hanno qui dormitori, distribuzioni di minestre, locali di riunione riscaldati, sale di lettura come questa che vedo a Detroit, dove i *bums* si rifugiano per scampare al freddo della strada.

D'inverno il primo problema è il freddo. Gli alberghi e i dormitori non lasciano che i loro pensionanti si fermino durante la giornata; e molti di loro sono senza tetto anche la notte. Il quartiere intorno si deve difendere dai vagabondi che cercano di ficcarsi sotto ogni riparo. «Dobbiamo tener chiusa a chiave la sala delle riunioni, – mi dice un sindacalista di Chicago, facendomi visitare la sede della sua Union, – se no la troviamo piena di *hoboes* addormentati per terra». Ma un gran numero di straccioni nei mesi freddi emigra, si nasconde sui treni merci diretti al Sud, si sposta in Florida, in California, come fanno i milionari.

Il nomadismo, la vita alla ventura, lo sparire inghiottiti dall'immensità del continente, questi che furono i miti attivi dell'America che costruiva la sua ricchezza, sopravvivono ancora a questo livello d'esistenze alla deriva, come miti passivi, di negazione, di rifiuto.

Ogni anno negli Stati Uniti sono migliaia le persone che spariscono senza una ragione ben chiara: vecchi di fronte alla crisi della solitudine, ma anche uomini di quarant'anni che lasciano la famiglia e il lavoro senza dir nulla, si perdono nella Bowery di questa o quella città, cercano di cancellarsi, di distruggersi nel bere. Formano come un popolo a sé, col proprio quartiere in ogni città e i propri usi, come i vari gruppi etnici, nazionali, religiosi. Ma qui ognuno dei membri del gruppo pare ne faccia parte non per una fatalità storica o sociale, ma per una sua misteriosa scelta. La miseria umana della Bowery non rappresenta una tragedia sociale ma la somma di molte tragedie individuali. Ad accomunarli è qualcosa come la spinta d'una conversione religiosa: d'una oscura religione d'autoannientamento.

La civiltà del benessere e del successo pare non riesca a produrre altra antitesi che questo mito dell'uomo che rifiuta tutti i valori della società e si abbandona alla miseria totale e al fallimento. E il mito tragico del *bum* viene allegramente scimmiottato dai giovani *beatniks*, barbuti sudici e sbronzi, che della civiltà del benessere e del successo sono i figli apparentemente ribelli, mentre in realtà vivono solo in funzione dei suoi valori.

Pubblicità

Tutte le volte che attraverso in auto il quartiere negro di Chicago (triste ma non misero come Harlem a New York) vedo un'enorme pubblicità stradale con le solite figure ben rifinite e lustre d'un giovanotto e una ragazza belli ed eleganti; ma invece che bianchi sono negri. «To', – penso, – non ci avevo mai pensato, ma è giusto: nei quartieri negri anche le facce della pubblicità della Coca-Cola devono essere negre». Ma è proprio pubblicità della Coca-Cola? Il famoso dischetto rosso non c'è, e in tutto l'insieme qualcosa non quadra: le due figure negre nerovestite, i visi sereni ma molto seri. Non faccio mai in tempo a leggere tutta la scritta: «*Have your best comfort...*» Passando di lì quest'oggi, mi sono fermato a guardar bene: è la pubblicità d'una ditta di pompe funebri.

Chicago

Comincio a capirla, Chicago. Forse comincia a farmi paura. Insomma, comincia a piacermi. È la vera città americana, produttiva, materiale, brutale, *tough*. In nessuna città c'è un tale potenziale di violenza, una tensione che si sente nelle persone, nelle cose, nella topografia stessa della città. Qui le classi si fronteggiano come eserciti nemici, a viso aperto, come in nessun'altra città degli Stati Uniti: i ricchi e il mondo degli affari nella striscia di palazzi di lusso, nei grattacieli del Magnificent Mile e sullo stupendo lungolago, e subito alle spalle di questa striscia il tetro mondo dei quartieri poveri, gli italiani, i polacchi, i greci, i negri, i messicani. Mi immagino che la Chicago d'estate, quando la città dei poveri sciama attraverso la città dei ricchi e invade le spiagge del Michigan, debba portare nella volgarità balneare una specie di violenza rivoluzionaria.

Si sente che Chicago è una città inzuppata di sangue: il sangue degli anarchici uccisi nel 1886 a Haymarket che tutto il mondo, tranne gli Stati Uniti, commemora ogni 1° maggio; il sangue delle vittime sul lavoro che ha irrigato la potenza industriale locale; il sangue dei famosi mattatoi del bestiame; il sangue dei *gangsters*.

L'era del sangue è finita: nessuno ricorda più gli anarchici tedeschi che potevano far nascere da Chicago una tradizione rivoluzionaria sulla misura dell'America (sfoglio un vecchio libro su di loro pieno di preziose illustrazioni, uno studio d'una minuziosità informativa sorprendente se si pensa a chi è l'autore baldamente effigiato sul frontespizio: lo stesso capo della polizia di Chicago che sterminò i rivoluzionari!); gli operai sono ormai protetti da una legislazione antinfortunistica che costituisce una stabile conquista sindacale; il mercato del bestiame e i mattatoi sono scomparsi (la carne può viaggiare in vagoni frigoriferi e perciò conviene macellare le bestie nelle fattorie); i *gangsters* devono esserci sempre ma si spara di meno (proprio il giorno del mio arrivo è scoppiato un grave scandalo di corruzione nella polizia locale, ma è roba di ordinaria amministrazione). Dov'è allora questa drammaticità che sento aleggiare, se non nei ricordi?

Cerco di riconoscerla per le vie, nelle facce dure e rosse degli uomini d'affari nell'ascensore del mio albergo (che differenza con i pallidi visi intellettuali di New York!), tra le torte nuziali delle pasticcerie italiane (quell'uomo col cappello e le basette certo è un *gangster*!), nei locali notturni tra le ragazze scollate e sbronze, dagli abiti a lustrini (l'America dei film, finalmente!), nelle grandi fotografie a colori di donne nude del famoso *magazine* che si pubblica qui, «Playboy».

So che quando in pochi giorni ci si è costruita l'immagine d'una città, la sola cosa da fare è partire al più presto, prima che nuove impressioni s'accumulino e smentiscano le prime. Perciò, per salvare questa Chicago, perché resti mia, m'affretto all'aeroporto.

Primo bilancio dell'American way of life

Devo dire che a me l'*American way of life* non dispiace, se per essa intendiamo un ideale di efficienza, nel lavoro produttivo e nel godersi la vita. Il ritmo d'un mondo in cui tutti lavorano e tutti vogliono essere felici è la grande realtà dell'America, anche se, nella fretta nervosa delle grandi città esso comporta insoddisfazione continua e ulcere gastriche. Ma per reagire a questo ritmo l'americano medio di oggi si trincera in una vita strettamente familiare, di villette di periferia, benessere *standard*, pretesa programmatica d'essere soddisfatti di se stessi. Questo tipo di *American way of life* mi annoia e non lo accetterei nemmeno per una settimana.

Le donne: le felici e le inadattate

Le donne in genere amano l'America. Quelle che ci sono nate e quelle che ci sono venute; hanno aperta la via degli impieghi, molte carriere e attività redditizie, parità con l'uomo, la vita domestica organizzata in modo pratico, varietà di divertimenti e distrazioni, rispetto e attenzione da parte degli uomini, la possibilità di essere corteggiate seguendo certe regole, la possibilità di scegliere il cavaliere e il marito e di cambiarlo, di non restare mai a cenare a casa sole. Ci si trovano bene; loro, l'America, la godono.

Parlo delle donne che lavorano, in genere, delle donne che hanno il gusto dell'autonomia. Le mogli europee, che si stabiliscono qui con i mariti, invece si trovano male; la vita domestica è gravosa data la scarsità e le pretese delle donne di servizio, la società poco interessante, tutto più scomodo e squallido che da noi. L'America non le interessa, e basta.

Ma pure tra le donne autonome e lavoratrici e completamente americane ci sono anche quelle per cui l'America è soltanto sofferenza. Sono o troppo sensibili per l'ambiente che le circonda, o troppo intelligenti per le possibilità di lavoro che loro toccano, o troppo nervose per prender gusto alla vita, e gli uomini o le trascurano perché esse non entrano negli *standards* della piacevolezza come bellezza o come umore, oppure sono esse a rifiutarli perché troppo rozzi o meschini o inetti o senza demoni. Rappresentano, queste donne, l'altra faccia dell'America, negativa, dolente, idealista ma sempre come animata da una cocente passione terrena inappagata. Sono forse le più americane di tutte.

La città «diversa»

Aver traversato gli Stati Uniti, come si dice, «da costa a costa», aver assimilato fino a trovarli sublimi l'uniforme squallore, la mancanza di personalità e di pathos delle cittadine che invece di qui potrebbero essere mille miglia più in là o non importa dove, le casette basse, gli empori con i prezzi scritti in bianco su enormi cartelloni rossi, l'assenza di gente per le vie perché non c'è nessun posto dove andare a piedi, l'assenza di paesaggio delle enormi pianure, essersi abituato, dico, a quest'immagine di piattezza fisica e spirituale, e arrivare una sera d'un tratto a una città di palazzi dall'aspetto agiato e *belle époque* costruita su promontori e colline in riva a un frastagliatissimo golfo, con vie ripide talora in modo assurdo essendo tagliate secondo una rete di parallele e perpendicolari perfettamente regolare su un terreno irregolarissimo e montuoso, e seguendo queste vie passare senza soluzione di continuità dalla signorilità tipo Montecarlo dei quartieri di Nob Hill a una città cinese traffichina e popolosa, tutta negozietti, friggitorie e spari di mortaretti, e di lì nella Columbus Avenue semitaliana e semi-Broadway e semi-*beatnik* e semi-Parigi (ci sono perfino – estrema punta d'europeismo – i caffè con i *dehors* anche d'inverno), piena di gente che passeggia, che gironzola, che s'incontra, che si ferma, che parla ad alta voce: ecco che capisci perché gli americani per prima cosa ti chiedono se sei stato a San Francisco, e come ti piace San Francisco, e se non trovi che San Francisco è diversa da tutto il resto.

Questa prima impressione di felicità di San Francisco, di ricchezza vitale, non t'accompagnerà per molto; ad essa farà seguito un'immagine più sfumata, di riserbo e quasi di malinconia; tutt'altro che sgradevole però, forse ancora più peculiare e toccante. Già il Pacifico là sulla costa della California settentrionale è un mare più baltico che mediterraneo, velato sempre da un'ombra di foschia, di vapore, freddo anche d'estate; le foreste di sequoie ed eucalipti sui monti intorno, attraverso la loro eccessività tropicale, raggiungono una cupezza nordica; quei loro posti sulla baia, come Sausalito o Belvedere, assomigliano, come colori e come gente, non tanto a Santa Margherita Ligure quanto a Pallanza, ad Ascona; e se poi giri per San Francisco una sera che non sia tra venerdì e domenica trovi le vie semideserte, i locali chiusi; c'è un'aria di città di mare un po' in declino, coi cinesi striminziti nelle loro viuzze, la piazza con le aiole e le panchine dove siedono i vecchi italiani; e tutt'a un tratto ti accorgi che siamo qui all'estremo confine del mondo (se ancora immaginiamo un mondo europeocentrico), in un'Ultima Tule, che il «New York Times» arriva qui tre giorni dopo.

Nata come città d'avvenire all'indomani della febbre dell'oro, distrutta dal terremoto e subito ricostruita, San Francisco conserva il clima della sua prosperità principio del secolo, e si è modernizzata difendendosi dagli aspetti più livellatori della civiltà di massa. Resta, nei suoi strati sociali alti e bassi, una città di *élites*, a cominciare dagli scaricatori del porto, *élite* della manovalanza. Le vecchie famiglie americane conservano l'impronta della civiltà anglosassone più che altrove (basta visitare un *club* di perfetta tradizione inglese dove si conservano i cimeli degli scrittori che hanno vissuto qui: da Mark Twain a Jack London e ai due illustri ospiti: Kipling e Stevenson). Gli ebrei hanno un'aristocrazia di famiglie stabilite qui da prima della febbre dell'oro (nettamente separate perciò dalla posteriore emigrazione di massa dall'Europa orientale). Gli italiani sono piemontesi, liguri, toscani, hanno professioni ben definite (è solo qui in California che l'agricoltura è in parte considerevole in mano italiana, con le famose aziende vinicole); molti di loro capiscono e parlano l'italiano (mentre gli italiani che sbarcàrono e rimasero a New York non sapevano l'italiano quando arrivarono né impararono l'inglese, e per un paio di generazioni rimasero completamente inarticolati); hanno cognomi riconoscibili (gli strani cognomi italo-newyorkesi appartengono a un'Italia che non si è mai affacciata alla storia) e anche d'aspetto somigliano agli italiani d'oggi (mentre gli italo-newyorkesi somigliano solo a se stessi).

I vecchi tram a cremagliera che s'arrampicano per le ripide vie di San Francisco sono uno dei vertici di pateticità di questa nazione senza pathos; e il rumore della cremagliera che pare frigga nella rotaia nascosta è il segno caratteristico della città, quello che ci tornerà in mente nei momenti di nostalgia (così come la nostalgia di New York sarà legata all'immagine del fumo che esce dai tombini del riscaldamento in mezzo alle strade).

Sarebbe dunque San Francisco una specie di isola, di camera di conservazione d'una particolare stagione e atmosfera della civiltà americana?

Alle porte dell'Asia

Invece, secondo il giudizio generale, la presenza di San Francisco negli Stati Uniti è quella d'una città viva, propulsiva, anticonformista, la città dell'avvenire. (E c'è chi ne parla come della futura capitale della nazione). Vorrei verificare se questa spinta le viene dal fatto d'esser qui sul Pacifico a far da ponte dell'America con l'Asia, d'essere la città-chiave d'un nuovo rapporto tra le civiltà che ora si sta creando. Ma già al viaggiatore frettoloso questa appare una città che ogni tanto ti domandi se sei da questa parte del Pacifico o dall'altra.

Il quartiere di Chinatown, nel cuore della città, è il più grosso stanziamento cinese fuori dalla Cina, e della colonia giapponese credo si possa dire la stessa cosa. Ogni tre o quattro persone per la strada incontri un giallo: da questo punto di vista San Francisco si presenta come si presenteranno tutte le città del mondo tra un centinaio d'anni, o anche meno, se la prolificità cinese non rallenta. E, per chi paventasse questa prospettiva, devo dire obiettivamente che essa non ha un aspetto affatto allarmante: una città bianco-gialla ha un'aria di calma, compostezza e pulizia maggiore delle normali città bianche o bianco-negre.

Il crogiolo di razze di San Francisco è dunque tutto particolare. Frequenti sono le coppie miste, anche nel ceto intellettuale, tra professori o professionisti; e capita più spesso che la moglie sia di ceppo europeo e il marito di ceppo asiatico. La California non ha masse negre; l'immigrazione di negri dal Sud è cominciata solo con l'ultima guerra: più numerosi sono gli *indios*, aborigeni o importati.

Alla sera finisco spesso in un bar di infimo ordine, frequentato da marinai e prostitute: quello che mi attira là dentro è la strana mistura di popoli che vi regna: distinguere tra il cinese, il filippino, il giapponese, l'hawaiano, l'indio, l'anglosassone, lo spagnolo è difficile perché c'è sempre la possibilità d'una gradazione intermedia, d'un meticciato magari con tre o quattro componenti. E non un viso, nelle donne e negli uomini, che non sia inconfondibile, fortemente umano, che non ne faccia un personaggio.

Ma quello etnico non è che l'aspetto esteriore della questione: ciò che più conta è l'influenza che l'Estremo Oriente esercita sul costume e sulla cultura. Dalla California volare alle Hawaii a passare il *week-end* è uno scherzo. Il Giappone è una meta obbligatoria di vacanze estive e per gli abitanti della West Coast ha il gran vantaggio sull'Europa della vicinanza. Nella eterna mitologia dell'evasione extramericana, i costumi asiatici prendono il posto che tradizionalmente avevano gli scenari parigini. (E stiamo parlando d'un'Asia che per gli americani è mutilata si può dire del suo tronco, cioè della Cina). Uno studio più approfondito meriterebbe l'influenza del mondo orientale sulla cultura americana d'oggi; qui Cina e Giappone sono ugualmente presenti, come interesse di studi, di traduzioni dei classici letterari, filosofici, religiosi, come passione di assimilazione e d'interpretazione, che può essere anche una moda o una polemica (le pratiche yoga, il buddismo della *beat generation* nato qui a San Francisco) ma fa pur sempre parte d'un significativo aspetto del nostro tempo.

Fare un bilancio degli elementi negativi (irrazionalismo e misticismo contro la tradizione razionale occidentale) e di quelli positivi di questo fenomeno equivarrebbe ad analizzare il negativo e il positivo di quanto le culture dell'Estremo Oriente possono dare alla cultura occidentale. Ma voglio qui solo accennare a una possibilità che, sia pur confusamente, caoticamente, va aprendosi: la ricerca d'un umanesimo nuovo che fonda le esperienze dei due mondi, e che potrebbe avere un suo luogo topico proprio a San Francisco. Sarà il Pacifico il nuovo Mediterraneo d'una civiltà mondiale di domani?

Il Pacifico

Come fedele del Mediterraneo, l'entrare in confidenza col Pacifico mi è difficile. Mare straniero, diverso, con coste a picco non di roccia ma di terra molle, con porti dalle alte palizzate di legno dalle quali pescatori cinesi e siciliani gettano le loro lenze. Sulla spiaggia le onde buttano piante marine legnose e flessibili, dalla forma di frusta, lunghe tre o quattro metri. Sotto il pelo dell'acqua e sulla riva non è né sabbia né roccia: è un poroso e respirante agglomerato d'organismi viventi che si estende a formare il fondo oceanico: molluschi aperti come occhi che si contraggono e dilatano a ogni ondata...

Gli scaricatori benestanti

Sono al porto di San Francisco. Un grande padiglione a pianta circolare, dalla strana architettura moderna a fungo, è la sede dell'ILWU [International Longshore and Warehouse Union], il sindacato dei *longshoremen*, gli scaricatori del porto. L'ILWU è la Union della costa del Pacifico; niente a che fare con i sindacati tipo quelli del film *Fronte del porto*, che operano od operavano a New York; al contrario l'ILWU è famosa non solo per la sua forza contrattuale ma anche per l'intransigenza e l'incorruttibilità con cui è diretta, e perché i suoi *leaders* – caso raro tra i dirigenti sindacali americani – hanno delle idee politiche e sociali non conformiste e le esprimono pubblicamente.

Tra le Unions considerate di sinistra, questa è l'unica che abbia una forza effettiva, e il suo segretario, Harry Bridges, in mezzo a tutti gli attacchi, le accuse, le campagne ostili, è riuscito sempre a rafforzare il suo prestigio.

Ma se al vertice il sindacato degli scaricatori è politicizzato (tra le sue campagne è quella della riapertura dei traffici con la Cina, questione capitale per l'attività del porto di San Francisco), alla base la sua compattezza è tutta legata a motivi salariali. Gran parte dei *longshoremen* non si preoccupa di politica più di quanto non faccia la generalità degli operai americani, ma l'orgoglio e l'attaccamento al loro sindacato e la combattività nelle lotte da esso dirette sono grandi: la Union garantisce loro un trattamento economico molto alto per una mano d'opera non qualificata, e un'organizzazione dei turni di lavoro perfetta.

Uno scaricatore di San Francisco guadagna in media sui cinquecento dollari al mese; questo fa del lavoro portuale un'occupazione privilegiata, anche in una zona come la costa californiana dove non esiste né disoccupazione né miseria, e si capisce come ci siano anche operai specializzati o impiegati di banca che aspirano a diventare scaricatori e fanno domanda per entrare nel sindacato. L'anno scorso la Union a San Francisco ha ricevuto più di diecimila domande di iscrizione e ha scelto solo settecento nuovi membri. Questo rende molto delicato il problema della scelta; sto a quanto mi dicono, che essa è basata ora soprattutto sulla forza fisica e sull'età; difatti gran parte dei *longshoremen* sono dei giganti.

È pomeriggio, sul tardi. Si svolgono le operazioni per il turno della notte. Nel prato davanti al padiglione del sindacato, gli scaricatori arrivano ognuno nella sua lussuosa lunghissima automobile, parcheggiano, entrano nella sala dove già si va radunando una folla di colossi, negri e bianchi (tra questi – vedo dai nomi scritti sui tabelloni – molti sono di origine scandinava), con le casacche a quadrettoni sgargianti, nuove pulite e stirate, che sono il loro abito da fatica.

Ad assistere al reclutamento delle squadre richieste dalle navi in arrivo o in partenza sembra d'essere al totalizzatore di un ippodromo, o alla borsa: numeri che appaiono su quadranti luminosi, annunci all'altoparlante, fogli appesi coi nomi degli uomini raggruppati secondo le ore di lavoro compiuto. La Union deve sempre avere gli elenchi aggiornati degli uomini in ordine di ore fatte; man mano che i datori di lavoro chiedono uomini, la Union sceglie quelli che hanno fatto meno ore. Così, alla fine dell'anno tutti i membri del sindacato si trovano ad aver lavorato pressappoco lo stesso numero di ore.

Ho fatto amicizia con un vecchio funzionario del sindacato, un uomo che è stato scaricatore anche lui per molti anni e che è passato attraverso le traversie della sinistra americana; è caratteristico di molti di questi uomini un atteggiamento che è un impasto di scetticismo e d'ostinazione, d'insicurezza perpetua e di segreta coscienza di possedere la verità. Discorrendo, sento che sta covando una sorta di sarcasmo polemico contro l'Europa, contro il movimento operaio europeo in generale. Lo invito a sputare il rospo.

«Con tutta la loro coscienza politica, – mi dice, – i sindacati francesi e italiani non hanno saputo strappare ai padroni un decimo di quel che le Unions americane hanno conquistato, sempre attraverso scioperi lunghi e durissimi. Cosa vi serve la vostra coscienza politica, allora? La classe operaia americana non sa nulla di politica, d'accordo, si muove solo per i quattrini; però nelle sue lotte economiche è di una tenacia, di una combattività e di uno spirito di sacrificio che voi europei non vi sognate nemmeno».

«Voi create delle aristocrazie operaie, – mi è facile rispondere, – il benessere che gli scaricatori hanno saputo conquistarsi e difendere non serve ad altri che a loro stessi, è una fetta di torta di cui si sono appropriati, un privilegio».

Ma so che il problema è più grosso. La potenza che i sindacati hanno in America è enorme, e condiziona la vita quotidiana in una maniera da noi impensabile. Eppure da noi l'azione sindacale, con le sue possibilità limitate, con le sue debolezze ed i suoi errori, porta anche nelle minime affermazioni uno spirito universale, una rivendicazione storica che qui manca del tutto. Se penso al modesto episodio di resistenza sindacale in una fabbrica italiana a regime poliziesco, o al coraggio degli organizzatori siciliani di braccianti nei paesi della mafia, sento che contano in qualche modo più dell'appropriazione di una parte del benessere – pacifica o combattuta che sia – che i sindacati americani ottengono ma che non porta in sé nessuna spinta morale. Però capisco anche che su questioni così angosciosamente pratiche, la vera immoralità è il ragionare in termini di ideali teorici e di moralità astratta. Capisco che nella praticità tutta cifre e tutta risultati della mentalità americana c'è pure una forza morale che a noi troppe volte sfugge; anche il «materialismo americano», come tutti i materialismi, è possibile solo se sostenuto nel suo fondo da una forte carica ideale.

La casa del professore

Sulla verde collina di Berkeley, uno dei promontori del golfo di San Francisco, la strada sale a tornanti tra linde villette quasi tutte proprietà di professori della locale famosa università statale.

Il mio ospite di stasera, professore al Department of Speech (uno strano ramo universitario, come dire facoltà di eloquenza, ma vi si insegna di tutto ed è molto difficile capire a cosa serva), mi racconta che la sua casa, una bella casetta a due piani in muratura e legno, l'ha costruita interamente egli stesso, dalle fondamenta al tetto, facendo lo sterratore, il muratore, il carpentiere, il tappezziere, l'elettricista, nelle ore libere dall'insegnamento universitario. Perché l'ha fatto? Perché la mano d'opera non si trova, e quando si trova costa troppo (questi sindacati!), e poi perché gli piaceva farlo.

Molte delle casette qui intorno sono state costruite dagli stessi proprietari-professori. (Non da quelli di più recente provenienza europea, però).

Chessman

Non si parla che della prossima esecuzione di Chessman. Il condannato, nella tetra isola-prigione di Alcatraz (che si vede piatta e fortificata in mezzo al golfo di San Francisco, dalla dolce riviera di Sausalito), ancora spera in una grazia all'ultimo istante.

La stampa di San Francisco (i giornali californiani sono in genere pessimi) sostiene la condanna con arrogante pesantezza polemica. Si polemizza soprattutto contro l'opinione pubblica degli altri Stati, particolarmente quella di New York, che pretende di «ficcare il naso negli affari della California», che vuole «criticare le leggi della California». Se Chessman non sfuggirà al suo destino, sarà soprattutto per questo meschino e testardo senso di orgoglio statale.

In Europa tendiamo a considerare sempre gli Stati Uniti come una nazione unitaria, non ci rendiamo conto di quanto essi sono degli *Stati* Uniti, di quanto la mentalità, la stampa, la politica, le usanze, la giustizia siano improntate dal sentimento statale in contrapposizione agli ordinamenti federali, con uno sciovinismo di Stato il più delle volte reazionario e sempre assurdo.

Il monumento

Nelle note di viaggio è buona norma evitare ogni descrizione di monumenti e panorami e giri turistici. Ma questo di San Francisco bisogna che ce lo metta. Girando per un parco nei pressi del Golden Gate, a un tratto ci si trova di fronte un immenso tempio greco, tutto colonne, che si specchia in un piccolo lago: una costruzione di proporzioni smisurate, che sta andando in rovina, con la vegetazione che s'infiltra nelle crepe, s'arrampica alle armature di ferro delle colonne, alle sbocconcellature bianche della cartapesta. Sì, perché è un mausoleo di cartapesta, rifinito con estrema cura, costruito come Palace of Fine Arts per l'esposizione panamericana del 1915 (che poi non si fece). Gli opuscoli turistici prendono il Palazzo delle Belle Arti molto sul serio, segnalandolo come una delle più belle architetture neoclassiche d'America; e forse è anche vero. I cittadini di San Francisco ci tengono tanto che, visto che sta cascando in pezzi, hanno deciso di ricostruirlo con colonne di pietra e metope di marmo. Lo Stato della California, il Comune, la Camera di Commercio si sono tassati per un certo numero di milioni ciascuno; altri milioni saranno raccolti tra la popolazione.

Ma il fascino del Palazzo delle Belle Arti com'è ora è insuperabile: gigantesco scenario surrealista, ma più per l'angoscia culturale di Jorge Borges che per quella onirica di Salvador Dalí. Perché è pure un'immagine di quelle che ridanno di colpo tutto il senso d'un'epoca: c'è qui un vertiginoso segno di cultura quale doveva apparire al principio del secolo ai nuovi milionari della costa del Pacifico. Non mi ricordo più chi disse che l'America passa direttamente dalla barbarie alla decadenza.

Babbitt

Questo signore che mi accompagna oggi in macchina a vedere i dintorni di San Francisco mi è stato presentato come il tipico americano medio. Ha un cognome italiano, irriconoscibile nella pronuncia inglese; la sua famiglia era originaria d'un paese del Piemonte (ma lui non ricorda l'italiano; solo poche parole in dialetto). Sui cinquant'anni, raggiunta l'anzianità sufficiente per una discreta pensione, ha preferito abbandonare il suo impiego alla Standard Oil per avere tutto il tempo libero di coltivare il suo spirito. Scrive: soprattutto lettere ai senatori e ai *congressmen*. Passa la giornata leggendo i giornali e ritagliando le notizie interessanti, specie quelle che riguardano i parlamentari della zona, e in base alle quali egli dà loro approvazioni o consigli. Ma non riferendosi a particolari interessi economici come fanno i *lobbyists*, né partecipando a campagne di associazioni o gruppi d'opinione. Il nostro amico è completamente isolato e segue solo impulsi ideali, si batte per principi morali ed educativi.

Ha scritto anche un articolo, *Facing the Mirror*, che è stato pubblicato da una rivista. Un articolo di filosofia: invitava i giovani a guardarsi nello specchio non per vanità ma per farsi l'esame di coscienza.

Per alcuni anni ha lavorato attorno a un suo progetto d'un Tempio della Pace e della Bellezza da costruirsi sulle pendici del monte Tamalpais che domina la baia di San Francisco (mi sta conducendo ad ammirare questi luoghi, che mi vanta – con un campanilismo tutt'altro che privo di fondamento – come i più belli del mondo). Il tempio potrebbe diventare la sede del governo mondiale delle Nazioni Unite.

Siamo tra *Babbitt* e *Bouvard e Pécuchet*. Dobbiamo ridere? Non rido affatto. Quest'uomo, puntiglioso come tutti gli autodidatti, noioso, pedagogico, con la testa piena di pallini, pure è una persona che non ha un proposito che non sia generoso, disinteressato, morale senza bigottismi, pieno di volontà di partecipare al bene del paese. Sono certo che è un uomo onestissimo, che ha educato benissimo i suoi figli, che in politica farà le sue scelte con coscienza di causa (sempre nell'ambito e nel vocabolario del suo virtuismo democratico americano) e con una certa larghezza di vedute. Riesca o no negli intenti che si propone (alcune delle sue sono anche proposte modeste e pratiche, ma non lo sento mai dire che siano state prese in considerazione dai destinatari), non manifesta amarezza o rancore; è un cittadino persuaso di esercitare un suo diritto e dovere nella partecipazione e nel controllo della vita pubblica; e lo fa con passione non disgiunta da naturalezza. Se è il prodotto d'una società, è un prodotto buono, un segno di quel che questa enorme macchina che è l'America può dare di non peggiore, anche come produzione di serie.

Droga

In questi giorni la polizia di San Francisco ha fatto delle retate tra i *beatniks* di North Beach per stroncare il traffico della *marijuana*. Perciò alla festa *beatnik* cui sono stato invitato a casa non so bene di chi – mi pare lo studio di un pittore – bisogna che qualcuno stia di guardia sulla porta di strada, a turno, caso mai arrivasse la polizia.

Molti degl'intervenuti sono reduci dal comizio che i *beatniks* hanno tenuto in piazza questo pomeriggio, per protestare contro i «sistemi nazisti» e rivendicare la libertà di comprare e vendere stupefacenti.

Sera balorda: c'è da bere solo del vino, e pessimo, non c'è da sedersi, non c'è spazio per ballare, la musica sono solo un paio di negri che suonano il tamburo, quelle due belle mulatte poi s'è capito che sono lesbiche, non si crea un'atmosfera, non si riesce a discorrere.

Per la sala gira come un fantasma l'immancabile drogato e spacciatore, chiuso in un lurido impermeabile dalle tasche gonfie, sotto il quale pare non abbia nemmeno i pantaloni, il viso sfatto ed ebete, che continua a proporre: «*Eroine... benzedrine...*» all'orecchio dei presenti.

Valle della Luna

In America i contadini vanno sparendo. Le vigne che producono gli ottimi vini della California restano senza vignaioli. Il problema della mano d'opera assilla i proprietari. Il personale d'una azienda vinicola a Sonoma, nella Valle della Luna (proprietà d'un banchiere che la tiene per lusso), è francese; potatori del Cognac, fatti venire qui con alti stipendi.

Public relations

Sono stato nella Valle della Luna invitato a passare la domenica nella vigna di Mr H., *public relation man* di San Francisco.

L'opuscolo sull'attività della sua agenzia, che Mr H. mi ha dato giorni fa, lo leggo solo ora, sul *bus* che mi porta a Sonoma. A New York del mondo delle *public relations*, forse perché ci si vive sempre in mezzo, non avevo saputo farmi un'idea chiara. Forse ci riuscirò meglio qui. Apro l'opuscolo e vedo il mio ospite fotografato col cardinale Spellman, *his good friend*, che si congratula per l'azione di *public relations* da lui svolta in Brasile su incarico del Dipartimento di Stato, salvando quel paese dalla propaganda comunista. Del lavoro che l'agenzia di Mr H. svolge (per conto di *corporations* private e occasionalmente anche di ministeri) leggo questa definizione: «Una branca delle *public relations* si occupa della creazione di notizie e della loro pubblicazione; un'altra branca fa il lavoro opposto: previene o riduce l'influenza di notizie sfavorevoli».

Ecco, ora ho quello che mi sono cercato. Finalmente ho davanti il volto dell'americanismo più smaccato, la cui ingenuità nel dichiararsi senza maschera si identifica con la prepotenza e la presunzione, col non conoscere e supporre nulla al di fuori di se stessi. Su questo piano d'una rozzezza propagandistica addirittura infantile, quante volte americani e sovietici si sono trovati alla pari. E allora, per il povero europeo ragionevole, quanta fatica per non cadere nella facile identificazione tra quella insensibilità d'argomenti e di stile – cui pur certo deve corrispondere una insensibilità umana – e la realtà totale d'una civiltà, d'una società! E oggi... uffa! Che vadano un po' al diavolo! Prevedevo una domenica ben dura: discussioni disagevoli, impossibilità d'intendersi, la noia di quando – dovendo replicare a dei luoghi comuni – si è costretti a ripetere altri luoghi comuni, il disagio che resta quando tra persone che si conoscono poco si è scoperto che si è d'idee irriducibilmente avverse e non si sa più di cosa parlare.

Invece, niente di tutto questo: una domenica piacevole, cordiale. Il *public relation man* nella vita privata è persona sensibile, pacata, tollerante; la sua villetta è molto originale, disegnata da sua moglie, architetto, e costruita con le loro mani, piena di rari oggetti messicani, e un focolare sul quale egli stesso cucina uno squisito *barbecue*. E la conversazione sulle questioni politiche americane ed europee si tiene a un livello di ragionevole liberalismo e buona informazione, tanto che non riesco a dar sfogo agli umori polemici che ho accumulato durante la lettura dell'opuscolo. Dell'America latina, di cui il mio ospite è un esperto, lamentiamo la miseria delle masse, il conservatorismo di molti governi sostenuti purtroppo dagli Stati Uniti, la posizione retriva della Chiesa cattolica... Ma anche il clero degli Stati Uniti...

«*And your friend Spellman?*» gli chiedo.

«*Well, he is a good guy...* ma gli altri...».

Sull'Italia m'aspetto l'immancabile domanda di tutti gli «americani medi»: perché mai in Italia ci sono tanti comunisti. Macché: le *public relations* hanno sensibilità e tatto; miracolosamente sorvoliamo tutte le battute d'obbligo, i luoghi comuni, le generalizzazioni irritanti. È vero dunque che tanto i sovietici quanto gli americani mettono nella propaganda la parte peggiore di loro stessi, e poi invece a conoscerli di persona scopri che sono gente con cui si può sempre ragionare?

Ma forse, il mio gentile ospite era al corrente delle mie idee e ha trovato subito il tono per impostare una conversazione senza attriti. È questa dunque la scaltrezza sopraffina delle *public relations?* Presentarsi col volto più cinico e brutale per poi imprigionarti in un'atmosfera d'accordo e di consenso, dove ogni spirito di lotta s'attutisce?

Fuori sono le vigne silenziose, senz'anima viva. Sulle viti mordicchiate dai daini scende una pioggerella fine.

L'anno del topo

A San Francisco, sto a due passi da Chinatown. La via in cui abito, una via del centro tutta in salita, un paio di *blocks* più in su del mio albergo diventa completamente cinese: gente negozi insegne lampioni e, alzando lo sguardo, anche i terrazzi, le pergole, i tetti. Sono arrivato nei giorni di festa che precedono il capodanno cinese, pieni d'animazione, di lotterie, di mortaretti. Il 5 febbraio comincia l'anno nuovo, che sarà l'«anno del topo» secondo il loro calendario. I negozi, con ogni genere di roba cinese (fabbricata in Giappone), restano aperti fino a tardi. I ragazzi strilloni vendono i giornali cinesi di San Francisco e i settimanali illustrati di Hong Kong. I visi delle candidate al titolo di Miss Chinatown 1960 sono esposti in un gran quadro cumulativo. Il tempio buddista in costruzione – per ora un edificio spoglio e anonimo – per raccogliere fondi ospita tiri a segno, biliardini, tombole e vendite di bambole e dolciumi. Un vecchio in un multicolore costume di seta sta sulla soglia a muovere le braccia in una silenziosa danza coi ventagli.

Spesso finisco per consumare i miei pasti nei ristoranti cinesi, non in quelli più o meno addomesticati, per americani, ai quali m'ero abituato a New York, ma in quelli popolari, per cinesi soltanto. Le idee che m'ero fatto sulla finezza e precisione di sapori della cucina cinese qui sono sconvolte da nuove sensazioni che non entrano né nel mio quadro né nei miei gusti.

Ma altre idee – o meglio embrionali impressioni – volevo verificare qui: per esempio, che i cinesi tra tutti i popoli immigrati negli Stati Uniti fossero quello che meno di tutti ha sofferto della brutalità del trapianto, quello che meno di tutti ha assorbito gli aspetti volgari dell'«americanizzazione».

Per vedere se le mie impressioni erano giuste, ho atteso a San Francisco la tradizionale sfilata del capodanno cinese, famosa per i lunghissimi draghi ondeggianti per le vie. Niente: sono rimasto con un pugno di mosche. La sera del 5 febbraio, l'inizio dell'«anno del topo» era tutto fuorché una spontanea festa popolare. La sfilata comincia come parata militare di *marines*, poi vengono al passo i ragazzini cinesi in divisa, inquadrati nella gioventù massonica e altre organizzazioni di tipo balillesco; segue una sfilata di macchine lussuose dove troneggiano i capoccia politici della comunità alternati con le vincitrici del concorso di Miss Chinatown.

Le *miss* sono graziose, molto americanizzate (e su questo io non avrei pregiudiziali; l'americanizzazione della bellezza femminile è fatta soprattutto di salute, igiene e levigatezza di pelle, cose in sé lodevoli), con quell'aria di tutte le ragazze dei concorsi da *miss* in posa per la fotografia, i vestiti di gala messi per la prima volta, il mazzo di fiori avvolto nel *cellophane*.

Gli uomini politici sono molto diversi dai cinesini soliti che vedevo per via: con un'aria insieme tronfia e cameratesca, un po' da *gangsters* e un po' da fascisti, che dev'essere di molti dei capoccia delle minoranze povere nelle grandi città. Cartelli a stampa, sui fianchi delle auto, indicano al pubblico i loro nomi e le loro cariche e le loro organizzazioni (come l'Anti-Communist Chinese League e simili) e tutto prende l'aria d'una parata elettorale. Poi passa un po' di gente in vestiti colorati, il vecchio giocoliere dei ventagli del tempio buddista, qualche ballerino di *night-club*, tutte facce conosciute di qui intorno. E alla fine viene anche il drago, lunghissimo, multicolore, bellissimo e scodinzolante; ma ormai un'aria genuina da festa popolare non può più esser suscitata.

L'altra faccia

Altre voci, udite qui a San Francisco, indicherebbero che uno spirito del tutto opposto regna a Chinatown. Nel cinema dove danno solo film cinesi parlati in cinese, della rudimentale produzione di Formosa e di Hong Kong, si erano messi a proiettare film che venivano dalla Cina davvero, dalla Cina comunista. Il pubblico cinese affollava la sala tutte le sere e teneva l'acqua in bocca; nessuno in città ne sapeva niente; pare che questa storia continuasse per un paio di mesi, prima che le autorità venissero informate e intervenissero. Riporto cose che ho sentito dire, senza averle verificate; d'altronde, pure nel caso che la storia sia vera solo in parte, vale, per gli americani, come un sintomo.

Non è vero quel che si dice sempre

Non è vero quel che si dice sempre, che l'unico modo di vedere l'America è di percorrerla in automobile. A parte il tempo che occorrerebbe date le sterminate dimensioni, l'elemento dominante d'un tale viaggio sarebbe la monotonia. Poche miglia d'autostrada bastano a dare un'idea di ciò che è l'America media delle piccole e piccolissime città, degli interminabili sobborghi, con tutte le costruzioni basse, distributori di benzina, negozi con le insegne scritte a enormi caratteri. Ma la cosa più noiosa è il doverti fermare ogni sera a dormire in una di queste cittadine anonime, dove non c'è nulla da fare tranne verificare che la noia della *little town* è proprio tal quale ce l'hanno sempre descritta. L'America minore mantiene le sue promesse: il bar addobbato con trofei di caccia, teste di cervo e d'alce; i *farmers* nel retrobottega che giocano a carte col cappello da *cowboy* in testa; la grassa donnina allegra che sta seducendo il *salesman* di passaggio; l'ubriaco che cerca d'attaccar briga.

Questi paradisi terrestri

Devo pur dire che ho attraversato in questi giorni, viaggiando per la California in macchina, anche coste e foreste che sono tra le più belle del mondo. Ma è una natura con cui non entri in rapporto: forse per le dimensioni disumane, forse perché tutti i rapporti – e quindi anche quelli con la natura – sono improntati da questo senso d'alienazione, d'anonimità, di rarefazione insapore. È inverno, e anche sui posti marini famosi come Monterey e Carmel stinge la noia delle cittadine dell'interno.

In questi paradisi terrestri dove vivono gli scrittori americani non ci starei neanche morto. Non c'è altro da fare che sbronzarsi. Stamattina un giovanotto scrittore che sta qui ha tutti i polsi feriti. Ieri notte, ubriaco, ha spaccato a pugni le vetrate della sua villa.

Gli alberghi dei vecchi

La famiglia americana non vuole i vecchi con sé. I giovani si sposano e mettono su casa per conto loro, senza genitori né suoceri (che pure sarebbero utilissimi per risolvere il grande problema americano: chi resta a casa a guardare i bambini la sera?). I nuovi *suburbs* residenziali sono spesso quartieri di giovani, con una popolazione sotto i quarantacinque anni. Dove vanno i vecchi? In albergo.

A New York gli alberghi grandi e piccoli sono delle specie di conventi di vecchiette. Vanno e vengono per gli ascensori, coi loro cappellini ombrellini ventagli medicine danno ai ristoranti degli hotel l'aspetto di pensioni familiari, si gridano a vicenda nei cornetti acustici apprezzamenti meteorologici, organizzano *meetings* religiosi in questa o quella camera, euforiche, energiche, instabili, inquiete.

Verso gli Stati dal clima mite, California, Florida, si dirige l'ininterrotta migrazione di quello che ormai possiamo considerare come un popolo in mezzo agli altri popoli del calderone americano: i vecchi, i pensionati.

Viaggio per la costa della California in macchina, con amici europei. Quando ci si ferma la sera in una piccola città, i miei amici, convinti – erroneamente – che i *motels* costino troppo, orientano la loro scelta verso alberguicci antiquati. Ogni sera, come al cammelliere appaiono in miraggio i giardini di Samarcanda, così io guardo i *motels*, lindi e perfetti, affacciare i loro geometrici ballatoi su una verde piscina dove si specchiano le palme; e dopo la solita vana discussione seguo la maggioranza verso i tappeti spelacchiati e l'odor di polvere e muffa caratteristici degli alberghi americani di terza categoria.

A qualsiasi ora, nella *lounge* il televisore balugina e gracchia, e seduti nelle poltrone di vimini, nei divani stinti sono i vecchi *retired*, i pensionati, quelli che dopo una vita di lavoro modesto si ritirano con un gruzzolo che gli basterà a vivere in albergo per il resto dei loro giorni, ma senza più nulla per occupare, di questi giorni, il vuoto.

Certi alberghetti della California del Sud conservano un'aria messicana. C'è uno scalone sproporzionato, un salone semibuio grande come un cortile, coi divani e le poltrone avvolti in uose bianche, e tutt'intorno si aprono le porte di camerette modeste, dove talora corre un nero scarafaggio di proporzioni tropicali. Al mattino le porte si aprono una per una, vecchi in maniche di camicia e vecchie coi capelli sciolti si muovono lentamente, vanno al bagno, tornano, trasportano lenzuola che stendono sulla balaustra dello scalone (forse negli accordi della modesta retta è stabilito che si facciano la camera da sé), poi subito si buttano sui divani foderati e già sgranano gli occhi alla televisione. Così, protetti dalle intemperie nella pallida continua primavera californiana, attendono, un giorno dopo l'altro, guardando le ombre della televisione, di spossessarsi degli oggetti del mondo, in queste sbiadite anticamere del nulla.

La città troppo grande

Il *motel* in cui abito a Los Angeles ha di fronte uno strano edificio bianco candido, quasi senza finestre, con al centro un'altissima torre sormontata da un angelo d'oro con la tromba. È il tempio dei mormoni, il più importante di tutta la costa del Pacifico. Non potrò visitarlo: solo i mormoni possono entrarvi, e non tutti, ma esclusivamente gli anziani. Anche i gestori del *motel* sono di religione mormone: gente anziana, grassa, tranquilla e insolitamente gentile.

Intorno è un quartiere verdeggiante, tutto casette basse basse, abitato da giapponesi che lavorano come giardinieri

133

nelle ville di Westwood e di Beverly Hills. Ogni mattina e ogni pomeriggio tardi, passa qui davanti il camioncino di un distributore di gelati, che emette per richiamo un accordo di carillon, acuto e struggente. Il carillon del gelataio e la tromba dell'angelo mormone si sono associati nella mia memoria; forse la prima volta che ho sentito quel suono ho pensato davvero che provenisse dall'angelo; ma c'è stata una prima volta? Sono qui da dieci giorni e mi pare d'aver sempre conosciuto questo arpeggio, questo assurdo tempio, questa sensazione d'asfalto sotto il sole.

Dunque, Los Angeles? Da quando sono negli Stati Uniti, tutti, assolutamente tutti quelli con cui ho parlato m'hanno predetto che avrei amato San Francisco e che avrei odiato Los Angeles. Tanta unanimità di giudizi ha finito per innervosirmi. Sono stato a San Francisco, l'ho amata, certo, ma che bravura c'era?: la città è bella, d'un tipo di bellezza insolito in America; ma non ho avuto il senso d'una scoperta, d'una difficile conquista, d'un attrito. Chicago, quella sì, m'aveva dato soddisfazione: riuscire a capirla, a sentirne il sapore, ad accettarla così com'è. Allo stesso modo volevo poter dire, tornando nell'East: «Los Angeles, che città! voi non la capite!».

E appena arrivato, avevo pensato che mi sarebbe piaciuta davvero. Prima di tutto, una città così enorme, così esageratamente estesa, una città che per attraversarla in macchina è come andare da Torino a Milano. Solo le città enormi oggi hanno un senso, pensavo; solo le città enormi mi interessano. Poi, una città così fusa con la natura, che di qua raggiunge il mare, lasciando sgombri promontori deserti a picco sul Pacifico, e di là le montagne, così che per passare da un quartiere all'altro talvolta la via più breve è attraversare una zona montagnosa completamente selvaggia (e non si dice per dire: nella macchia girano i *mountain lions*, cioè i puma). E una città industriale dal tenore di vita superiore a tutte le altre che ho visto, in una scala così larga da poter esser considerata finalmente non una zona privilegiata, ma una fetta di società americana.

Macché. Dopo pochi giorni, avevo bruscamente cambiato opinione. Amico delle grandi città, avevo capito che Los Angeles non è una città, che viverla come una città è impossibile. Guidare da un punto all'altro anche d'uno stesso *boulevard* è un lungo viaggio; e i servizi di autobus sono lenti e rari. Durante il mio soggiorno è questo già il terzo albergo e quartiere che cambio, cercando sempre il posto in cui sentirmi più «dentro» Los Angeles, e trovandomi ogni volta isolato come in un nuovo esilio. Gli abitanti vivono in tante società separate, quelli di Beverly Hills fanno visita a quelli di Beverly Hills, quelli di Pasadena a quelli di Pasadena; la città enorme ha come risultato la vita provinciale. Anche trovare un numero telefonico è difficile: gli elenchi del telefono di Los Angeles, divisi per zona, sono una decina; in nessun posto se ne trova più d'un paio; solo nei grandi alberghi esiste la collezione completa, conservata in un apposito scaffale.

Ma non voglio darla vinta ai miei interlocutori e continuo, contro coloro che mi definivano Los Angeles come la città dello *smog*, a lodarne il cielo azzurro e l'aria limpida. Difatti, il mio soggiorno è favorito da una felice disposizione dei venti. Giro per i viali di Westwood, tra le rade case, odo il carillon del gelataio che pare esca dalla tromba d'oro dell'angelo mormone, con l'ansia ed il disagio di chi vede aprirsi dinanzi a sé la soglia d'un paradiso terrestre ma sa che per entrarvi il prezzo è uno solo: la perdita dell'anima.

Il pedone sospetto

«Qui uno che cammina a piedi verrà immediatamente arrestato». Questa è la prima osservazione che si fa arrivando a Los Angeles, città dove non esistono pedoni. Ma allora credevo di scherzare, di dire un paradosso.

Ieri mattina, mi trovavo a Culver City senza macchina, dovevo andare all'Università della California, e pensai di prendere un certo autobus alla fermata più vicina. Avevo quindi da percorrere a piedi un tratto d'uno di questi sterminati *boulevards* in cui marciapiedi assolutamente deserti fiancheggiano aiole, rade case, distributori di benzina.

Camminando, sentivo dietro di me lo scoppiettio d'una motocicletta che andava lentamente. A un certo punto, dopo un incrocio, il rumore accelerò e mi raggiunse; era il motocarrozzino con antenna radio d'un poliziotto che mi faceva cenno di fermarmi. La strada trasversale che avevo passato aveva un semaforo che segnava rosso: ma era una via larga pochi metri, deserta, e non mi ero fermato ad aspettare il verde.

Il poliziotto mi chiede i documenti. Naturalmente non ho con me il passaporto: il gran piacere dell'italiano appena arriva in un paese come gli Stati Uniti è di fare quel che in Italia non si può fare mai: lasciare i documenti a casa e girare con le tasche vuote. (Neanche negli alberghi devi mostrare le carte: ti chiedono solo di scrivere su un modulo un nome e un indirizzo qualsiasi). Mi dichiaro pronto a pagare la multa, ma spiego che sono un visitatore straniero, che vado all'Università dove devo tenere una conferenza, cerco di mettere la cosa sullo scherzo, dico che sono il solito *absent-minded professor* e non ho visto il semaforo, lodo la disciplina del traffico americano, eccetera.

Ma capisco che per il poliziotto sono un caso sospetto,

che non è di una multa che si tratta, che ha tutte le intenzioni di caricarmi sul *side-car* e di portarmi in guardina per chiarire la mia situazione. Siccome ho aperto il portafogli per cercare qualche carta che mi serva di riconoscimento, vuole vedere tutto quello che c'è dentro, vuole sapere quanti soldi ho, quando sono arrivato, quando parto, insomma un interrogatorio.

Un invito a stampa dell'Università per la mia conferenza finisce per rassicurarlo, mi lascia andare senza nemmeno farmi pagare il *ticket*.

Racconto l'episodio a tutti gli amici di Los Angeles: e tutti a loro volta mi raccontano episodi simili successi a loro, di venir fermati dalla polizia una volta che per una ragione o per l'altra si trovavano a piedi, specie dopo il tramonto, pur senza aver commesso nessuna infrazione. Chi gira a piedi è un tipo sospetto, un vagabondo, un asociale, non integrato nella comunità. O è un ubriaco, o è un pazzo, come uno che girasse per le strade nudo.

Nello stesso tempo però il pedone è protetto dalle leggi della California: quando si traversa una strada a piedi in un qualsiasi punto, tutte le macchine devono fermarsi, come in Italia si fa solo (o si dovrebbe fare) alle strisce bianche. Essendo i pedoni pochissimi, come i pellirosse, si fa in modo che non scompaiano del tutto.

L'ombra della sedia elettrica

Domani Chessman morirà sulla sedia elettrica. Incontro in un *party* di Los Angeles un'avvocatessa che è tra le pochissime persone invitate ad assistere all'esecuzione. Dice che se l'accompagno può farmi entrare: vuol telefonare per fissarmi subito il posto sull'aereo. «Ma certo, potrà scrivere un pezzo memorabile! Qualcosa che sarà pubblicato in tutto il mondo! Che gioverà alla campagna contro la pena di morte!». Ringrazio e rifiuto. Non si va a vedere la morte per sport. E non voglio portarmi dietro quell'immagine per tutta la vita.

(L'esecuzione fu poi rinviata ancora una volta).

Hollywood

Capisco che dovrei scrivere qualcosa su Hollywood, ma non ho nulla da raccontare. (Uso la parola Hollywood nel senso europeo; come sapete ora Hollywood è soltanto un quartiere di Los Angeles pieno di ristoranti e teatri e locali notturni, non ha più a che fare con la produzione cinematografica; gli *studios* sono da altre parti, in campagna).

È febbraio, stagione morta per la produzione dei film, perché in aprile nello Stato della California si fa la denuncia dei redditi e vengono quelli del fisco a controllare le bobine di pellicola girata, e su quelle applicano le tasse; quindi le case in questi mesi cercano di girare il meno possibile e le bobine che hanno girato le mandano nello Stato dell'Arizona. Quando è passata l'ispezione, le fanno ritornare; la legislazione fiscale americana è molto seria e rigorosa, ma alcuni piccoli trucchi per non pagare restando nell'ambito della legge sono tacitamente ammessi.

Quindi alla Fox c'è solo un film in lavorazione, con Claude Rains, ambiente tropicale, fantascientifico. Da un fiume doveva uscire un mostro preistorico; ma la scena che ho visto girare io era prima che il mostro uscisse. La lavorazione dei film è caratterizzata dalla rigida specializzazione delle maestranze, sancita dai contratti sindacali. C'era un tale, un omone vestito da *cowboy*, con delle giberne piene di sassolini e una fionda al posto della pistola. Era un tecnico specializzato nello spaventare le anatre. Quando il regista aveva bisogno di un volo di anatre sul fiume, lui tirava una manciata di ghiaia con la fionda in direzione del branco che nuotava lento sulle acque del finto fiume tropicale.

Morso dai cigni

Los Angeles è la città delle religioni strane. Profeti e ciarlatani di tutto il mondo vi si fermano, aprono i loro templi e trovano accoliti. Un'amica che mi guida per l'interminabile Sunset Boulevard vuole che visiti una strana chiesa costruita a forma di mulino a vento, sulla riva d'un laghetto artificiale. È dedicata a un culto propugnato da un signore indiano dai lunghi capelli, che mescola buddismo e cristianesimo.

Passando nel giardino, si mettono misteriosamente in azione altoparlanti nascosti nei cespugli, che suonano musiche sommesse. Sulla riva del laghetto, cigni rabbiosi accorrono e mi morsicano le gambe.

Cowboys

Visito il più grande *ranch* della California. Frutteti di aranci e noci. Come al solito nell'agricoltura americana non si vedono esseri umani. Tutto si fa con le macchine, anche la bacchiatura delle noci. La raccolta degli aranci invece viene affidata a un sindacato di messicani specializzati.

I *cowboys* li ho visti cavalcare negli stretti corridoi tra le staccionate che incasellano le mucche, per estensioni immense, a ruminare annoiate il mangime sintetico portato loro da condutture e opportunamente graduato da un mulino elettrico che torreggia lì in mezzo. Mai vedranno una prateria in vita loro, né le mucche né i *cowboys*.

Newyorkese in provincia

Sarà ormai un mese che ho lasciato New York e viaggio per gli Stati Uniti. Quelli che incontro, tutti, mi parlano male di New York. Taccio, imbarazzato, quasi vorrei avvertirli che stanno facendo una gaffe, che mi stanno dicendo una cosa indelicata: perché io New York la amo. Più luoghi vedo, e città e paesaggi e società e modi di vivere diversi, e ognuno con una sua verità, ognuno a suo modo americano, ognuno a suo modo diametralmente opposto a New York, più sento la nostalgia di Manhattan, e capisco che questa nostalgia mi porterò sempre dietro. Ma perché? Tutti gli americani sanno dirmi perché odiano New York: città di professioni artificiali, di intellettuali industrializzati, di vita sociale intensissima ma senza approfondimento di rapporti umani, città dove tutto si commercializza, città dal ritmo snervante ma non concretamente produttiva; città non americana, incapace di creare dal crogiolo dei popoli una civiltà propria; città dove si è fermata senza assimilarsi la parte peggiore di tutte le ondate di immigranti; città che più d'ogni altra nega e annulla la natura. Che dire? Hanno ragione, New York è così, ed essere così è male. Però non vedo l'ora di tornarci.

Le mogli

Interpello Giovanni B., il viaggiatore italiano che s'interessa di donne, sulla differenza tra New York e il resto del paese.

«La vita sociale di New York è dominata dalle donne sole, – mi spiega, – quella delle altre città dalle mogli. Ciò fa sì che l'erotismo di New York è regolato dal calcolo, dalla strategia, dalla razionalità come una partita a scacchi, mentre quello delle altre città americane è dominato da una carica selvaggia, ferina, che esplode dall'insoddisfazione della vita matrimoniale. Confrontiamo le schermaglie tra i sessi in due *parties*, due normali ricevimenti mondano-familiari, uno a New York e l'altro in provincia, dello stesso livello sociale e intellettuale e allo stesso stadio di consumo di alcolici. A New York la posta è un numero del telefono, un appuntamento da segnare sul taccuino, cioè il *party* è una fase preparatoria al *dating*, alla procedura degli appuntamenti che dovrai seguire punto per punto se vuoi arrivare fino in fondo. In provincia il *party* è un ribollire di fermenti bovaristico-lawrenciani, la temperatura sale subito al massimo, se conosci una donna che ti piace si direbbe che non ci sia tempo di rimandare, che tutto debba essere consumato lì sul posto, appena i mariti girano gli occhi, che il *party* non sia preparazione all'alcova ma già alcova esso stesso».

«Dunque, – domando, – non ti staccherai più dalla provincia?».

«Neanche per idea! Non si combina niente, capisci! È tutto un trucco, so già d'essere fuori gioco in partenza! Questo è un bovarismo velleitario, un lawrencismo da salotto, che non serve ad altro che a dare equilibrio al matrimonio, alla normale armonia tra i mariti e le mogli...».

Salute di Las Vegas

Gli aeroporti sono uguali dappertutto, ma che sei arrivato a Las Vegas te ne accorgi appena messo piede a terra, perché vedi da tutte le parti le famose *slot-machines*, le macchinette che ci metti dentro una moneta, spingi una leva e se si forma una certa combinazione puoi vincere venti o cinquanta volte la posta o anche tutto il *jackpot*, cioè il banco – ma quella combinazione non si forma mai. Allineate lungo i muri, paiono dei vecchi telefoni dipinti a colori vivaci, o delle bilance automatiche, e davanti a ogni macchinetta c'è qualcuno che gioca furiosamente, con movimenti d'automa; altri fa andare avanti due macchinette per volta; e aspettando che una macchinetta si liberi, fa la coda altra gente, appena arrivata o che sul punto di partire vuol godere fino all'ultimo istante della libertà che lo Stato del Nevada concede: la libertà del *gambling*, del gioco d'azzardo, qui esercitato alla luce del sole, ma pur sempre con la frenesia di chi s'abbandona a piacere proibito.

Sapete tutti com'è fatta Las Vegas, nel mezzo del deserto (grigio, a perdita d'occhio, guernito di bassi e radi cespugli, e in fondo le montagne), vecchio villaggio dei cercatori d'oro, e anche adesso non molto estesa, praticamente due strade: la vecchia Main Street con le bische più famose e antiche e la nuova lunghissima Strip, una strada nel deserto tutta insegne luminose sfarzose più che a Broadway perché gli edifici sono tutti alberghi, *motels* dalle fogge più svariate, teatri, *tabarins*, case da gioco. Ossia case da gioco sono tutti i locali pubblici di Las Vegas, e a Las Vegas non ci sono che locali pubblici: nelle *halls* degli alberghi e dei teatri ci sono tavoli da *roulette* o da *baccarat* in funzione ventiquattr'ore su ventiquattro, e le *slot-machines* tutt'intorno.

Ma non è solo del *gambling* che Las Vegas è la capitale: anche delle riviste di ballerine nude, della prostituzione (che qui nel Nevada è ammessa legalmente), dei divorzi e dei matrimoni velocissimi. Come sapete, basta soggiornare sei settimane in Nevada e si ha diritto al divorzio; per sposarsi si può farlo istantaneamente, basta giurare a un «giudice di pace» che non si è già sposati. Perciò alle bische e ai *night-clubs* della Strip s'alternano una gran quantità di «cappelle per nozze», chiesette dalle inverosimili architetture a confettiera, sormontate da statuette di Cupido, che hanno nomi come «The Stars Wedding Chapel», insegne luminose che vantano il matrimonio più veloce, cartelloni a colori con primi piani di sposi che si baciano.

Venivo in taxi venerdì sera, dall'aeroporto. Non c'era albergo o *motel* che non avesse la scritta «*No Vacancy*». «Cosa vi avevo detto? – fece l'autista. – Non c'è una stanza libera in tutta Las Vegas. Bisognava prenotare, ma non ieri: due mesi fa, per lo meno». Con la mia abitudine a non preordinare gli spostamenti, sono arrivato qui senza badare che si è all'inizio d'un *week-end* eccezionale: non solo sabato e domenica ma anche lunedì, festa nazionale; e con tre giorni di vacanza Las Vegas si è riempita di gente non solo dalla vicina Los Angeles, ma da tutti gli Stati.

I viaggiatori sbarcati dall'aereo erano tutti saliti sulle *limousines* dei loro alberghi. Di scriteriati che arrivassero senza prenotazione c'eravamo solo io e un signore grasso. Un conducente di taxi più ottimista degli altri ci imbarca nella sua macchina tutti e due: non si sa mai, in qualche *motel* potevano essersi fatti dei posti liberi all'ultimo momento. Ci presentiamo, con quel signore: sta a Washington, è funzionario in un ministero, era in trasferta a Los Angeles e ne ha approfittato per passare tre giorni, o meglio tre notti, a Las Vegas, ma non per la *roulette*: per gli *shows*, le riviste.

In nessun posto come a Las Vegas si possono vedere tanti spettacoli di varietà e così famosi: neanche a Broadway, forse neanche a Parigi. A Broadway non ce n'è mai più di cinque o sei contemporaneamente: qui ci sono una ventina di locali di gran classe, con i migliori complessi di *girls* e cantanti e attori d'America e d'Europa. Siccome gli spettacoli vanno avanti fin verso le quattro del mattino, si possono vedere anche tre *shows* per sera. È quel che si propone l'impiegato di Washington: tre sere, nove spettacoli.

Dal taxi io guardavo il susseguirsi dei «*No Vacancy*», la scritta luminosa sacramentale di tutti i *motels*; se il «*No*» è spento, vuol dire che c'è posto; ma era acceso dappertutto (alcune scritte, più gentili, aggiungono, con le loro lettere luminose: «*Sorry*»); ma il mio compagno di ventura non aveva occhi che per le insegne dei teatri.

Il vecchio autista lodava le fonti dell'economia del Nevada, le libertà di divertimento che avevano portato la prosperità turistica in quel deserto, e coincidevano con morale e igiene e risparmio. «*I believe in legalized prostitution*» diceva, gravemente.

La nostra ricognizione alberghiera è stata inutile. Il taxista allora ci dice che può affittarci una stanza a due letti a casa sua. È chiaro che aveva quell'idea in testa fin dall'aeroporto: ma è un brav'uomo, il suo intento è di fare più una buona azione che un guadagno, e anche sul prezzo non ci prende affatto per il collo, come purtroppo in circostanze simili s'usa anche in America. Accettiamo. La Las Vegas dei residenti è fatta di poche strade attorno alla Main Street, con casette basse dall'aria agiata ai margini del polveroso deserto. La famiglia dell'autista, moglie e ragazzino, spira un'aria buona e cordiale e virtuosamente incoraggiante, quasi di gente che soccorra alpinisti o pellegrini. Di fatto, lei è insegnante alla scuola domenicale, il ragazzo è nei *boy-scouts*. I due coniugi erano arrivati a Las Vegas dal Middle West ai tempi della Grande Crisi, la prima notte avevano dormito nel deserto, al sereno, poi avevano seguito le fortune della cittadina, con praticità distaccata di benpensanti. Ma tutte queste cose le ho apprese dopo; appena arrivati, il signore di Washington era impaziente di procurarsi un tavolo per il suo primo *show* della serata; ed io, felice come sempre quando mi capita di condividere le esperienze d'un «americano medio», m'offro d'accompagnarlo. Posiamo le valige e via.

È, questo signore grasso di Washington, persona seria e morigerata anche lui: gioca pochissimo e con prudenza, si guarda bene dall'andare con ragazze (che d'altronde costerebbero un occhio), ha solo questa astratta mania da collezionista di vedere quanti più *shows* può, con le *girls* nude (nudo il seno, s'intende; anche qui nel Nevada vale l'obbligo del perizoma), e ad ogni intervallo è indaffarato a scrivere indirizzi e saluti sui programmi (in America c'è l'usanza che i programmi degli spettacoli di *night-club* o i menu si possono spedire come cartoline a spese del locale) per i colleghi d'ufficio al ministero, per dimostrare loro quante belle cose ha visto.

Ma a me piace di più girare da un posto all'altro, nelle sale da gioco. Questa Las Vegas, tutto come ne avevo letto tante volte, però non è una delusione: quel che c'è di vero è la vitalità sincera, incomposta, esplosiva, di quel fiume di gente che s'affolla attorno alle *roulettes* come fosse alla fiera. Niente a che vedere con l'aria dei casinò europei, e niente a che vedere con i posti tipo Pigalle. Qui c'è una grande salute fisica, è una società produttiva e denarosa e volgare che si diverte, con voracità e ingenuità, tutti insieme, in fretta, tra un aereo e l'altro, ma si diverte davvero, non fa finta.

Potrei anche dirvi che ancora vive qui lo spirito del pioniere, del cercatore d'oro che hanno dato fama a questa assurda città-bisca, ma da queste parti il color locale *western*, *pioneer*, *golden rush* eccetera è talmente oggetto di sfruttamento turistico, retorica, sminuzzamento in oggettini-ricordo che mi toglie la voglia di parlarne. Ma tant'è, posso pur dire cose banali, sto viaggiando in un paese banale e lo godo benissimo come tale, l'ondata di banalità invade me pure e non me ne difendo, seguo il compagno di viaggio dallo *show* del Lido de Paris a quello giapponese, registro nella mia retina decine e decine di lontani e identici capezzoli, rinuncio a seguirlo a un terzo spettacolo, mi conquisto un posto a questo o a quel tavolo da gioco, per il piacere di puntare con monete da un dollaro d'argento (è la prima volta che ne vedo; qui sono molto usate, per comodità di gioco), ho contestazioni con *croupiers* distratti o malfidi, con vicini pasticcioni. A me, questa Las Vegas piace. Ma è loro e così resta: loro, non mia.

E la *roulette*, poi, mi ha sempre annoiato: perché vinco sempre. Vinco anche qui, dove la ruota dei numeri ha due zeri. Non riesco a trarre emozioni dal gioco, m'annoio. Solo, sono contento che gli altri si divertano. In fondo, invidio molto questa gente, e invidio loro Las Vegas e tutta la corruzione e la salute che c'è dietro, la sana corruzione e la corrotta salute. Privo delle passioni del vizioso e dell'innocenza del sano, godo ogni cosa e ogni cosa è come niente.

Le *slot-machines*, ordigni misteriosi e difficilmente controllabili, comunicano la passione del gioco nella sua forma più ipnotica, passiva e ostinatamente ripetitoria. Non ho mai visto vincere nessuno. Metto una moneta da 25 *cents*, abbasso la leva, le figurine vengono fuori scompagnate come al solito. Ma ci dev'essere un guasto: dal fondo della macchinetta crolla la pioggia di monete della vincita. Intasco, sbadiglio, sempre più insoddisfatto di me stesso, vado a dormire.

Contrariamente a quello...

Contrariamente a quello che scrivevo alcune settimane or sono, non c'è altro modo per girare gli Stati Uniti che l'automobile. L'altro sistema di viaggiare, vantato come il più pratico e il più tipicamente americano, cioè con gli autobus della compagnia Greyhound che serve tutto il paese, dà sì modo di vivere a contatto con una varia umanità come e più di tutti i mezzi di trasporto collettivi, ma non si raccomanda al turista che vuol fermarsi a vedere località famose e «monumenti». Qui nel South West si tratta quasi sempre di monumenti naturali: deserti come la Death Valley, burroni come il Grand Canyon, foreste pietrificate, tutte cose che non si trovano lungo le *highways* e che per chi è privo d'una macchina individuale costano giornate di sosta in stazioncine intermedie, per intrupparsi in carovane turistiche organizzate sul luogo.

Però, vedere questi famosi «monumenti» è poi così essenziale? L'America consiste in uno speciale rapporto tra la gente e la natura: quello che conta è questa umanità capace di traversare il continente in autobus da costa a costa, per giorni e notti, dormendo seduti coi cuscini dietro il capo, masticando gomma e giornali a fumetti, mentre fuori scorrono i deserti interminabili di pietre e cespugli già solcati dai carri dei pionieri. Vedere un deserto più deserto degli altri o un *canyon* più *canyon* degli altri non cambia nulla, non dà illuminazioni fondamentali.

Considerazioni socialiste sui mezzi di trasporto

Il Greyhound è l'unico mezzo di trasporto veramente nazionale, con una stazione in ogni città, servizi regolari, possibilità di conoscere orari e coincidenze per una rete immensa. Le linee ferroviarie, proprietà ognuna di una diversa compagnia locale, sono un mezzo molto scomodo e disorganizzato. Molti Stati sono serviti da più linee, con stazioni differenti (in certe città la gente che interpelli per strada non sa

dirti dov'è la stazione, come chiedessi l'indirizzo d'un ufficio poco frequentato), sapere gli orari è sempre un problema (ogni treno – designato sempre con un nome, come
le navi – ha il suo orario stampato su un foglietto volante),
sapere le coincidenze per un viaggio un po' complicato è
impossibile. E tutto poi è aleatorio perché i treni sono sog-
getti a enormi ritardi: essendo le ferrovie in genere poco
redditizie, le società non ammodernano gli impianti, che
sono antiquati e facili ai guasti. Sarebbe tanto semplice na-
zionalizzarle, ma la sacralità dell'iniziativa privata resta la
grande superstizione nazionale, anche quando contraddice
ogni regola di efficienza e lo stesso buon senso. (Il pregiudizio privatistico è tanto forte che a New York dove le tre linee della *subway* metropolitana sono praticamente munici-
palizzate e unificate amministrativamente, esse continuano
a funzionare come tre linee completamente indipendenti,
complicando maledettamente un servizio che potrebb'essere semplicissimo come a Parigi o a Londra).

Gli Stati Uniti sono un paese in cui anche la produzione
e la distribuzione dei beni di consumo si vanno organizzan-
do come un «servizio». A ogni passo il viaggiatore europeo ha una conferma di come il socialismo in una società
tecnicamente avanzata sarebbe un sistema pratico e ormai
naturale. Esso è già nella potenzialità delle cose, è dappertutto, tranne che nella testa delle persone. Una sorta di processo di rimozione, una barriera di tabù storico-sociolo-
gici impedisce agli americani di pensare in questi termini.

Area depressa

L'autobus entra nel New Mexico già a buio. Il primo
paese in cui si ferma, al solito locale dove si fa uno spun-
tino, tutto è cambiato: l'impalpabile colore della miseria

(che in California avevo del tutto dimenticato) qui avvolge ogni cosa; la gente che aspetta l'autobus sono indiani vestiti all'indiana, povere donne coi bambini in collo, l'ubriaco, il mendicante, e tutt'intorno aleggia l'atmosfera familiare dei paesi sottosviluppati.

Com'è la vita d'una zona sottosviluppata nell'interno del paese meno sottosviluppato del mondo? Il New Mexico è un deserto, l'agricoltura è di pochi ortaggi e frutta per il consumo locale, l'industria quasi inesistente. Ma gli indiani godono dei benefici concessi loro (ai tempi di Roosevelt) dalla coscienza sporca degli americani bianchi: hanno sussidi di disoccupazione, esenzione da tutte le tasse, terre foreste riserve di pesca (essi vivono in una specie di comunismo primitivo e vani sono gli sforzi delle autorità per insegnar loro i vantaggi dell'iniziativa privata), ospedali assistenza gratuita scuole e priorità in tutte le possibilità d'impiego, più naturalmente lo sfruttamento del fatto d'essere la grande attrattiva turistica dello Stato.

Come è noto, il New Mexico è la grande riserva esotistica per gli intellettuali e gli artisti degli Stati Uniti. Dapprincipio, quest'escapismo esotico era oggetto dei miei sarcasmi. Oggi però sono stato a Taos, meraviglioso come paesaggio montano, e anche come posto di rifugio d'intellettuali non è fasullo come m'aspettavo. Il *pueblo* indiano è molto vero, i musei di cose indiane e neoispaniche (della famosa setta dei flagellanti che qui sopravvive) bellissimi, gli intellettuali che qui sbarcano il lunario gestendo *boutiques* d'oggetti locali sono gente simpatica e non commerciale; e due stazioni di sci sono nei pressi. Tutto sommato, un posto in cui non mi dispiacerebbe fermarmi.

Questa forse è la vera differenza con la Lucania e la Calabria. Nelle zone sottosviluppate italiane non puoi sfuggire alle responsabilità, al rimorso di far parte di un mondo privilegiato; qui puoi dimenticartene. Il segreto dell'America sta tutto in questo oblio dei rimorsi. Ma non è anche la grande debolezza dell'America, il suo pericoloso non capire (non voler capire? o non riuscire a capire?) il resto del mondo?

I *villaggi degli indiani*

Entro nel *pueblo* di San Domingo, nei pressi di Albuquerque. A prima vista mi pare che il posto non mi sia nuovo. Difatti: sono le borgate romane, tali e quali. Le casette indiane basse e piatte, costruite in *adobe* (i mattoni di fango che gli indiani impararono a cuocere dagli spagnoli e che sono il materiale essenziale di tutta l'architettura del New Mexico) e poi ricoperte di calce, hanno lo stesso aspetto di quelle di Pietralata. E la stessa è l'aria della gente che si ripara dal freddo intabarrandosi in coperte, dei bambini che corrono nella fanghiglia (però più puliti che da noi) e fanno gruppo a chiedere l'elemosina al forestiero (fatto raro negli Stati Uniti) o meglio: a vendergli i soliti sassolini colorati. Però non c'è il senso di sovrapopolazione che in Italia s'accompagna sempre a questi paesaggi. Gente saggia, gli indiani del New Mexico sono uno dei pochi popoli abitatori di aree depresse che non sia molto prolifico; eppure la loro popolazione, che era avviata all'estinzione, negli ultimi anni (dopo i provvedimenti per tutelare il loro benessere) è in leggero aumento.

C'è in questo *pueblo* una chiesa con meravigliose pitture indiane. Proseguo la strada per le montagne, e visito un museo di pitture rituali *navajo*, custodite da un solitario scrittore. Questi musei sono tenuti con la consueta cura e disponibilità di mezzi che gli Stati Uniti dispiegano nelle cose della cultura. La tradizione locale, sia ispanica sia indiana, è oggetto (da una trentina d'anni a questa parte, mi pare) d'un appassionato amore, d'una smania di salvarla e farle onore, propria di luoghi dove tutto ciò che è antico, tutto ciò che è derivato da un'altra civiltà, è raro e minacciato di estinzione. Gli architetti d'oggi cercano di continuare la vecchia architettura ispano-messicana. È una passione – va detto – quasi esclusiva degli americani anglosassoni; la popolazione di origine spagnola non si cura della conservazione dei monumenti della propria cultura. Architetti protestanti costruiscono o ricostruiscono le chiese cattoliche in *adobe*, e vi sistemano i superstiti capolavori della scultura popolare religiosa in legno; i preti del luogo poi le stipano della solita iconografia prodotta in serie, che credono più attraente per le masse.

La strada sale tra valli montane e nevose. Sono al *pueblo* presso Taos, il più grosso e famoso. Qui le case piatte, color terra sono ammonticchiate una sull'altra; gli indiani, nel pomeriggio freddo, girano intabarrati fin sul naso in coperte multicolori; sembra un paese musulmano.

Giro per le viuzze, dove ogni tanto s'incontra qualche Ford parcheggiata; l'automobile è una delle poche comodità moderne che gli indiani hanno accettato. Faccio segni di saluto alle ragazze; ma mi hanno consigliato di non fermarle. Un vecchio, dalla faccia glabra un po' grassa e femminea, che spunta sotto il lembo di una coperta, si fa sulla soglia. Lo prego di farmi vedere gli interni delle case. Non tardo a trovare un riferimento preciso: è Alberobello, queste casucce hanno la stessa essenzialità e pulizia dei trulli pugliesi. Qui però non hanno voluto la corrente elettrica. Per volere degli anziani, i *pueblos* non hanno altro mezzo di riscaldamento e d'illuminazione che i focolari dentro le casette e i forni per le strade. E quindi gli indiani sono i soli in tutta la nazione a non avere né radio né televisione.

Ma i ragazzi studiano alla *high school*, si «americanizzano». La spinta all'assimilazione, che prende tutti i popoli che si trapiantano su questo continente, e alla quale solo loro, gli antichi abitatori, erano rimasti finora restii, comincia a farsi sentire; e così si dica per la spinta al movimento, alla continua emigrazione interna, cui gli ex nomadi indiani, attaccati alle loro inospiti terre, hanno finora resistito.

È chiaro che le comunità di indiani non hanno avvenire. In tutto il paese si discute sul loro destino, tra i fautori della conservazione a ogni costo e i fautori dell'assimilazione. Il problema indiano, a differenza del problema negro, è più un fatto di «pietas» storica che un problema sociale.

Negli Stati Uniti – come nota un mio amico francese che è stato per anni funzionario in Africa – sono riconoscibili ancora i tratti della speciale civiltà delle colonie; ma manca l'elemento del popolo colonizzato, cioè la principale caratteristica, contraddizione, vitalità e significato di tutte le colonie. Sopravvive solo in alcuni luoghi, come qui nel New Mexico, ma senza forza dialettica, cioè senza futuro, quasi a identificarsi con la muta enigmatica natura.

Lawrenciana

Da quando conosco la piattezza della vita americana media comincio a trovare giustificazioni per l'escapismo e il culto del primitivo degli intellettuali che vengono a stabilirsi a Santa Fe o a Taos. (È la stessa spinta che li porta ad amare l'Italia in un determinato modo, un atteggiamento mentale che nei primi tempi a New York mi dava tremendamente ai nervi, mentre ormai capisco che se ne può avere indulgenza).

A Taos la colonia intellettuale è fatta in gran parte di gente stabilitasi qui quando c'erano D.H. Lawrence e sua moglie Frieda, per stare vicino a loro, come un curioso tipo di poeta, Spud Johnson, che si è messo a dirigere il giornale locale, dal prometiente titolo di «El Crepuscolo».

Naturalmente sono andato a trovare Angelino Ravagli, che dopo la morte di D.H. sposò Frieda, e vive ancora qui, in attesa di vendere un podere. Conobbe i Lawrence a Spotorno, perché affittò loro una villa, poi li seguì per il mondo, fino a Taos. Vivevano allora in un *ranch* sulla montagna, regalato allo scrittore da un'ammiratrice (ma Frieda volle poi pagarlo col manoscritto di *Figli e amanti*) e Frieda morendo lo lasciò in testamento all'Università della California che ci manda in estate dei giovani scrittori.

«Angie» qui è popolarissimo: è un uomo forte, naturale, semplice, ma non il tipo primitivo-plebeo che doveva rappresentare nella mitologia lawrenciana. La sua solidità è quella d'un bravo piccolo-borghese italiano: è stato capitano dei bersaglieri; della politica italiana lo interessa il programma di Malagodi; in camera sua ha un ritratto di Eisenhower che ha dipinto lui stesso, perché ora s'è messo a dipingere.

Atomica

Terra vagamente maledetta, è comprensibile come in questo deserto del New Mexico si siano nascosti a inventare la bomba atomica, inverando la profezia indiana (esclusiva del luogo, m'assicurano) che qui si sarebbe sprigionata una forza capace di distruggere la Terra. Con questa bella prospettiva, hanno sede tuttora i laboratori e le fabbriche che continuano a perfezionare la bomba. Si aggiunga che proprio qui sono stati trovati – ma questo in un secondo tempo, inaspettatamente, quando la bomba era già stata inventata – giacimenti di uranio, e il quadro è completo. L'uranio è diventato ora l'unica speranza di ricchezza di questa poverissima zona.

Il paese dunque si è riempito di scienziati: oltre ai laboratori di fisica atomica, ci sono quelli che studiano gli effetti delle radiazioni sugli organismi animali e vegetali; e poi centri di studi sulla resistenza umana ai voli spaziali. Tutto sommato avrei preferito conoscere un po' di scienziati, anziché i soliti artisti, letterati e professori di quelle che qui si chiamano *humanities*. Invece, pare che tra i due gruppi non ci siano molti contatti; e così non ho potuto verificare le mie ipotesi sul ruolo degli scienziati negli Stati Uniti e di conseguenza nel mondo futuro.

In realtà, le faccende atomiche nei discorsi della gente del luogo restano circondate da un alone misterioso come nelle leggende indiane. Un signore locale mi mostra con tutta serietà una boscaglia dove dice che si riunivano le spie per comunicarsi i segreti atomici, prima che l'FBI le scoprisse.

Mitologia del Texas

Le automobili a Houston portano uno striscione incollato dietro: «*Built in Texas by Texans*» (costruita nel Texas da texani). Non è vero: sono Ford o Cadillac o Jaguar come tutte le altre, i pezzi vengono dalle fabbriche del Nord, e nel Texas ci sono solo le officine di montaggio, che le grandi società automobilistiche hanno decentrato un po' dappertutto. Ma è inutile ragionare col famoso spirito autonomista del Texas, l'unico Stato degli Stati Uniti che ha – per una speciale eccezione costituzionale – il diritto di staccarsi dalla Confederazione quando lo voglia, lo Stato che riuscì a entrare in guerra con la Germania un anno prima di Pearl Harbor mandando una squadriglia di volontari con l'aviazione canadese, lo Stato per cui la più

154

grande umiliazione fu quando l'Alaska fu dichiarata Stato anch'essa, perché perdette il primato della superficie (e adesso in tutta l'America non si dice più *Texan size* dei gelati o dei televisori di taglia più grossa, bensì *Alaskan size*). In questo orgoglio locale c'è implicita una intenzione di sottovalutare il resto del paese; e, per prendere in giro i texani, alcuni begli spiriti presero ad appiccicare sul retro della loro auto la scritta: «*Built in Detroit by idiots*» (costruita a Detroit da idioti).

Prima di arrivare qui mi domandavo se sarei riuscito in pochi giorni a catturare un'immagine significativa di questo paese così particolare come spirito e come vita economica. Ma, al solito, sono stato fortunato: arrivo a Houston mentre c'è il *Fat Stock Show*, la grande esposizione annuale del bestiame, in occasione della quale si tiene il più importante rodeo di tutta l'America. Houston è una grande città moderna come tante, ma adesso presenta un aspetto unico al mondo: ci sono in città i *cowboys* di tutto il Texas, anzi di tutti gli Stati del bestiame. Non solo, è vestito da *cowboy* anche chi non lo è affatto, vecchi uomini d'affari, signore, ragazze, bambini, tutti in costume texano, cappellone e giubbetto con le frange.

Per ottenere un biglietto d'ingresso al rodeo mi consigliano di unirmi a una comitiva di studenti pakistani d'agricoltura, ospiti dello Stato del Texas in un collegio agronomico dei dintorni, e oggi in visita a Houston. M'intruppo coi pakistani, cercando di mimetizzarmi tra loro. Un'anziana signora del comitato d'accoglienza, moglie di una personalità cittadina, serve il caffè in bicchieri di carta; è vestita con un costume *western* di raso bianco. Il Texas mi si presenta come un paese in uniforme: verso l'esposizione zootecnica le buone famigliole borghesi marciano compatte in perfetta divisa da *cowboy*. Mi sento vagamente allarmato. Questa mitologia locale, questa ostentazione d'un costume pratico e antintellettuale, ha in sé una carica di fanatismo, d'allarmante bellicosità, risveglia in me certi sgraditi ricordi. Per fortuna – a differenza del mondo di quei ricordi sgraditi – qui è una mitologia legata al lavoro, alla produzione, agli affari: a questo enorme bestiame in mostra, e – più ancora – alla grande ricchezza del petrolio.

In uno stadio grande come il Vél d'Hiv di Parigi e pavesato di bandiere (le bandiere texane soverchiano quelle degli Stati Uniti così come l'inno texano è qui l'incontrastato inno ufficiale) si tiene il rodeo. Ed è anch'esso un misto di praticità e di mitologia. La gran parte delle prove in cui si cimentano i *cowboys* sono operazioni del loro lavoro quotidiano nelle fattorie: montare con o senza sella un cavallo non ancora domato, legare le zampe a un toro o un vitello in un dato numero di minuti, mungere una mucca che non ne vuol sapere, eccetera. Ma tra una gara pratica e l'altra ci sono i numeri della retorica *western* più fasulla: i più famosi cantanti *cowboys* della televisione si producono tra l'entusiasmo della folla.

Si direbbe che praticità e retorica formino per i texani un tutto unico, senza possibilità di distinzione. Ma quando il *cowboy* a cavallo insegue il vitello, lo prende al laccio, gli si butta addosso in modo da rovesciarlo pancia all'aria, riesce a legargli le gambe con l'aiuto del cavallo che deve spostarsi in modo da tenere il laccio teso, ebbene, è uno spettacolo di esattezza tecnica, di amore per il *good job*, il lavoro ben fatto, con una sua bellezza e una sua morale che la retorica non distrugge.

Le bottiglie in tasca

La legge del Texas proibisce ai locali pubblici di servire alcolici; però è permesso comprarsi una bottiglia di liquore nei negozi e portarsela a bere al ristorante. La sera, con un gruppo di persone del luogo, si va al ristorante polinesiano, che, inaugurato da poco, è ora la grande attrazione di Houston. Il ristorante è pieno; nell'atrio è una gran coda di gente elegante in attesa che si facciano dei tavoli liberi, e tutti gli uomini portano una bottiglia incartata nella tasca del cappotto.

Il proibizionismo del Texas è imposto dalla Chiesa battista, che qui è la Chiesa dei benpensanti e dei conservatori bianchi (mentre altrove è la Chiesa dei negri poveri). Se in qualche votazione vengono eletti capi abolizionisti che abrogano la legge sugli alcolici, subito i potentissimi battisti raccolgono decine di migliaia di firme per far ripromulgare la proibizione.

Felicità falsa e vera

Mi domandano in un'intervista: «In che consiste la *felicità* dell'americano medio?».

C'è una felicità vera, di chi riesce a realizzarsi nelle cose che fa, la grande lezione morale della vecchia America; e c'è una infelicità vera, di chi soffre di vivere nel vuoto, rotella di un ingranaggio. Così come c'è una felicità falsa, diffusissima, di chi vive nel vuoto e non se ne accorge; e un'infelicità falsa (esempio: i *beatniks*) di chi per protesta contro la vita sprecata si fa un programma dello sprecare la vita.

Per uomini

I banchi dei giornalai cambiano, nella provincia, anche per quel che riguarda le riviste illustrate. A New York si direbbe che siano solo quelle sette o otto famosissime che è di rigore aver letto o meglio sfogliato appena escono. In provincia salta fuori tutto un sottobosco: fumetti, riviste scandalistiche tipo «Confidential» (che a New York non ci si accorge nemmeno che esistano), sottotipi popolari di tutti i *magazines* più noti, riviste femminili e «per uomini». In quest'ultimo tipo di pubblicazioni, che hanno titoli come «Uomo», «Maschio» e simili, lo psicologo può trovare un catalogo dei miti violenti, muscolari, bellici, pionieristici, sportivi che costituiscono l'oscura religione «virile» americana. Tutto sommato, meglio il nostro «gallismo».

Anche quel glorioso motivo della letteratura americana che ebbe in Hemingway il suo più fedele e forse ultimo poeta, il culto dell'uomo solo alle prese con le forze naturali, un motivo che ha rappresentato per noi il fascino d'una letteratura sorta direttamente dalla vita, qui lo vediamo in riviste come «True» diventato uno spicciolo mito commercializzato.

New Orleans come nei libri

Sono a New Orleans nel pieno delle feste del *Mardi Gras* (*Mardi Gras* in America – o meglio a New Orleans, l'unico posto in cui si festeggi davvero – è termine estensivo per significare carnevale; la parola *carnival* infatti di solito si usa per indicare i baracconi del luna-park). Arrivo di mattina presto, gli alberghi naturalmente sono tutti pieni come un uovo, e mi metto a girare per il Vieux Carré, che è tutto come nelle fotografie, ogni casa con balconcino e portico di ferro battuto. Vengo dal West, dove l'«antico» si trova sempre in minime proporzioni e gonfiato e infasullito da propaganda turistica e retorica locale, ma qui devo dire che New Orleans è proprio tutta New Orleans, decadente, putrefatta, puzzolente, ma viva.

Da un'affittacamere nel Vieux Carré riesco ad avere per miracolo – e facendomi prendere per il collo – una stanza oscura, stracarica di roba polverosa e sfrangiata. Per uscire sulla immancabile veranda di ferro battuto si passa attraverso un bugigattolo buio, dove tengono rinchiusa tutto il giorno una vecchia novantenne. La mia prima impressione è di trovarmi in una scenografia per Tennessee Williams o nell'ambiente d'un racconto di Truman Capote: quello che avevo sempre creduto di riconoscere volta a volta come uno speciale clima fantastico di questo o quello scrittore, o uno speciale gusto dell'immaginazione comune agli scrittori del Sud, macché, mi pare ora solo una fotografia di quegli ambienti, senza alcun margine di trasfigurazione.

Poi ho capito che è successo anche il processo inverso, che è stata anche la letteratura a influire sulla realtà. Per esempio, di molte vecchie case di New Orleans, si raccontano storie straordinarie: ma sento dire che Faulkner, da giovane, quando sbarcava il lunario facendo cento mestieri, aveva fatto anche il cicerone per i turisti in visita al Vieux Carré; e alle loro domande rispondeva inventando storie. Molte di queste storie sono passate di bocca in bocca, sono diventate patrimonio di tutti i ciceroni, sono entrate a far parte della storia e delle guide ufficiali di New Orleans, e ormai non si sa più che cos'è vero e cos'è di Faulkner.

Il sindacato dello spogliarello

Prima sera a New Orleans. Sono solo, non conosco nessuno in città. Giro per i localucci di *burlesque* scalcagnati che si susseguono in Bourbon Street, una via del Vieux Carré. Il pubblico siede sugli sgabelli attorno al banco semicircolare del bar, dietro al quale c'è un piccolo palcoscenico dove salgono le ragazze a fare i loro numeri; tra un numero e l'altro esse siedono al bar e si fanno pagare da bere dai clienti.

Posso approfittarne per approfondire la mia conoscenza del mondo del *burlesque*. L'usanza che le ragazze conversino coi clienti mi permette di tener fede al mio principale criterio di metodo: quello di impostare tutta la mia conoscenza dell'America sulle relazioni umane.

Il guaio è che sono arrivato in Louisiana con pochi quattrini; ed esosi baristi continuano a riempirmi bicchieri di pessimo *scotch* e a fingere di riempirli alle mie occasionali invitate. Una delle prime regole del perfetto viaggiatore è di non sottrarsi a far la parte dell'imbecille quando questa parte può portarlo ad arricchire il suo patrimonio conoscitivo. Però la prospettiva di restare qui senza dollari, in quella orribile stanza, scrivere a New York chiedendo soccorso, spiare l'arrivo del postino dal portichetto di ferro battuto su Royal Street, non mi alletta per nulla. A questa Rosabelle che è la più ciarliera, visto che si è già arrivati al punto di combinare un *party* a casa sua per stanotte finito lo spettacolo, con lei e una certa Maude, m'affretto a dire che sono a corto di dollari.

Rosabelle fa grandi proteste: «Ma cosa credi? Ma noi qui guadagniamo benissimo! Siamo tutte iscritte alla nostra Union e i contratti sindacali ci permettono di vivere largamente col nostro lavoro. Finito il lavoro, facciamo quel che ci garba, senza pensare ai quattrini».

La rassicuro che mai le avevo attribuito il proposito di trarre lucro da attività extrasindacali, ma che bisognerebbe rallentare un po' il ritmo con cui il barista persiste a riempirmi nuovi bicchieri e ad esigerne l'immediato pagamento.

Questa Rosabelle è una già un po' matura, che fa un numero con due torce accese che si passa su tutte le parti del corpo. La Maude invece è una giovane e non sprovvista di attrattive, ma sia nello spogliarsi sul palcoscenico sia nei rapporti coi clienti in sala ostenta una cinica svogliatezza e mancanza di grazia. Rosabelle, avendo io fatto qualche apprezzamento positivo su Maude, si è data molto da fare per combinare questo *party*. Maude a dire la verità aveva sonno; in questi giorni di carnevale c'è da ammazzarsi di lavoro; i numeri vanno avanti fino alle tre di notte e alla mattina si riprende alle undici; Maude poi sta fuori città e deve fare un lungo tragitto in macchina; ma Rosabelle la convince che per dormire quelle poche ore non vale la pena che vada fino a casa; io avrei comprato una bottiglia di *scotch*, o un paio, e avremmo finito la notte allegramente a casa sua.

Tutte queste trattative procedevano tra continue interruzioni, perché un po' Maude un po' Rosabelle dovevano andare a fare il loro numero. Era mezzanotte e mezza; era chiaro che intendevano farmi spendere fino al mio ultimo *cent*; ormai di come andavano le cose m'ero fatto un'idea; cos'aspettavo a tagliare la corda e a salvare i miei dollari? Ma Rosabelle aveva molte cose da raccontarmi, della casa in Florida che s'era fatta coi risparmi della professione, di sua figlia in collegio, dei contratti sindacali (solo alle mie domande se nel contratto sindacale entravano le sue percentuali sulle consumazioni dei clienti, era reticente); Maude non aveva voglia di parlare, ma il suo silenzio esprimeva una pigra invischiante cedevolezza; poi arrivarono dei marinai che Rosabelle conosceva dalla Florida, dove lei organizzava certe feste per far incontrare ai marinai delle ragazze, «in modo – mi spiegò – che non finissero con ragazze che non si sa chi sono».

Ha preso a proteggermi, Rosabelle, da quel *racketeer* di un barista, e ogni volta che lui m'impone di consumare, lei inscena una parvenza di protesta, dice che non è il modo di trattare i clienti; Maude non dice niente ma scuote il capo per farmi capire che è dalla mia parte. Sono tra amici, insomma; tanto amici che non mi vogliono più lasciar andare, e la proposta da me ripetutamente ventilata di uscire e tornare a prenderle – assicuro – verso le tre, quando il locale chiuderà, è respinta come una scorrettezza inammissibile; ma in fondo chi ha voglia di rincasare in quella stanza ammuffita e polverosa da dramma di Tennessee Williams? A questa parte dello straniero un po' tonto ho finito per affezionarmi.

Le frontiere della fiducia

Non ricordo come a un certo punto riuscii ad alzarmi e ad andarmene. Forse perché mi offesi per la storia del *traveller's check*. A un certo punto, esaurita la mia riserva di contanti, dovevo cambiare un assegno. Ma per il barista non è sufficiente che io firmi il *traveller's check*: m'afferra il pollice destro, di sorpresa, lo schiaccia su un tampone d'inchiostro rosso e poi sull'assegno, stampandovi la mia impronta digitale.

«È nel tuo interesse, perché non avvengano contestazioni» mi spiega Rosabelle, alle mie proteste per l'insolito rituale e per il dover restare col pollice imbrattato d'un rosso indelebile.

Il *traveller's check* è la grande istituzione della fiducia americana: un assegno che può esser speso dovunque come contante, senza presentare nessun documento d'identità; basta controfirmare sotto la stessa propria firma già apposta all'atto dell'acquisto del libretto d'assegni alla banca. Ma la fiducia ha pure le sue frontiere; quando ci si trova ai margini dell'*underworld* dove è di regola la diffidenza, non tutto va così liscio. Già m'era successa bella a Las Vegas.

Partendo da Las Vegas, la città dei giocatori d'azzardo professionali, e dovendo comprare il biglietto dell'autobus per l'Arizona, voglio cambiare un *traveller's check* da cinquanta dollari. Succede alle volte che facendo la propria firma saltino fuori delle varianti imprevedibili; così successe a me quella volta. L'agenzia dei Greyhounds, vista la firma diversa, rifiutò l'assegno, né volle accettare alcun altro assegno del mio libretto perché ormai c'era il sospetto che fossi un ladro di *checks* e un falsificatore di firme. Documenti d'identità negli Stati Uniti non si usa chiederli a nessuno, figuriamoci nel Nevada! E se li presenti tu non sanno cosa farsene. Il Greyhound stava per partire; corsi alla cassa della bisca più vicina per farmi cambiare un altro assegno, ma innervosito com'ero mi riuscì una firma più diversa ancora e me lo rifiutarono. Correvo per Las Vegas da una bisca all'altra, ma ormai non sapevo più fare la mia firma, continuavo a sprecare *traveller's checks* da cinquanta dollari con firme inammissibili...

Destino d'avventure

Riprendo a dire di quella notte a New Orleans. Esco dal *burlesque*; Bourbon Street è piena di gente che sciama da un locale all'altro o s'affolla attorno a qualche negro che balla o suona per la strada; ed ecco che incontro un professore israeliano mio amico. È uno che viaggia per gli

Stati Uniti come me, e ci incontriamo sempre per caso, nella Chinatown di San Francisco o in un *canyon* del Colorado; ci scambiamo le nostre impressioni; lui rimpiange sempre la serenità georgica della sua università palestinese; poi ci separiamo, perché entrambi amiamo trarre da questo imprevedibile paese una conoscenza individuale che nasca dalle occasioni, sicuri che il caso ci farà di nuovo incontrare.

Da questi brevissimi incontri sento che è nata in me una vera amicizia per lui: abbiamo condiviso in circostanze diverse le esperienze della nostra generazione; lui ha fatto la guerra nel corpo israeliano compiendo imprese rischiose e atti di valore. E mi dà la riprova d'una idea che ho sempre avuto: che le persone dalla vita veramente avventurosa sono di solito le più tranquille, le più aliene dall'avventura per l'avventura; ma il loro atteggiamento aperto e generoso influenza le piccole scelte quotidiane magari insignificanti, che poi finiscono per porli inaspettatamente in situazioni eccezionali.

Infatti a questo israeliano capitano sempre le storie più strane. Ora mi racconta l'ultima che gli è successa: visitando le famose grotte di Carlsbad nel New Mexico, si è staccato dalla comitiva perché annoiato dai discorsi del cicerone, si è smarrito in un cunicolo inesplorato ed è rimasto sepolto vivo per ventiquattro ore. Io non ho altro da raccontargli che di Rosabelle e di Maude, e gli indico il locale, raccomandandogli moderazione nel bere. (Il mio amico, abituato alla vita austera dei kibbutz israeliani, sopporta male l'alcol, ma – per generosità e ottimismo – beve lo stesso).

Lo incontrerò di nuovo, un paio di settimane dopo, per le sale di una vecchia casa coloniale di Charleston adibita a museo. «Come è andata a New Orleans?». Si porta le mani al viso. Al primo bicchiere (c'era dentro un narcotico, sostiene) è cascato addormentato. Quando si è risvegliato, qualche ora dopo, sul marciapiede, i quattrocento dollari che aveva nel portafogli erano spariti.

Gli ultimi napoleonici

Napoleone sarebbe dovuto scappare da Sant'Elena e venire a rifugiarsi a New Orleans. Qui avevano organizzato il piano della fuga, predisposto il rifugio. Invece non si fece in tempo: l'imperatore morì. A New Orleans è rimasta la «casa di Napoleone», cioè la casa che l'imperatore avrebbe dovuto occupare; e la mostrano ai turisti.

Il culto di Napoleone persiste in molte vecchie famiglie francesi della città e trionfa nel gusto degli arredatori e degli antiquari. Ma se lo stile New Orleans sia più francese o più spagnolo è questione controversa; l'assetto attuale della vecchia città è quello che le diedero gli spagnoli che la governarono per sessant'anni, prima che tornasse ai francesi per pochi mesi nel 1803 e fosse poi venduta da Talleyrand a Jefferson.

Adesso la città ha ricevuto uno strano regalo dal governo franchista: delle targhe in maiolica con i nomi delle strade al tempo degli spagnoli, cosicché l'ostentato spirito francese della città viene corretto a ogni cantone.

Tutto diverso è il Garden District dove le famiglie francesi andarono ad abitare nell'Ottocento (mentre il Vieux Carré diventò quartiere di negri, finché qualche decina d'anni fa, riscoperto come la grande attrattiva turistica del South, diventò un quartiere di antiquari, alberghi e locali notturni): tutto grandi ville tra cui molti pregevoli esemplari di *plantation houses*, le bianche ville signorili a colonne.

Chiusasi nel suo orgoglio aristocratico francese, New Orleans restò una delle più povere e arretrate città degli

Stati Uniti, e le conseguenze della Civil War fecero il resto; ora sta riprendendo una certa prosperità come città del petrolio e come porto per frutta e minerali dal Sud America. Il porto è italiano, sede d'uno dei più antichi stanziamenti italiani negli Stati Uniti, famiglie originarie dalla Sicilia e dalle isole Lipari.

Il carnevale di New Orleans

Ma sono qui per vedere il famoso *Mardi Gras*; e davvero questa è già di per sé una città carnevalesca, con il suo *décor* settecentesco, quasi come Venezia. Anche la natura qui porta la maschera: querce e sicomori degli immensi parchi hanno i rami ricoperti di *Spanish moss*, un parassita dalla fluente vegetazione a festoni.

Il *Mardi Gras* dura una settimana e paralizza l'intera città. Le parate di carri non hanno nulla di particolare rispetto a quelle di Viareggio o di Nizza, anche perché – mi dicono – i carri e i mascheroni vengono appunto da Viareggio, sono quelli di Viareggio dell'anno passato, che apposite ditte viareggine rivendono ed esportano qui. E neanche l'elemento negro, che mi aspettavo fosse una delle principali attrazioni, è molto vistoso. Ci sono sì negri mescolati nell'enorme folla, e suonatori negri nei carri e qualcuno improvvisa danze per le strade, ma sono una percentuale esigua e l'unico elemento precipuamente negro sono, nelle parate notturne, i reggitori di enormi fiaccole, che spesso si muovono in modo da sottolineare il primitivo simbolismo di quel rito.

Il fatto è che i negri hanno il *Mardi Gras* per conto loro, nei loro quartieri, e nessuno vuole condurmici per il pericolo rappresentato dal gran numero di ubriachi; ma, a quanto sento dire, spesso ci sono turisti bianchi che organizzano spedizioni nei quartieri negri per scovare il carnevale negro (naturalmente senza uscire dalle automobili) il cui percorso segue vie che nessuno conosce mai in precedenza.

Dopo una settimana di baldoria, c'è l'esplosione finale del martedì grasso propriamente detto. Tutta la città, più mezzo milione di persone venute di fuori, impazzisce per ventiquattro ore. Vedo che si tratta di una cosa molto grossa e unica anche rispetto ai modelli europei perché il protagonista è il pubblico, che dispiega una grande immaginazione inventiva nei mascheramenti e come vitalità. Insomma uno spettacolo di folla non banale: c'è fantasia, allegria, sensualità, volgarità giustamente commiste, il tutto in modo da riscattare l'atmosfera decadente dell'ambiente con ondate di spirito plebeo. Insomma, la Venezia del Settecento non doveva essere molto diversa, come faticosamente cerco di spiegare in un'intervista alla televisione locale.

Il freddo è intenso, ma molta è la gente quasi completamente nuda; sfortunatamente più delle belle ragazze sono gli omosessuali in vesti femminili: New Orleans è un grande centro di spettacoli di *transvestites* e gli omosessuali vi convengono da tutta l'America: il carnevale è l'occasione ideale per dispiegare la loro particolare genialità nei camuffamenti.

La gente beve *hurricanes*, alti bicchieri di vetro di rhum e succo di frutta, e birra in lattine, le quali abbandonate ai lati dei marciapiedi già preannunciano la desolazione del mercoledì delle Ceneri, insieme alle collanine di perle lanciate durante le sfilate, le quali – strane vie della distensione – hanno ognuna un cartellino: «*Made in Czecoslovakia*».

La poetica dei «duri»

Una sera ero a cena in una villa del Sud, di quelle in stile coloniale, col portico a colonne. Era un ambiente di seri uomini d'affari. La conversazione si fermò come spesso in questi tempi sul tema delle elezioni. Uno degli invitati spiegava perché egli teneva per un determinato candidato. (Non è il nome o il partito che conta. era N. ma gli argomenti potevano essere anche usati per altri, o N. poteva essere anche sostenuto con argomenti contrari). Diceva che, nei momenti difficili che attendevano gli Stati Uniti, quello era l'uomo che ci voleva, perché era un *tough guy*, un duro, un tipo *ruthless*, uno che non fa tanti complimenti. Provai a obiettare che i momenti difficili vengono quando non ci si rende conto di quali sono i problemi dei paesi del mondo e allo studio e all'impegno per risolvere quei problemi si antepongono la politica della forza e l'appoggio di regimi screditati e polizieschi: era tempo da persone sagge e riflessive, questo, dunque, – dissi, – non da tipi *tough*. Non mi capiva; sì, tutte belle cose, diceva, ma innanzitutto bisogna mostrare che siamo i più forti, che teniamo testa, che non diamo segni di debolezza.

Gli scacchi della politica estera americana si susseguono; si era proprio nei giorni dei moti coreani contro Si Man Ri; eppure quel signore non capiva che le conseguenze del suo modo di ragionare, adottato per molti anni, e ancora largamente diffuso, sono ormai inevitabili.

I giornalisti, gli studiosi, gli uomini politici coscienti di cosa sta succedendo nel mondo hanno un seguito ancora limitato. Il futuro riserberà certo agli Stati Uniti altre brutte sorprese. C'è solo la speranza che, come dopo la grande crisi economica del 1929 prese forza la nuova classe dirigente rooseveltiana che seppe realizzare una delle grandi epoche della civiltà americana, così qualcosa di simile nasca adesso, dalla crisi in atto della politica estera. Ma forse bisognerà aspettare che maturi una generazione nuova, quella che è ancora nelle università.

Incendi

Negli Stati Uniti i pompieri sono un'apparizione che porta sempre una ventata di colore locale, di vecchia America, coi loro elmi dall'alta cupola e dalla tesa che spiove sulle spalle, le accette, tutto l'armamentario dei tempi avventurosi unito a un'attrezzatura radar assolutamente fantascientifica.

A New York appena vedevo l'ala rossa d'un incendio sventolare in cima a un grattacielo in fondo a Manhattan, saltavo sul primo taxi per correre a vedere i pompieri in azione. Talvolta, passando in una deserta via domenicale, mi vedevo circondato da carri con le sirene urlanti, i radar saettanti, e un gran dispiegare di scale e di pompe: e i pompieri si lanciavano di corsa ad abbattere a colpi d'accetta la porta d'un seminterrato. M'intrufolavo anch'io, m'informavo: morti? feriti? una tragedia? Macché: era il solito inquilino che aveva lasciato il rubinetto del lavabo aperto partendo per il *week-end*.

Oggi ho visto un incendio a New Orleans, città della pigrizia, in una via dell'antico indolente quartiere francese. Da una di queste casette veniva fuori fumo e un po' di fiamme. Un carro dei pompieri armeggiò un po' lì per parcheggiare, per trovare la bocchetta cui attaccare la pompa, per issare la scala al balcone del primo piano. Sul balcone c'era un uomo in vestaglia che faceva la spola tra il ballatoio e la stanza con le fiamme: un uomo giovane, robusto, ma con l'aria un po' ambigua di questi tipi che stan qui.

Porgeva ai pompieri le valige, i soprabiti, i vestiti montati nelle grucce, uno per uno, le cravatte, le camicie...

La borsa in provincia

Passo la mattinata con un amico, appassionato giocatore di borsa, alla sede locale della Merrill Lynch, Pierce, Fenner & Smith. Seguendo la borsa in provincia, mi rendo conto dell'importanza di tutte quelle macchine elettroniche che avevo visto alla sede centrale di quest'agenzia. E mi rendo conto anche di come questo sia, per l'uomo della massa, il più diretto e forse l'unico modo di vivere non passivamente la vita d'un grande paese capitalistico: seguire sul nastro le fluttuazioni della borsa di New York, le variazioni sui tabelloni elettronici, mentre la telescrivente sciorina le ultime notizie politiche ed economiche sulle quali puoi orientare le tue operazioni. Sull'attività delle grandi imprese americane qui gli occhi sono puntati giorno per giorno, ora per ora; il «Wall Street Journal» devi leggertelo appena arriva; devi insomma – in questo paese dove ogni Stato pare preoccupato solo d'interessi provinciali, ogni città d'interessi municipali e tutto il resto sfuma in un generico repertorio di luoghi comuni – rivolgere una costante concreta attenzione all'insieme del sistema.

Paradossalmente, si potrebbe dire che la vera istanza democratica degli Stati Uniti è la borsa: anche se non dà nessuna possibilità d'influire (tranne che sull'andamento del mercato speculativo) però tiene il singolo inserito nell'ingranaggio decisivo del meccanismo generale. In un paese dove i cittadini che seguono (e in una certa misura riescono a condizionare) la politica dei partiti e dei parlamentari sono per lo più portavoce d'interessi particolaristici e molto spesso reazionari, dove il lavoratore organizzato sindacalmente si rifiuta di pensare ad altro che non allo stretto miglioramento economico della categoria, lo stuolo – immenso – di chi possiede piccole quantità d'azioni, dei piccoli speculatori di questo sensibilissimo sistema borsistico, costituisce uno di questi elementi – sempre di natura democratica e sempre in qualche modo contraddittori – che sono le fondamenta della realtà americana.

Il profondo Sud

Viaggio in *bus* attraverso l'Alabama e la Georgia. Fuori la povera campagna; le case dei negri sono tuguri di legno.

Nel *bus* la linea di divisione tra i sedili dei bianchi e quelli dei negri ora non è più segnata, ma vige il tacito accordo che i negri si mettano in fondo alla vettura, e i bianchi davanti. Quando la parte negra della vettura – cioè quella oltre la quale comincia a esser seduto qualche bianco – è tutta occupata, i negri che ancora salgono sul *bus* devono restare in piedi.

Ma le scritte cubitali «*White*» e «*Colored*» sulle panchine separate dove s'attende il *bus*, e alle sale d'aspetto, e alle *toilettes*, dappertutto dove le due parti della popolazione non devono incontrarsi, hanno una perentorietà esageratamente drammatica, come i cartelli dei divieti in un territorio di guerra, che colpisce il viaggiatore, sia egli europeo o americano degli Stati del Nord. Si sente che siamo in territorio di guerra davvero, che la coesistenza di razze diverse qui non è entrata in un clima di naturale accomodamento o compromesso come altrove, che la lotta degli antichi padroni per non lasciarsi sommergere dagli antichi schiavi dura da quasi cent'anni e richiede una tensione continuamente alimentata dalla volontà.

La prima cosa che capisci, per poco che ti addentri nel

«profondo Sud», è che non puoi fare a meno d'occuparti della questione razziale. Ne sono ipnotizzati tutti, bianchi e negri; non si sa parlare d'altro; la politica ha solo quel tema; i negri paiono escludere la possibilità d'inquadrare i loro problemi in un più vasto piano di rinnovamento sociale e produttivo; i bianchi non sanno uscire dal particolarismo regionale, dalla difesa contro la pressione negra che credono istigata dai loro secolari nemici: gli *easterns* (abitanti della East Coast) altrimenti detti *yankees*.

Le prime avvisaglie di quest'ossessione le ho avute a New Orleans. Stavo partendo, e sulla *limousine* per l'aeroporto erano saliti certi signori della Louisiana interna, che tornavano credo da una qualche *convention* locale. Parlavano tra loro senza sapere che ero un forestiero; e di cosa credete che parlassero? Inveivano contro gli *easterns* che, ogni volta, quando sono in vista le elezioni mettono su i negri, perché loro non sanno cosa vuol dire, lassù i negri sono pochi, ma li vorremmo vedere nella mia *little town* dove i negri sono quaranta a uno, eccetera eccetera, i soliti discorsi che da sempre si sogliono mettere in bocca ai bianchi del Sud.

Viaggiando, ogni volta che si scopre gente che fa e dice quello che ci s'aspetta che facciano e dicano, si prova dapprima un senso di soddisfazione. «Ah, finalmente anch'io li ho visti! Non sto perdendo nulla di quello-che-ogni-buon-viaggiatore-negli-Stati-Uniti-deve-vedere!». Però, dopo, ripensandoci, ti prende una gran noia.

Coinvolto

Con quest'atteggiamento di noia rassegnato m'accingevo a visitare gli Stati del vecchio Sud. «Sì, certo, dovrò occuparmi anche dei razzisti, dei negri, della segregazione».

C'è un fastidio particolare che si prova di fronte ai problemi che non dovrebbero essere più problemi per nessuno – il razzismo, l'intolleranza religiosa, o (da noi in Europa) le minoranze nazionali di frontiera –, quei problemi che la coscienza del mondo moderno ha dibattuto, studiato sotto tutti gli aspetti e infine relegato tra i relitti del passato, e invece, macché, ci si ritrova tra i piedi, immobili, anacronistici, paralizzanti, a dispetto di tutto il resto che si muove.

Cosa potevo imparare e cosa potevo dire sul problema razziale nel Sud più di tutto quanto era stato detto e scritto da cent'anni a questa parte? Mi ripromettevo di passar di là tenendo conto di quest'aspetto solo di scorcio, come qualcosa di tristemente noto.

Invece, tutto il contrario: ci sono dentro in pieno. La battaglia dei negri del Sud non è più un fatto lontano e straniero, ma qualcosa in cui mi sento coinvolto, e non nel modo generico in cui chiunque non sia un reazionario dichiarato è solidale con ogni battaglia per i diritti umani. Ma che cos'è cambiato? Non sapevo tutto già prima? È cambiato in questo: che ho visto, che conosco le loro facce, degli uni e degli altri, i loro atteggiamenti, e adesso non posso più prescinderne, quei loro trambusti laggiù, che continueranno ancora per chissà quanti anni, ormai sono una faccenda anche mia.

Il consiglio di guerra

Sono a Montgomery, capitale dell'Alabama, il peggiore Stato segregazionista. Proprio qui stanno avvenendo cose nuove, mai successe nella storia del Sud: i negri hanno cominciato a lottare. Scuotendosi da una rassegnazione che pareva eterna, i negri del Sud, o meglio la giovane generazione, stanno sperimentando le loro prime forme di lotta, forme nuove, che si ispirano alla «non-violenza» di Gandhi. A capo di questo movimento è il dottor Martin Luther King, un giovane ministro negro della Chiesa battista, che fino a poco tempo fa era pastore qui a Montgomery, e adesso ha trasferito il suo pulpito e il suo quartier generale ad Atlanta, in Georgia, dove la concentrazione di masse operaie negre dà una base più compatta al movimento.

A Montgomery la situazione è tesa, in questi giorni. Tutti i giornali degli Stati Uniti parlano del caso dei nove studenti espulsi dall'Università negra per aver tentato di sedersi nel caffè del Tribunale statale. (Come sapete, il sedersi silenziosi e impassibili nei locali proibiti, senza reagire agli insulti agli sputi alle botte dei bianchi, è una delle principali forme di lotta adottate dai negri fautori della non-violenza).

Appena arrivato a Montgomery, apprendo che la situazione è calda e che King è in città. Riesco a trovare i contatti che mi permettono d'essere accompagnato da lui. È un tipo molto solido ed abile, sui quarantacinque, coi baffetti; nulla in lui che faccia pensare a un ecclesiastico. Siamo nella sagrestia della chiesa che ora è retta dal dottor Abernathy, succeduto a King, un giovanotto grosso coi baffi, dall'aria d'un suonatore di jazz. Sono presenti anche altri dirigenti, quasi tutti pastori della Chiesa battista.

È chiaro che King non ha tempo di discorrere con me. Mi rendo conto che nella sagrestia si sta tenendo una specie di consiglio di guerra. Mi siedo in un angolo ad ascoltare. I *leaders* devono decidere quale linea d'azione degli studenti appoggiare, per rispondere all'espulsione dei nove. In un'altra chiesa battista proprio in questo momento si sta tenendo un *meeting* dei giovani dell'Università negra, ed attendono l'intervento di King.

C'è la proposta di compiere una marcia dimostrativa di protesta sul Campidoglio di Montgomery domenica pomeriggio. King vaglia con gli altri pastori il pro e il contro. Quella forma di protesta, inattaccabile dal punto di vista legale, ha però forti probabilità di non riuscire. Quali saranno le ripercussioni in caso d'insuccesso? Potrebbe il governatore decidere di far chiudere l'Università negra? Prevale il criterio più coraggioso. Si decide di tentare l'azione. King e Abernathy si dirigono al *meeting* de gli studenti. Li seguo.

Il meeting dei giovani

Entro nella chiesa gremita di giovani. Sono il solo bianco in mezzo a tremila negri. I nove espulsi sono sul podio. Oratori delle associazioni studentesche si succedono alla tribuna. Giovani e ragazze sono appollaiati fin sui davanzali delle alte finestre, sul pianoforte, sui basamenti delle colonne. Visi diversissimi tra loro: da quelli attoniti, sul cui sguardo grava ancora un antico torpore, a quelli più pieni d'intelligenza, di bellezza, di scattante e spiritosa fierezza. Fanno spicco le ragazze, alcune longilinee ed altere, dai lineamenti di gazzelle intellettuali, altre timide e cupe.

Salutato da esplosioni di entusiasmo, parla King. Sia lui sia gli altri *leaders* religioso-politici sono oratori valenti e pieni di calore. La loro è un'eloquenza seria, razionale; nulla in loro della solita abilità dei predicatori negri da *revival* che consiste nel portare l'uditorio a una sorta di parossismo mistico-fisiologico. Qui sono sentimento e ragione che parlano. L'uditorio risponde pieno di combattività, di sarcasmo.

Leit-motiv d'ogni discorso, insieme al Vangelo, è il richiamo alla Dichiarazione dei Diritti, la fiducia in una democraticità di fondo della nazione americana, al di là delle più vistose smentite. Asserragliati in questo lembo di terra riottosa e nemica, questi giovani sono quelli per cui ancora la democrazia degli Stati Uniti è una realtà vivente, come sempre vive ciò che ancora si sta conquistando.

Lo stato maggiore negro

I dirigenti negri – ecclesiastici, avvocati, sindacalisti; ne ho avvicinati parecchi, in questi giorni, e di diverse tendenze, anche polemici nei confronti di King – sono persone lucide e decise, completamente prive di quel pathos negro che qui contraddistingue e rende attraente per noi la gente di colore, privi dell'attitudine americana a rendersi simpatici a ogni costo, neppure particolarmente gentili (ma certo io ero uno sconosciuto straniero che veniva a curiosare in giornate per loro drammatiche).

Il pulpito è l'unica tribuna che i *leaders* negri del Sud possano usare (e il tribunale; molti risultati del movimento si devono alla nota bravura degli avvocati negri). Il metodo della non-violenza è un'arma politica adottata senza aloni mistici, con la controllata abilità che l'estrema durezza delle condizioni ha insegnato loro. Ciò non toglie che la morale religiosa sia il sostegno ideologico dell'azione di questi uomini, il motivo principale della loro oratoria, l'argomento polemico continuamente usato contro l'ipocrisia dei bianchi.

La domenica nera di Montgomery

Così eccomi ora in una larga *avenue* in salita, piena di folla. Gente in gran parte malvestita, torva, minacciosa; ogni tanto gridano, lanciano improperi, frasi di impazienza. È contro una chiesa che urlano: e dalla chiesa si leva un inno religioso e la folla subissa il coro dei fedeli di lazzi, di scherni, di risa. Nella chiesa sono gli studenti negri; nella via s'affollano i bianchi, per lo più *poor whites*, i famosi «bianchi poveri» del Sud, ignoranti, violenti e fanaticamente razzisti. È una delle prime prove di forza di massa tra negri e bianchi nel Sud, questa cui sono testimone oggi, domenica 6 marzo 1960, un avvenimento che forse sarà ricordato nella storia degli Stati Uniti. Ricordato, già me ne rendo conto dai primi istanti, come una sconfitta dei negri, una delle prime battaglie combattute e perse, attraverso cui il loro movimento si dovrà temprare.

Il Campidoglio dello Stato dell'Alabama, un bianco edificio neoclassico sul tipo del Capitol di Washington, è un monumento caro alle nostalgie dei bianchi di Montgomery, fieri di mostrarlo ai visitatori come il primo Campidoglio dei sudisti (agli inizi della Secessione, prima che la capitale confederata si spostasse a Richmond). Sulla destra di Dexter Avenue, non distante dal Campidoglio, c'è la chiesa dove gli studenti negri si sono radunati per iniziare – come pubblicamente avevano dichiarato dopo il *meeting* di venerdì sera – la loro marcia pacifica sulle scalinate del Campidoglio, in segno di protesta contro l'espulsione dall'Università dei nove compagni.

È l'una e mezza: l'ora stabilita per l'uscita del corteo. Salendo per Dexter Avenue, vedo il Campidoglio circondato da una catena di poliziotti con i manganelli; sono i volontari della Highway Police, la polizia stradale, col cappello da *cowboy*, il giubbetto turchino e i calzoni cachi. I marciapiedi e l'aiola centrale della *avenue* sono affollati di popolazione bianca: gruppi di uomini che – non tardo a rendermi conto osservando i loro spostamenti e collegamenti – sono disposti per squadre a presidiare ogni angolo di strada. (Il Ku-Klux-Klan è organizzato qui in forma appena clandestina e negli ultimi tempi ha fatto parlare molto di sé). In mezzo a questa folla, che lancia grida di provocazione e fa il verso del corvo contro i negri, sono mescolati anche borghesi dall'aria tranquilla, famigliole coi bambini, e naturalmente i soliti fotografi dilettanti felici di ritrarre avvenimenti domenicali tanto insoliti. L'atteggiamento di questi ultimi gruppi di persone non è d'odio fanatico come quello dei *poor whites*: è di derisione mista a curiosità e sorpresa, come vedessero delle scimmie che chiedono i diritti civili. (Pare che nessuno qui avesse mai supposto che i negri potessero mettersi in testa certe cose). Qua e là, sul marciapiede, c'è anche qualche gruppetto di negri, in disparte, uomini e donne, vestiti a festa, fermi e zitti, che guardano.

L'attesa si fa impaziente. I negri ormai devono aver finito il servizio religioso e si devono decidere a uscir fuori. Ma dove possono andare? Il Campidoglio è circondato dai poliziotti, sui marciapiedi s'assiepa la folla bianca ansiosa di menar le mani, che li sfida a uscire. Ecco che i negri, con in testa i loro ministri vestiti dei paramenti religiosi, tentano di uscir dalla chiesa disponendosi a corteo. Da tutta la *avenue* la folla bianca corre contro di loro, vociando.

Uno scalpitar di cavalli: dalle vie laterali giungono squadre di *cowboys* al galoppo, armati di bastoni e rivoltelle. Portano bracciali con la sigla CD: Civil Defense, una milizia locale di volontari dell'«ordine pubblico». Tra loro è lo sceriffo, a cavallo anche lui. Al fischio delle sirene, entrano in scena anche gli autocarri dei pompieri, che puntano gli idranti tutt'intorno.

Lo sceriffo parla al microfono: intima ai negri di tornare in chiesa, a tutti gli altri di sgombrare, bianchi e negri. (Radio e televisione stasera e i giornali domattina loderanno l'operato della polizia, imparziale, preoccupata solo d'evitare incidenti). Di fatto i poliziotti e i militi si limitano ad avvertire i bianchi che se restano è a tutto rischio e pericolo loro; mentre il grosso degli studenti viene ricacciato in chiesa, e i pochi gruppetti di negri spettatori vengono dispersi in malo modo, allontanati fin dalle vie laterali.

Insomma, la situazione è sempre senza uscita. Gli studenti negri sono assediati in chiesa; i bianchi restano padroni della strada; solo i più pacifici tra loro hanno ubbidito alle raccomandazioni della polizia; quelli che restano sono sempre più minacciosi, ed io che voglio vedere fino in fondo mi trovo circondato da facce sempre meno rassicuranti, ma anche dai soliti gruppi di ragazzi che sono lì come a vedere una cosa buffa, per far chiasso. (Naturalmente sono venuto qui da solo; i pochissimi bianchi antisegregazionisti dei dintorni sono troppo conosciuti e fanno da bersaglio abituale delle rappresaglie del Ku-Klux-Klan; farsi vedere in giro in queste occasioni sarebbe per loro un inutile rischio).

I *leaders* negri parlamentano con lo sceriffo. Costretti a rinunciare alla manifestazione, ormai non resta loro altro che far tornare i loro uomini a casa. Ma come? Lo sceriffo dà il permesso ai negri d'uscire dalla chiesa a poco a poco, a gruppi di non più di tre o quattro, e allontanarsi; la polizia garantisce loro l'incolumità.

Allora comincia lo spettacolo più penoso. I negri sconfitti escono a gruppetti dalla chiesa, scendono per i marciapiedi di Dexter Avenue dove sono assiepati i bianchi; e silenziosi, a testa alta, impettiti nei loro vestiti della festa, se ne vanno tra lo sghignazzare, gli insulti, i gesti di minaccia e di dileggio.

A ogni insulto o spiritosaggine lanciata da un bianco, gli altri bianchi, uomini e donne, scoppiano a ridere, talora con un'insistenza quasi isterica, ma talora anche così, bonariamente. E questi sono per me i più terribili, quest'assoluto razzismo nella bonarietà. Psicologicamente, non è difficile capire il fanatismo del *poor white* che non riuscendo a sollevarsi dalla cronica miseria concepisce come unico orgoglio quello d'aver la pelle bianca, d'appartenere alla razza dei dominatori, ed è tanto più furioso quanto più vede i negri cercare di raggiungere un livello sociale più alto (e qui erano di fronte, appunto, a negri studenti). Ma gli altri, quelli che non sono fanatici, ma solo dileggiatori quasi indifferenti? Ogni tanto mi par di vedere tra i bianchi un volto che non è né feroce né allegro: forse – penso – è uno venuto qui come me solo per rendersi conto, per sapere. Ed ecco che uno dei fanatici lancia una battuta oscena, o infligge un'umiliazione a un negro: e vedo la faccia dello sconosciuto illuminarsi, una risata salire alle sue labbra.

Ho visto abbastanza, ormai le loro facce me le ricorderò finché campo, ora non voglio altro che andarmene. Ma sento che devo restare fino in fondo. Proprio qui, vicino ai gruppi dei più facinorosi. Anche quando vorrei sprofondare sotto terra dalla vergogna e dall'impotenza, perché vedo avvicinarsi un gruppo di ragazze negre. Di tutti i negri, le ragazze sono le più brave: vengono giù a due a tre, discorrendo tra loro, lunghe, dinoccolate, coi cappellini infiorati, le vesti e le scarpette della festa, e quelli sputano per terra davanti ai loro piedi, stanno fermi in mezzo al marciapiede obbligandole a camminare a zig-zag, sbottano in urlacci e nella mossa di far loro lo sgambetto; e le ragazze negre continuano a discorrere tra loro, sorridenti, mai danno da vedere di volerli evitare, se si vedono la strada sbarrata da un gruppo dei più minacciosi non cambiano di marciapiede ma gli arrivano fin sul muso, come se non li vedessero, e scartano appena per sorpassarli, serene, imperturbabili, negando con perfetta semplicità l'esistenza dei persecutori, cancellandoli dal novero degli uomini.

Una scuola di dignità

Questa conquista d'una dignità che si impone ai bianchi è uno dei grandi risultati del movimento di King. Vi ho detto di quando la polizia aveva disperso bruscamente i gruppetti di negri spettatori seminati per la *avenue*. Molti di quei negri si allontanavano quasi rinculoni, fermandosi ogni tanto a voltarsi con un mezzo sorriso al poliziotto che li minacciava, un'aria a metà sfottente e a metà da cane bastonato: ho riconosciuto quello che doveva esser stato l'atteggiamento tradizionale del negro del Sud negli ultimi cento anni di fronte alle prepotenze dei bianchi: anche questa una sorta di naturale resistenza passiva, ma umiliata, senza dignità, senza stile. E confrontando l'atteggiamento di questi negri qualsiasi con quelli che ho visto poi uscire dalla chiesa, cioè i militanti di King, ho capito la forza dell'insegnamento morale che avevano fatto proprio. Essi, pur sconfitti e dileggiati, avevano uno stile che sanciva la loro superiorità, di fronte all'informe sguaiataggine bianca.

Il movimento negro

Altra ragione della superiorità negra è il fatto d'essere abituati a queste scene fin dalla nascita. Mentre i bianchi, alla resistenza negra, non sono abituati affatto e nemmeno se l'aspettavano; mai avevano visto negri osare cose di questo genere; e naturalmente non sanno spiegarle in altro modo che col solito ritornello dell'infiltrazione comunista.

La prima lotta di massa dei negri di Montgomery è stata il boicottaggio degli autobus, nel '59 (in seguito all'arresto d'una ragazza negra che si era voluta sedere nei posti dei bianchi) ed è stata vittoriosa. Poi fu tentata un'azione legale per fare aprire ai negri il parco dei bianchi, ma il comune ordinò la chiusura di tutti i parchi, e così la città ha passato tutta l'estate ed è tuttora senza un parco pubblico, senza una piscina, senza un luogo per far giocare i bambini. (Questo è un danno solo per i poveri, naturalmente; i ricchi hanno i loro bellissimi *country clubs* privati).

Il movimento dei negri non ha alcuna particolare idea politica o sociale, tranne l'uguaglianza dei diritti. Mi domando se c'è il pericolo che anche i negri del Sud una volta conquistata l'uguaglianza (ma questo giorno è ancora ben lontano) diventeranno conservatori ad oltranza, come succede regolarmente negli Stati Uniti alle minoranze ex povere, appena dispongono di qualche leva del potere. Di fatto a New York, dove uomini politici negri hanno importanti cariche amministrative locali, essi hanno fama d'essere tra i politicanti più reazionari e più corrotti. Una delle più sostanziali spinte democratiche dell'America, l'ascesa di nuovi gruppi sociali, non sempre rappresenta, sul terreno dei poteri rappresentativi, un accrescimento di democrazia. Ora, mi pare che questo movimento negro del Sud sia anche da questo punto di vista una novità e una speranza: perché esso acquista forza attraverso una lotta durissima, ispirata da un'idea, da una morale. I movimenti politici sostenuti da idee non hanno fortuna negli Stati Uniti. Ce la faranno i negri?

Gli alleati

Apprendo in seguito un particolare degli avvenimenti di Dexter Avenue che non avevo avuto modo di notare. Davanti alla chiesa battista c'era un gruppetto di bianchi che parteggiava per i negri, capeggiato da un ministro della Chiesa metodista. (È l'unica personalità bianca di Montgomery che abbia il coraggio di prendere questa posizione; e perciò casa sua e la sua chiesa sono state fatte oggetto di attentati dinamitardi del Ku-Klux-Klan). Il pastore metodista aveva organizzato un servizio di suoi fedeli bianchi per portare i negri in salvo dalla porta della chiesa alle automobili. Ma io, ripeto, non l'ho visto: le mie immagini sono di una lotta tra le razze totale, di un razzismo accettato come la regola fondamentale della società.

La cosa che più colpisce un europeo è come una situazione del genere sussista in una nazione che per tre quarti non è segregazionista. Ma l'autonomia degli Stati è un fatto di cui difficilmente ci si rende conto senza un'esperienza diretta; autonomia anche morale, refrattarietà alle influenze extrastatali. Qui si è più fuori portata dell'autorità di Washington e dell'opinione pubblica di New York che se si fosse in un'isola remota.

Uno dei meriti di King è stato far comprendere ai negri del Sud che essi non sono soli, legandosi ai motivi morali del movimento di liberazione dei popoli ex coloniali; il suo viaggio recente in Ghana, in Egitto, in India, ha un valore simbolico la cui portata non può essere valutata in termini immediati.

In terra nemica

Naturalmente, sono venuto qui con presentazioni non solo per il movimento antisegregazionista, ma anche per l'alta società ultrarazzista e ultrareazionaria, e, spinto dal piacere di complicare le cose, alterno appuntamenti nell'uno e nell'altro campo. Ciò vuol dire dividere le mie giornate con spostamenti acrobatici, per nascondere a questa parte dei miei ospiti – persone peraltro gentilissime – le mie *démarches* più compromettenti. A queste signore che inda-

gano, un po' allarmate, sulle mie giornate, le mie risposte
devono essere caute ed evasive. (Tra l'altro creerei fastidi
ai miei amici negri e filonegri se gli avversari sapessero che
essi hanno contatti con uno straniero bianco). In una città come Montgomery un forestiero dà subito nell'occhio:
devo concentrare in pochissimi giorni la mia esperienza dei
vari gruppi sociali, prima che il Ku Klux Klan si sia reso
conto dei miei itinerari.

Dal *meeting* degli studenti corro a teatro, dove la società
bianca è convenuta in abito da sera per una delle rare «prime» della stagione: una compagnia di balletti che arriva
niente meno che da Chicago. L'atmosfera di gala si carica ai miei occhi d'una tensione sotterranea, come una festa in una città assediata. «Lei non se n'accorgerà, – mi dicono, – ma in questi giorni a Montgomery c'è qualcuno
che vuol creare dei pasticci... Tutti intrighi di quel diavolo del dottor King, lei non l'avrà mai sentito nominare...».

La domenica pomeriggio, dopo aver assistito alle scene
della folla che dileggiava i negri in Dexter Avenue, ho appuntamento con una signora d'una delle più ricche e famose famiglie della città. Per la prima volta mi pare che la
mia elasticità d'atteggiamenti – prima dote del viaggiatore che vuole inglobare in breve tempo il massimo di cono-
scenze possibili – non mi soccorrerà più. Torno in albergo,
chiudo le persiane della mia stanza, siedo al buio, faccio
appello alle mie capacità di *relax*, cerco d'allontanare quelle immagini dai miei occhi. Non ci riesco. Sono ancora coi
nervi tesi quando mi presento alla signora – è una donna
sui sessant'anni, autoritaria, brusca, e che in un altro momento giudicherei simpatica – che mi condurrà in auto a
vedere i luoghi più importanti della città.

Prima tappa è l'industria della sua famiglia, un piccolo
stabilimento di prodotti alimentari, nel quartiere industriale

che riflette, con le rade fabbrichette stentate, la situazione vera che fa da sfondo alla questione razziale: un'economia povera, da paese sottosviluppato, senza prospettive né per i bianchi né per i negri.

Dei fatti del pomeriggio, io non parlo; né la signora vi fa accenno. Passiamo per Dexter Avenue, poche ore prima in tumulto; ora calma e deserta. Davanti alla chiesa battista, finalmente, la signora rompe il silenzio: «Lei non sa, quest'oggi, giornata brutta... questi negri... ma pensi un po', i poverini!... si sono messi in testa... ah, ah... di avere uguali diritti... uguali diritti, poveri cari!» e rideva, sicura, *come sempre sono assurdamente sicuri i bianchi del Sud*, d'avermi dalla sua parte, di farmi condividere il suo sarcasmo, di sentirmi complice.

«Ma ora glien'è passata la voglia... – ride, – glien'è passata la voglia, ai negri... almeno per un po'...».

Che devo dire? Taccio. Siamo al monumento di Jefferson Davis. Cominciamo la visita ai ricordi della Confederazione, di cui la città è ricca. Cortese ed orgogliosa, la mia guida mi porta in pellegrinaggio alle case dei grandi uomini di parte sudista, ai luoghi sacri della storia del luogo che s'intreccia alla storia della sua famiglia. In ogni città del Sud, questi riferimenti a fatti e luoghi e persone della guerra di secessione dominano ogni discorso, e sempre con una compunta commozione, un patriottismo degli sconfitti rimasto miracolosamente intatto attraverso cent'anni, e un'implicita certezza che il visitatore debba condividere questa commozione, senz'ombra di dubbio su ciò, come se l'eventualità che qualcuno possa tenere per Lincoln e i nordisti fosse scartata a priori. Qui siamo ancora, dopo cent'anni, in un paese nemico.

La spina nel fianco

Nel Sud, quando ti dicono «la guerra», «prima della guerra», «dopo la guerra» – e lo dicono spesso – non intendono la seconda né la prima guerra mondiale, o la più recente guerra di Corea: intendono «quella guerra», sempre «quella», che hanno perduto e che ha rovinato il loro paese, come se fosse successa ieri. Ed è veramente successa *ieri*: il Sud dopo la guerra di secessione si è fermato, la sua economia è andata sempre arretrando rispetto allo sviluppo impetuoso del resto del paese.

Se paragoniamo la sottomissione dei sudisti da parte degli *yankees* a un altro famoso esempio di liberazione condotta male: la sottomissione dell'Italia borbonica da parte dei piemontesi, possiamo perfino consolarci: i compromessi della classe dirigente vincitrice con la classe dirigente vinta e la mancanza d'interesse dei vincitori a far risollevare l'economia dei vinti hanno prodotto in America conseguenze che, fatte le debite proporzioni, non sono certo meno gravi che in Italia.

L'incancrenirsi del problema razziale nel «profondo Sud» è comprensibile solo in questo quadro d'arretratezza e stasi economica. Difatti, se ora qualcosa migliora e si muove, è perché una situazione diversa si va delineando dove le grandi imprese del Nord (che nello scorso decennio, nel timore d'una guerra, hanno cercato di decentrare la produzione) hanno creato nuovi complessi industriali anche nel Sud. Ma l'esportazione di capitali non può essere la soluzione per problemi di un'economia arretrata che interessano una zona tanto vasta. (L'agricoltura del Sud ha avuto con la crisi del 1929 un ultimo colpo da cui non si è più sollevata; mentre nel resto del paese la stessa crisi ha segnato per le campagne l'inizio d'una nuova era: quella della meccanizzazione).

Solo Roosevelt aveva avuto l'autorità e il coraggio d'intervenire nel Sud con gli strumenti moderni della pianificazione economica; ma dopo di lui ben poco di nuovo è avvenuto in questo senso. Eppure la questione oggi è tutta lì: la *prosperity* americana da una parte, le economie sottosviluppate dall'altra. La politica delle grandi *corporations* americane non sa o non può trovare una soluzione. E questa incapacità è il tallone d'Achille dell'America, nella sua politica estera come nella sua politica interna, con questa spina del Sud che da tanto tempo si porta conficcata nel fianco.

Gli uomini di sinistra

Quando si potrà scrivere una storia degli uomini di sinistra degli Stati Uniti durante questi anni, della sinistra che va più in là dell'ala *liberal* del partito democratico ed è rimasta tagliata fuori e isolata da più d'un decennio? Ma ciò che più conterebbe sarebbe la storia umana, privata, familiare, di questi uomini passati attraverso processi, inchieste, ostracismi, umiliazioni; di quelli che hanno tenuto duro, di quelli che si sono chiusi in se stessi, di quelli che hanno mollato a metà, di quelli che hanno mollato del tutto. Gli atteggiamenti psicologici che si notano in questi uomini, o meglio in queste famiglie (fondamentale in queste situazioni è l'atteggiamento delle mogli), hanno una gamma che va dal pessimismo più sconfortato all'ottimismo più testardo, dal possibilismo più incerto al settarismo più chiuso, dal ripiegamento in un amaro cinismo al moralismo più intransigente.

Di tutti, il dramma che si sente più forte è quello degli uomini di sinistra del Sud, dei sostenitori dei diritti dei negri, tenuti lontani dalla società bianca come traditori, e naturalmente inclini a vedere la situazione nella luce più disperata. Tra loro si possono trovare persone che avevano rivestito ai tempi di Roosevelt e della guerra cariche importanti, nella loro città o nella capitale o a New York; e ora menano vita grama scontrandosi ogni giorno col muro dell'ostilità implacabile dei concittadini.

Tra gli uomini di sinistra degli Stati Uniti molti sono figli d'immigrati, americani di seconda generazione. Colpisce come in questi critici dell'America non s'affacci mai la nostalgia d'un'altra patria, anche solo come termine di confronto; come il processo dell'immigrazione sia irreversibile (quello degli «esuli», dai tempi di Henry James a oggi, è sempre stato un fenomeno letterario, d'esteti e non di politici), come in essi problematica politica, psicologia, sentimenti siano indissolubilmente radicati in quest'America fatta di speranza e di travaglio e di dolore.

Una città

Le mie impressioni del Sud sarebbero buie se non avessi scoperto Savannah. Mi sono fermato a Savannah, Georgia (per dormire una notte, dare un'occhiata in giro al mattino e ripartire), solo attratto dalla bellezza del nome e da qualche vaga eco che suscitava nella mia memoria; ma nessuno mai m'aveva consigliato d'andarci, nessuno tra le centinaia di persone che incontro e che mi subissano di consigli per il mio viaggio. Ed è la più bella città degli Stati Uniti.

Dirò subito che è bellissima anche Charleston, nella Carolina del Sud, ben più famosa, e certo più suggestiva per le meravigliose case settecentesche che danno su giardini semitropicali e inselvatichiti, ma il suo fascino è quello della decadenza e dell'abbandono. Savannah invece è rimasta praticamente intatta com'era nei tempi prosperi del cotone, preservata nella sua lindura da una diligenza civica che s'indovina tuttora assidua.

È una delle poche città americane costruite secondo un piano urbanistico, d'estrema regolarità razionale e pur di varietà e armonia: ogni due intersezioni di vie c'è una piccola *square* alberata, sempre uguale e sempre diversa, per la piacevolezza degli edifici *Ante Bellum,* come dicono qui (cioè di prima della guerra di secessione), o addirittura dell'epoca coloniale. Anche il porto, che è l'unica risorsa attuale della città, ha conservato un impagabile sapore di vecchia America.

Questo è un piacere che avevo dimenticato: il piacere di sentire una città, una città che sia l'espressione d'un nodo di civiltà, d'una continuità storica, dico una città come ce n'è tante in Italia, una città diciamo come Piacenza. Piacenza è una città in cui non ho passato mai più di poche ore di seguito, fra un treno e l'altro, ma l'unica nostalgia che mi assale di quando in quando nel mio viaggio è il pensiero che qui da nessuna parte si può scendere da un treno e trovare una città come Piacenza. Ed ecco che quando meno me l'aspetto trovo una sensazione completamente diversa ma in qualche modo dello stesso valore girando una mattina per Savannah.

La gioia della scoperta non mi impedisce di rendermi conto che è una città d'una noia assoluta, micidiale. Il segreto della sua conservazione sta nella sua pignoleria; non per niente il personaggio più famoso cui ha dato i natali è la fondatrice delle *girl-scouts,* delle giovani esploratrici. Nelle camere d'albergo sono esposti dappertutto cartellini con le istruzioni sul cammino da seguire in caso d'allarme aereo; cartelli recenti, dico, per la guerra prossima, non rimasti lì dalla guerra passata.

Noiosa sì (e difatti non ci viene mai nessuno, nonostante abbia un'attrezzatura turistica di ottima classe e sappia presentare le sue attrattive storiche e urbanistiche con una signorilità ignota altrove) ma piena di stile, di razionalità, di protestantesimo, d'Inghilterra: incantevole. Anche qui come in tutto il Sud le vecchie signore non fanno che parlare dei loro antenati, ma ora ho finalmente un'idea di cos'era questa famosa civiltà del vecchio Sud, e signorilità del vecchio Sud, e paternalismo verso i negri del vecchio Sud (che qui ancora vige come atteggiamento sentimentale), il tutto immerso in un'aria di dignitosa povertà e disillusione.

Paesaggio d'America

Viaggiando da costa a costa e dal Nord al Sud, la natura cambia, con contrasti meno bruschi che in Europa, ma spinti più all'estremo. Molto meno cambia il paesaggio delle cose umane, case campi città; c'è sì un vecchio fondo architetturale che varia a seconda se siamo nelle antiche tredici colonie (e tra queste, in quelle del Nord o in quelle del Sud), o nelle terre di pionieri o negli Stati ex spagnoli; ma gli aspetti della moderna America industriale e consumatrice sovrastano e unificano tutto il paese, il piccolo centro abitato sull'autostrada è uguale ovunque, con gli stessi cartelli e chioschi e bar e *cafeterias* e rivendite d'auto usate.

Uno di questi elementi unificatori, il più bello come fatto visivo e formale, tutto esattezza e slancio, è il nodo di autostrade cui sempre si giunge nelle vicinanze delle città: strisce d'asfalto sospese su alti pilastri a diversi livelli che si raccordano e si scavalcano in un incontro di ponti tutti curve salite e discese. Questo astratto paesaggio che, da Chicago a New Orleans, ritrovi un po' dappertutto può essere il vero simbolo dell'America d'oggi. (Il grattacielo rappresenta solo il paesaggio di New York ed un tratto di strada di Chicago; ed è ormai antiquato, come oggetto in sé, anche quando si presenta sotto le forme moderne e bellissime delle nuove costruzioni in acciaio e vetro di Madison Avenue).

Le lettrici di Joyce

A Washington la famiglia di cui sono più amico è quella dei F. Lui è professore di letteratura inglese in un'università; è sulla sessantina, come sua moglie, e hanno due figlie giovinette. Una famiglia molto normale, americani di ceppo anglosassone protestante, gente non famosa, tranquillamente agiati, benpensanti senza pregiudizi, con una pulizia morale e serenità e naturale gentilezza che non è raro trovare in questo paese, di solito senza infingimenti, ma spesso con l'unico inconveniente (per me ultimo fedele al mito dell'America *tough*, brutale, movimentata) d'un gravare impalpabile di noia.

(Siamo nei *suburbs* di Washington, un universo di viali e verande e piccoli giardini e collinette verdi che sconfina dal District of Columbia negli Stati circonvicini e rende ancor più immateriale e astratta questa capitale nobile e spaziosa ma che della città ha così poco: forse la più riposata, asettica, utopistica città del mondo, ma certo anche la più noiosa).

Ma nella famiglia F. la pace è tutta viva d'un fuoco interiore, d'un teso e comunicativo fervore, come tra i fedeli d'un culto segreto. E questo culto è la letteratura.

La signora F. ha un bel viso luminoso, uno sguardo, come si dice, ispirato, come guardasse fuori della terra. Da ragazza, appena finito il *college*, andò per una vacanza a Parigi: erano gli anni '20, della «generazione perduta», degli artisti americani esuli volontari. L'Europa può rappresentare per molti degli americani più sensibili la rivelazione di se stessi, della propria vocazione, della verità che devono cercare nella vita. Per la signora F. fu la parola dei poeti, degli scrittori più difficili. Tornata in patria, tradusse poeti francesi, di quelli più intessuti d'invenzioni verbali, di concentrazione di significati.

Ma la sua felicità vera è di lettrice: lettrice di James Joyce, e particolarmente del più oscuro, quasi indecifrabile testo dello scrittore irlandese: *Finnegan's Wake*.

Legge alcune pagine di Joyce ogni giorno. «Guai se si tralascia, – dice, – basta una settimana senza leggerlo e si perde la facoltà di entrare dentro il suo linguaggio. È solo leggendolo tutti i giorni, tutti i giorni, che diventa a poco a poco trasparente».

Mi fa sentire un disco con un brano di Joyce letto da Joyce stesso. Ha la gioiosa, indefettibile passione di proselitismo di chi ha visto ciò che gli occhi umani solitamente non vedono.

Una sera, i F. mi portano con loro a casa di certe amiche. È un gruppo di signore che per suggestione della signora F. si riuniscono una sera alla settimana a leggere Joyce tutte insieme. Sono donne sui cinquant'anni e (al contrario della signora F.) tutte grasse; alcune impiegate nei ministeri, altre insegnanti, altre semplici madri di famiglia. Anche qualche marito è presente, buoni signori anziani, incuriositi e incoraggianti.

Una prende a leggere un periodo di *Finnegan's Wake*; poi lo commentano. Ognuna ha la sua chiave d'interpretazione e con essa saggia ogni frase, talvolta ogni parola. C'è una signora di famiglia irlandese, che sa molte canzoni popolari di quel paese e può scovare i frequenti riferimenti joyciani al folklore. C'è una signora cattolica che scopre le allusioni ai riti e ai dogmi della Chiesa in cui Joyce fu allevato. Una signora dotta in storia delle religioni trova le allegorie mitologiche: «Questo è Dionisos, quello è Apollo». Un'altra che sa tutto della vita di Joyce (ed è per l'appunto la signora F.) trova le interpretazioni in chiave biografica: «Ma quello può alludere anche al fratello Stanislao». Una signora più maliziosa s'incarica di suggerire i continui doppi sensi osceni.

Così a ogni parola si fermano, provano a leggere con tutte le pronunce, a comporre tutte le possibili variazioni ortografiche. «Voice, vote, voce, vox, vos…» sgranano come in un rosario, passano dall'inglese al latino, al gaelico, cercano le assonanze in tutte le lingue. E ogni tanto una di loro emette un trillo di gioia: ha trovato una nuova possibile interpretazione da aggiungere alle altre.

Hanno cominciato da pochi mesi. Quasi nessuna di loro aveva mai letto niente di Joyce prima; alcune neppure avevano il gusto della letteratura moderna; è la signora F. che le ha convinte e ora non smetteranno più finché non avranno finito il libro: andando avanti d'una mezza pagina alla settimana ci metteranno qualche anno.

Perché dopo mezza pagina di *Finnegan's Wake*, per riposarsi, la signora F. propone di passare a una lettura «più facile»: e così con meno impegno, leggono e commentano un brano scelto a caso del libro di Joyce che nella scala dell'indecifrabilità viene subito dopo: l'*Ulysses*.

Ora questo che vi ho raccontato, non prendetelo come un costume dell'America; magari il caso ha voluto che m'imbattessi in un fenomeno assolutamente unico. (La letteratura in questo paese è usata in parecchi modi, tutti molto lontani da questo: come un prodotto industriale di successo, come un tema d'esercitazioni universitarie, come un'arma di ribellione e scandalo; e quasi sempre vi si sovrappone psicologia o sociologia o autocoscienza locale). Ma quest'amore per la letteratura in sé, da parte di semplici lettori, senz'ambizioni letterarie, senz'ombra d'estetismo e di snobismo, con tanta purezza di cuore, con tanto generoso ottimismo, con appena un guizzo di pazzia settaria: questa non può esser altro che America.

Piccola inchiesta sul cattolicesimo

Riporto qui battute che ho sentito discorrendo con diverse persone, riguardo al cattolicesimo negli Stati Uniti, e risposte a mie domande. Non avendo la competenza per approfondire l'argomento, mi sono limitato a segnare le cose che mi dicono.

Mi dice il redattore di una rivista di tradizioni liberali di una città dell'East: «Ormai, se esprimessimo una critica a una dichiarazione del vescovo, saremmo costretti a sospendere le pubblicazioni: perderemmo la pubblicità dei grandi empori».

«I proprietari degli empori sono cattolici?» domando.

«No; ma sarebbero costretti a sospenderci la pubblicità per timore d'essere boicottati dalla clientela cattolica».

Alcuni cattolici di New York, di classe sociale elevata, mi dicono: «Il clero irlandese si va facendo sempre più arrogante».

«Autoritari, reazionari?» domando, echeggiando giudizi letti e uditi molte volte.

I miei interlocutori sono di parere opposto: «È la loro ostentazione democratica che mina l'essenza della tradizione. Si vantano di non sapere il latino e davvero non lo sanno. Bisogna vederli con che insolente familiarità si comportano quando sono ricevuti in Vaticano».

Parlo con un professore di una famosa università: «Il

vescovo si fa sempre più minaccioso con noi. Nelle prediche i preti attaccano la nostra università come una scuola d'ateismo».

«Sarà una campagna poco popolare, – obietto. – Ormai in America l'istruzione superiore, diventando possibile per masse sempre più vaste, diventa anche necessaria».

«Le università cattoliche formano ormai una rete che si estende a tutto il paese, – mi risponde, – e sono in concorrenza con i centri di educazione più antichi e famosi».

Serata in ambiente cattolico. Si parla di conventi trappisti che esercitano molto fascino negli Stati Uniti, e di intellettuali che si sono fatti frati. Chiedo se le conversioni di intellettuali sono frequenti: «Lo erano soprattutto negli anni '30, – mi rispondono. – Dopo la grande crisi, tutti cercavano metodi di critica alla civiltà americana. Alcuni sceglievano il marxismo, altri il cattolicesimo, e molti passavano dall'uno all'altro».

A Chicago, chiedo a un dirigente sindacale se il clero influisce sugli iscritti alle Unions. «Molti degli operai appartengono ai gruppi etnici cattolici, – mi risponde. – Anni fa, i preti sostenevano sempre le lotte sindacali. Ora, sempre meno».

Sono nel «profondo Sud», rimasto immobile anche come composizione etnica: bianchi anglosassoni e negri, protestanti gli uni e gli altri. Domando: «L'espansione cattolica si fa sentire anche qui?».

«Finora no, – mi rispondono. – Ma i preti hanno posizioni ideologiche per cui possono fare grandi progressi nel Sud».

«Tra i bianchi, per il loro conservatorismo?» domando.

«No, tra i negri per il loro liberalismo. I cattolici sono i soli bianchi che non hanno pregiudizi razziali. Le chiese e le scuole cattoliche sono aperte a bianchi e negri».

Nell'East, visito un collegio. «Il parroco qui vicino mi ha fatto chiamare a casa sua, – mi dice una ragazza italiana, – col pretesto di farmi tradurre una preghiera. Ma poi ha cominciato a farmi domande sulle idee dei professori, a dire che l'America era troppo moderna e poteva salvarsi solo attraverso il cattolicesimo. Parlava anche della politica italiana».

«Propaganda per i democristiani?» domando.

«No: diceva che da quando non c'è più Mussolini l'Italia è nel caos».

A un amico, anticonformista e uomo di spirito, chiedo: «Pensi che l'ondata cattolica inghiottirà tutta l'America?».

«No. Sarà arrestata dai mormoni su un fronte che andrà dal Gran Lago del Sale alle Montagne Rocciose. Potranno essere solo i mormoni, l'unica Chiesa assolutamente americana, a salvarci. O mormoni o papisti, non c'è via di mezzo».

Sono a New York in una casa editrice. «Vedo che pubblicate molti libri cattolici, – dico. – I proprietari sono cattolici?».

«No, – mi rispondono, – le case editrici sono quasi tutte di ebrei o protestanti ma molte hanno una sezione di libri cattolici, per rispondere a una richiesta del mercato».

Sempre a New York, in casa di cattolici convertiti molto rigorosi. Dicono male del cardinale Spellman. «Ha fatto mettere in St Patrick una statua di Pio XII, colorata, grandezza naturale, con tutte le rughe, le pieghe dell'abito, i capelli. Come al Museo Grevin. Roma dovrebbe intervenire contro queste forme di idolatria. È certo un gesto di sfida al pontefice attuale».

A San Francisco, un vecchio poeta anarcoide e buddista mi dice: «Tra i cattolici c'è gente in gamba. C'è il gruppo di Dorothy Day, anarchici cattolici che fanno l'assistenza ai poveri nei peggiori quartieri di New York. C'è anche un bravo scrittore tra loro, J.F. Powers, e un poeta, Brother Antoninus, che prima di diventare frate era anarco-sindacalista insieme a me».

«Tutti i terreni qua intorno sono della Chiesa, – sento dire spesso dai miei ospiti, nel New England. – La Chiesa è ormai una delle grandi forze finanziarie d'America».

«La diatriba religiosa tra le varie Chiese protestanti, – mi dicono, – manteneva viva la libertà di pensiero negli Stati Uniti. Ora che giornali, radio, televisione temono sempre di scontentare i cattolici, tutte le polemiche tra le Chiese sono sopite, il clima spirituale si è impoverito, regna il conformismo».

«Ma questo clima non provocherà una reazione liberale contro l'autoritarismo ideologico cattolico?» obietto.

«Fino a non molto tempo fa, – mi rispondono, – i cattolici erano oggetto di discriminazioni ingiuste, come gli ebrei e i negri. Perciò nella mentalità democratica è rimasto l'atteggiamento che essere contro i cattolici sia un pregiudizio conservatore».

Chiedo se nell'ambito del cattolicesimo americano una presidenza Kennedy rafforzerebbe l'influenza di Spellman o quella degli intellettuali liberali che fanno capo alla rivista «The Commonweal».

Le risposte sono discordi.

Chiedo se con la presidenza di un cattolico si può aprire un problema di rapporti tra Stato e Chiesa anche in America.

Nessuno lo sa.

L'occhio e l'abitudine

Da una settimana sono tornato a New York, ma non ho annotato più nulla in questo diario. È che non sono più nello stato d'animo delle «impressioni di viaggio», mi sento come fossi già tornato a casa: ora tutto quello che vedo fa parte della normalità. Quando sono arrivato a New York, quattro mesi fa, a novembre, mi bastava mettere il naso in strada e ogni cosa mi pareva nuova e memorabile, degna d'esser scritta e commentata, chiave d'un ragionamento, d'un'interpretazione generale. Ricordo la prima sera a New York, in giro per Fifth Avenue, l'immagine gioiosa e improvvisa dei pattinatori sulla pista di ghiaccio del Rockefeller Center, il rapporto tra le dimensioni dei grattacieli e lo spazio sgombro di Central Park come m'appariva dalle finestre d'un sedicesimo piano, e le librerie aperte di notte, la tromba di Dizzy Gillespie al Metropole Cafe, il fumo dell'impianto di riscaldamento cittadino che esce dai tombini per le strade… Ricordo i primi giorni, il divertimento andando in *subway* a guardare la gente e indovinare le origini, lo stato sociale… Ora, più niente. Sono bastati pochi mesi e l'occhio ha fatto l'abitudine a tutto, ha perso d'acutezza, di capacità di selezionare le immagini. Già come se fossi in giro per Torino, in una città dove non penso più a guardarmi intorno.

È in questo che consiste la forza dei libri di viaggio. D'un paese se ne può scrivere solo quando non se ne sa ancora niente e lo si scopre, perché soltanto allora «lo si vede». Chi conosce a fondo il paese trova sempre da ridire sui libri di viaggio, e protesta: «Come si fa a scrivere di luoghi e costumi con un'esperienza così superficiale?». Ma quelli che abitano un luogo da tempo hanno ormai perso l'immediatezza necessaria per descriverlo. Tutto ha già preso il suo posto, è diventato ovvio, consueto, e si perde nel mare generale del quotidiano. D'ogni fatto si sanno i vari casi in cui s'articola, le possibili eccezioni; d'ogni cosa che si dice si ha lo scrupolo che se ne potrebbe dire anche un'altra; l'occhio non è più il re della scoperta, è solo uno strumento di verifica.

L'atteggiamento verso gli Stati Uniti

Primo atteggiamento dell'europeo negli Stati Uniti:

«Gli americani avrebbero tutte le possibilità, solo non sanno certe cose che noi europei abbiamo elaborato attraverso i secoli. Basterebbe insegnargliele e la storia del mondo prenderebbe il suo giusto corso. Il problema da risolvere è qui, in questo paese. È inutile pensare ai piccoli problemi di casa nostra. Bisogna dedicare tutti i nostri sforzi all'America, a rinsaldare la cultura americana con quella europea. Il compito degli europei è conquistare l'America e la sua enorme energia a una storia comune».

Secondo atteggiamento dello stesso europeo dopo alcuni mesi negli Stati Uniti:

«Il bello dell'America è quando è America e basta, quando ti trovi di fronte a soluzioni esclusivamente americane, non trapiantate dall'Europa. Tutte le volte che gli americani cercano d'assimilare ideologie, scuole, problematiche tipicamente europee, cosa ne vien fuori? applicazioni grige, pedantesche, prive di vita, prive della spontanea forza americana. Gli Stati Uniti sono un paese diverso da tutti: dovrebbero svilupparsi per vie proprie, senza avere a che fare col resto del mondo. L'isolazionismo non era poi così sbagliato. Bisogna puntare sulla massima differenziazione tra Europa e America. Il compito degli europei è di allontanare dagli Stati Uniti la tentazione di seguire i nostri procedimenti di pensiero».

Terzo atteggiamento dello stesso europeo negli Stati Uniti, passati ancora alcuni mesi:

«Gli americani non sanno cosa è americano e cosa non lo è. Solo noi europei lo sappiamo. Dovremo venire qui tutti noi europei e dare lezioni di americanizzazione. Bisogna dedicare tutte le nostre forze all'America, per darle una mentalità, un'efficienza che siano assolutamente americane come intendiamo noi. C'è un lavoro enorme da fare. Studiare le basi teoriche e le vie pratiche perché l'America sia sempre più americanizzata. Da sola l'America non può essere America. Il compito degli europei...».

Psicoanalisi

Un'amica mi fa un terribile racconto di tutto quel che ha passato per via d'uno psicoanalista che era diventato il regolatore assoluto della sua vita privata, ed avendo preso ad analizzare anche il suo fidanzato, riuscì a disfare la loro unione e la felicità d'entrambi. Emerge dalla storia una vita d'incubo, dominata da visite quasi quotidiane al taumaturgo, febbrili consultazioni telefoniche, sedute settimanali collettive in cui i pazienti dello stesso psicoanalista si riuniscono per confessare in pubblico i loro problemi e cercare di risolverli col reciproco confronto senza l'aiuto del medico. E soprattutto ne risulta una solitudine spaventosa; la condizione disarmata del paziente di fronte all'ascendente che su di lui lo psicoanalista esercita. Tra paziente e psicoanalista nessuno vuole mettere il dito; se questa donna voleva raccontare a qualcuno i suoi problemi tutti si tiravano indietro; anche ricorrere a un altro psicoanalista era difficile perché una correttezza professionale di categoria impediva d'occuparsi di lei.

Ecco che queste cure che qui ogni momento trovo praticate dalle persone più inaspettate, pezzi di donne che paiono il ritratto della salute e che mai diresti soggette a crisi psichiche, mi si prospettano come un inferno, un'autocondanna cui gli americani e soprattutto le americane si sottopongono per punirsi di chissà quali peccati. Con la mia solita buona volontà, e allergico come sono a questa problematica, cercavo di considerare la psicoanalisi come una pratica igienica liberatrice. Ma sempre più si fa strada in me il sospetto che l'America laica si sia tolta di dosso la tutela dei pastori e dei confessori per accollarsene un'altra.

The Connection

In una stanza dall'aria sordida, un gruppo di giovanotti con le camicie fuori dei pantaloni, spettinati e ciondolanti, chi sdraiato su un sofà, chi seduto per terra, passano ore in attesa. Tra loro ci sono dei suonatori jazz, che ogni tanto attaccano a suonare, molto bene. Ogni tanto, dei passi per le scale: tutti tendono l'orecchio. No, non è la persona che si aspetta.

Questa è la situazione di *The Connection*, commedia in tre atti (di un nuovo autore, Jack Gelber), certo il più interessante spettacolo di prosa di New York del 1960, che danno in un piccolissimo teatro d'avanguardia nel Village, il Living Theatre.

Questi personaggi che aspettano sono drogati, e parlano nel gergo dei drogati. Aspettano la *connection*, cioè l'uomo che fa da collegamento coi fornitori di eroina, che porti loro la droga per farsi le iniezioni. Per un atto e mezzo, è puro teatro dell'attesa, tipo *En attendant Godot* e come tale funziona molto bene, sostenuto anche dagli interventi del jazz. Poi l'uomo della *connection* arriva (è un negro tutto vestito di bianco, lucido e padrone di sé quanto gli altri sono sfatti e fiacchi) e a uno a uno i giovanotti vanno in bagno a farsi l'iniezione e tornano contenti. Uno si fa un'iniezione troppo forte e ci muore.

L'azione è spesso interrotta dagli interventi d'altri due personaggi dalla platea: il produttore dello spettacolo e l'autore, che protestano perché, avendo preso per attori dei veri drogati, questi non rispettano il testo e rappresentano tutt'altra storia da quella scritta sul copione.

L'aspetto formale più importante mi pare lo stile di recitazione: volutamente incerto, balbettante, tossicchiato, come di persone che non sanno parlare in pubblico e devono improvvisare lì per lì. (Pure in questo stile è rappresentato, nello stesso teatro, a sere alterne con *The Connection*, *Questa sera si recita a soggetto* di Pirandello, considerato il precursore della scuola). Mi pare che questo modo di recitare sia l'equivalente teatrale della pittura informale, un modo d'esprimersi tutto sbavato, macchiato, incerto, spruzzato; come anche l'equivalente della prosa *beat* (che però resta su un piano di realizzazione più debole). È la mimesi del casuale, che col casuale finisce per identificarsi.

I beatniks

Solo qualche frettolosa battuta ho dedicato finora all'argomento che fa le spese di tutte le discussioni letterarie e di costume negli Stati Uniti: i *beatniks*. Ormai ne ho conosciuti tanti, quelli del Greenwich Village a New York, quelli di North Beach a San Francisco, quelli di Venice a Los Angeles, ho passato tante sere in mezzo a giovani barbuti e coi maglioni neri, a ragazze senza rossetto e spettinate, li ho visti nei locali-jazz dove recitano versi per attrazione del pubblico *square* (i «quadrati», cioè i non iniziati, i filistei), nei *parties* della buona società dove vengono invitati per dare una nota di colore, nelle loro feste private dopo l'ora di chiusura dei locali notturni, in quella noia metafisica di quando i suonatori non hanno più voglia di suonare e ci danno dentro alla stracca, e le ragazze stan lì come drogate e magari non lo sono, e i drogati sono gli unici felici e invece non si vede, e si balla senza erotismo, e si beve senza gusto, e il whisky è finito e ci si inciucca con del vino...

Eppure, un discorso generale sulla *beat generation* non mi viene; non ho voglia né di raccontare aneddoti, né di dar giudizi e formulare teorie; a dirne male sono già in tanti, è inutile che mi ci metta anch'io e cerco invano un qualche paradosso che mi permetta di darne un giudizio positivo, non mi viene.

Il fatto è che i *bohémiens* non mi hanno mai interessato; non mi è mai avvenuto d'identificarmi con quest'atteggiamento umano che pure ha sempre contato e continua a contare nella storia della cultura. (In Italia sempre pochissimo, però).

Nella mia giovinezza mi è capitato di desiderare di identificarmi con diverse immagini di civiltà, volta a volta o tutte insieme: l'aristocrazia inglese, i bolscevichi russi, i *conquérants* di Malraux, gli esteti di Bloomsbury, il «Brain trust» del New Deal, ma erano sempre «classi dirigenti» o che tendevano a diventar tali. (Certo ci sarà sotto un complesso). Invece, per chi si diverte a stare al margine, ad andare malvestito e fare vita grama (a meno che non sia per un periodo temporaneo, in virtù appunto di una prossima presa del potere o simili) ho avuto sempre una deplorevole mancanza di sensibilità.

Così coi *beatniks* è chiaro che sono prevenuto. E non sto pensando al valore letterario, perché mi pare che manchino gli estremi per impostare un discorso; il fatto che alcuni di loro decidano di essere scrittori e poeti e perciò mettano sulla carta l'armamentario dei luoghi comuni (formali e di contenuto) di cui dispongono, è un fatto sociologico, non tocca la storia della letteratura ma quella del costume. Oggi negli Stati Uniti (come nell'Unione Sovietica) non si

va a scoprire dei grandi scrittori, che forse per un bel po'
non nasceranno, ma a cercare dei fatti umani nuovi.

Dicevo, i *beatniks* sono soprattutto un grosso (anche
quantitativamente) fatto sociale. Dapprincipio inclinavo a
crederlo un mero fenomeno d'imitazione europea (come la
voga delle macchine da caffè espresso italiane, l'atmosfera
Saint-Germain-des-Prés concentrata fra le strette vie del
Village) o la riedizione d'un costante fenomeno americano,
la solita ribellione contro il solito conformismo. Invece, girando per gli Stati Uniti, rendendomi conto di cos'è
la *dullness* della provincia, l'opaca banalità delle piccole
città produttive e consumatrici, l'uniformità del paesaggio umano annegata nell'uniformità del paesaggio naturale, ecco che questo sciamare verso le metropoli di giovani
che invece d'affrettarsi a trovare il loro posto nel meccanismo della *prosperity* e delle prevedibili carriere s'insabbiano
in sudici quartieri, si lasciano crescere la barba, portano
le scarpe da tennis anche d'inverno, si rifiutano di lavorare, abborracciano in modo dilettantistico un'attività letteraria o artistica, trovano nelle iniezioni di eroina il nirvana
al di là d'ogni desiderio, e nella fretta di richiamarsi a valori spirituali proclamano la propria conversione al buddismo «zen» o all'omosessualità o al cattolicesimo o alla
mistica del jazz, mi è apparso come un fenomeno che entra nell'ordine delle cose.

C'è una quantità d'energia giovanile che entra in reazione
con l'ambiente, come dovunque succede ed è giusto che succeda, e non avendo idee o modelli di comportamento più
prestigiosi cui rifarsi si scarica in questo che è sì un barbarico spreco e ottundimento e rifiuto, ma è anche per molti uno stato di disponibilità, di ricerca, di letture. L'importante è quel che verrà dopo: cosa saranno gli ex *beatniks*?

Il valore d'una civiltà si giudica anche dalle forme di

ribellione che essa finisce per suscitare contro se stessa: questa rivolta *beat* contro la «civiltà del *frigidaire*», una rivolta incapace di porre alternative ma con una sua forza di propagazione innegabile, ci dimostra che davvero il superare la «civiltà del *frigidaire*» è un problema che si pone d'urgenza.

Perché quella della *beat generation* ha il guaio di essere una ribellione a corto raggio, è un modo per essere incasellati e riaccettati nella società alla quale ci si ribella. La perfetta efficienza d'una società conformista si rivela nel riuscire a costituirsi un corpo di anticonformisti in uniforme da anticonformista; se porti la barba e le scarpe da tennis, allora la tua qualifica di ribelle è scritta a chiare lettere e puoi esercitarla come una professione, tutto rientra nello schema.

Prima ancora d'ottenere risultati d'arte, la *beat generation* è riuscita a diventare un'istituzione, un'industria, a lanciare una voga di turismo intranewyorkese facendo sciamare dal venerdì sera alla domenica stuoli di pacifici cittadini di Uptown e Midtown giù nelle vie del Village per vedere loro; e «Life» dedica loro servizi illustrati e interviste; e ci sono case di milionari che noleggiano per ogni *party* un paio di giovanotti barbuti che vengano a dire quattro frasi scandalose alle signore. È una ribellione a uso e consumo Madison Avenue, come mi dice Kenneth Rexroth (un poeta della generazione sulla sessantina, che è passato attraverso tutte le ribellioni e avanguardie, è stato il primo ideologo *beat*, e ora non ne vuol più sapere e traduce antiche liriche cinesi). È uno stato di miseria volontaria possibile solo in una situazione di benessere; gran parte dei *beatniks* possono vivere tranquillamente da poveri perché hanno un padre ricco che manda loro i vaglia. E beneficiano dell'organizzazione dell'economia che garantisce loro consumi a basso prezzo. (Anche di droghe, se ne possono trovare a cinque dollari la fialetta).

Così i *beatniks* stanno diventando un popolo, uno dei tanti popoli del calderone americano, coi loro quartieri in ogni grande città, i loro usi e riti, le loro caratteristiche somatiche: un popolo di refrattari ormai più o meno accettati dagli altri gruppi etnici e sociali.

Ma tutti i popoli del calderone tendono ad assimilarsi. Per il nuovo popolo *beat* vale solo la spinta centripeta? Non direi. Sono stato a casa del figlio d'un *beatnik*. (Il padre, uomo ora sulla cinquantina, è uno degli anziani del movimento, e pure uno dei suoi teorici e storici). Questo figlio è sulla trentina e s'occupa di teatro; il suo è un appartamento agiato pieno di decoro; gli invitati erano vestiti di scuro, le dame in abito da sera. «Sì, sono terribilmente *square*, – mi disse con una punta di orgoglio, – mio padre una volta venne a trovarmi e scappò via».

Ma io sapevo che anche i *beatniks* più ortodossi nell'intimità fanno pericolose concessioni al *comfort*.

Uno di loro, dei più nominati, che convive con un altro barbuto, ha una casa con *frigidaire*, lavatrice, televisione. I due tengono una pulizia perfetta, e in casa stanno ben vestiti e si puliscono le unghie. È quando devono uscire per andare in società che si mettono la maglietta sporca e le scarpe rattoppate.

Ho avuto queste notizie tendenziose da un giovane europeo, rappresentante dell'avanguardia letteraria cosmopolita che si raduna a Parigi, dei *blousons noirs* e delle barbe a collare, sbarcato qui con tutte le intenzioni di scandalizzare New York. Ma sapete com'è la nuova generazione di ribelli: questo giovane non beve, non fuma, e – benché regolarmente sposato – vive in stato di verginità. Subito, nei primi giorni, viene presentato ai *beatniks*, si mette a scandir loro nel suo cattivo francese e nella sua lingua madre le battute più scandalose che sa, quelli lo riconoscono per uno dei loro e lo invitano a casa.

Abitiamo nello stesso albergo. Quella sera rincaso tardi, vedo la luce in camera sua e busso. Il ribelle della Rive Gauche è seduto sul letto, la barba a collana puntata sui ginocchi, spaurito, ritornato all'improvviso il ragazzo che fino a pochi anni fa studiava da prete in un seminario spagnolo. «Sapessi, – mi dice con un filo di voce, arrossendo, – sapessi cosa volevano farmi fare...».

Dal diario di Giovanni B.

Discendente d'una vecchia casata del New England, S. è una entusiasta dell'Italia e degli italiani. «Se non ci fossero gli italiani sarei morta. Ero malata, disperata, sono venuta in Italia e loro mi hanno ridato la fiducia nella vita...».

Mi volto intorno: alle pareti delle stanze sono ritratti settecenteschi, severi giudici imparruccati, segaligne dame puritane in cuffia bianca, governatori col tricorno. E sotto, sui mobili, sui tavoli, dappertutto, in cornicette argentate e *passe-partout*, fotografie di giovanotti bruni, muscolosi e sorridenti, coi capelli ricci o a spazzola, coi baffi e senza, con la maglietta a righe, in costume da bagno, in gruppi sulla spiaggia, in posa davanti alla torre di Pisa, in lambretta, in moscone. «Bravi, simpatici, tutti: Gino, Alfredo, Corrado, Calogero, Francesco...».

Volontari

Il volontarismo americano per le cause politiche e ideali sopravvive ancora o è stato soffocato da un ambiente in cui ciascuno bada solo ai fatti suoi? Molte notizie che si leggono di picchetti di studenti, contro il razzismo o contro le armi atomiche, dicono che questa tradizione americana di generosità attiva non si è spenta. Per le vie le rare volte che mi capita di vedere una fila di cartelli di manifestanti – per uno sciopero, o per solidarietà con una lotta coloniale –, o un drappo teso per raccogliere fondi d'una sottoscrizione, o qualcuno che raccoglie firme o distribuisce manifestini, magari per una semplice rivendicazione municipale, m'avvicino, scruto i visi, contento di riconoscere questo qualcosa che rendeva gli Stati Uniti più simili all'Europa negli anni '20 pieni di contrasti, nelle troppo facili speranze degli anni '30, e ora è già così lontano...

Però, a certe cose bisogna farci l'occhio. Nei primi giorni che ero a New York, c'era uno sciopero di barbieri. Passando per Union Square (la piazza delle manifestazioni sindacali di quarant'anni fa), vedo un vecchio con due cartelli appesi alle spalle che annunciano lo sciopero. «Buon vecchio barbiere, – penso, – fedele al sindacato, tutta una vita spesa a rader barbe, a spazzolare capelli, a spalmare brillantina, e poi la sera alla sua Union a ciclostilare opuscoli, quando si dice la tradizione sindacale americana, e adesso vecchio com'è, ancora lui che tien duro, con questo freddo, mica ci vengono i giovani a portare i cartelli, è sempre lui, in mezzo alla gente che se ne infischia, tutti che vanno a comprare regali per Natale...».

Qualche settimana dopo c'era uno sciopero di camerieri. Passando per Union Square, vedo un vecchio con due cartelli a tracolla del sindacato dei camerieri. «Buon vecchio cameriere, – penso, – tutta la vita spesa a servire bistecche, e poi la sera alla sua Union...». Mi fermo. «Ma questo m'è già successo una volta: passare di qui, vedere un vecchio scioperante, pensare alla tradizione sindacale americana...». Torno sui miei passi: non ci sono dubbi, è il vecchio dell'altra volta.

Ho continuato a vedere il vecchio nei mesi seguenti con cartelli che annunciavano scioperi di lattonieri e di sarti, oppure liquidazioni di negozi di calzature o di stoviglie. È un vagabondo della Bowery che guadagna qualche soldo ogni tanto facendo l'uomo-sandwich.

Il ballo delle ragazze negre

Non riesco a raccogliere da Giovanni B. confidenze che riguardino donne di colore. «Ma, sai, sono mondi separati più che non si creda, anche qui a New York, – mi dice. – Le occasioni di entrare in confidenza, di stringere amicizie non sono molte. L'altra sera pensavo che fosse la volta buona. E invece...».

Insisto perché racconti.

«Dunque, le ragazze negre che lavorano alle Nazioni Unite davano il loro ballo annuale in un locale del Bronx. Due amici, giornalisti al "palazzo di vetro", erano invitati; io, entusiasta, mi aggregai a loro. Arriviamo troppo presto, le ragazze sono ancora indaffarate negli ultimi preparativi della sala. Hanno un vestitino da sera con la gonnella più corta del ginocchio, tutte uguali, verde lamé. I miei amici ne riconoscono qualcuna: questa degli ascensori, quella là del centralino, quell'altra della mensa. Io so solo che sono dei gran pezzi di donna, più di quanto non si sarebbe detto vedendole con la grigiazzurra divisa quasi militare delle UN. Non vedevo l'ora d'invitarne a ballare qualcuna, di far conoscenza: già mi fissavo i tipi, cercavo di fare una graduatoria, una cernita. Eppure, sai com'è: una festa tutta loro, la sala addobbata, e loro lì tutte procaci, mezzo nude, eppure tutte così per benino; avevo il senso d'essere un estraneo, un senso che qui a New York non si ha mai. Stanno arrivando gli invitati, negri, tutti o quasi; l'orchestra comincia a suonare. Era una festa piuttosto *formal*, come dicono qui, tutti ben vestiti, tavoli con grandi famiglie negre, e certi tipi di giovanotti con le spalle larghe e spesse come armadi. Un senso strano: da una parte d'una cerimonia di gala tradizionale, come sarebbe da noi un ballo di beneficenza borghese, alla presenza delle madri, e dall'altra questa fisicità robusta, prorompente, soverchiante, questi seni, questi fianchi, queste alte gambe, questi sorrisi splendenti; e anche queste schiene da *boxeur* dei cavalieri, queste collottole sulle camicie inamidate.

Ballavano. Sai come hanno la musica in corpo, loro. Via! Che ci stavamo a fare lì, noialtri? Non avrei mai osato metter piede sulla pista. A ricordarmi che c'ero venuto con l'idea di corteggiare delle ragazze, ora arrossivo. Di fronte a quell'umanità gigantesca che si muoveva con tanta naturale felicità fisica, c'era da sentirsi come un minorato; sì, ma non era questo: era l'aria di festa di buona famiglia, il candore; un candore che capivo non escludeva l'erotismo, ossia non escludeva l'erotismo loro ma escludeva il mio, l'atteggiamento con il quale m'ero mosso io. Un complesso d'inferiorità, avevo, vuoi saperlo! E di colpa, sissignore, di colpa! In questa situazione, cosa dovevo fare? Salutai gli amici, me ne andai».

La razza umana

Quando si discute di problemi razziali, dico agli amici americani: «Voi avete una sola via: decretare che si facciano solo matrimoni misti, che non nascano figli se non concepiti da incontri di popoli diversi. In un secolo si avrebbe la vera grande razza umana, che unirebbe finalmente la felicità fisica dei negri, la saggezza dei cinesi, l'intelligenza degli ebrei, e tutte le doti anglosassoni, latine, slave e via dicendo...».

Qualcuno mi risponde citando il famoso aneddoto di George Bernard Shaw, di quando una bella donna del tempo – non ricordo se Isadora Duncan o chi altra – gli disse che le sarebbe piaciuto fare un figlio con lui perché avesse la bellezza della madre e l'intelligenza del padre, e Shaw rispose: «È meglio non tentare. Pensi se nascesse con la bellezza del padre e l'intelligenza della madre...».

L'unico innamorato degli Stati Uniti

Ho conosciuto il vero, l'unico innamorato degli Stati Uniti, l'ottimista a ogni costo; l'unico in questo mondo di scontenti dove ogni discorso – di politica, di cultura, di costume, e sia esso d'un *liberal* o d'un *conservative* – parte da una constatazione negativa sulla situazione americana presente; l'unico in mezzo a questo indefinito stato d'animo attuale di lamentela più che di critica, di insoddisfazione interiore più che di volontà riformatrice.

Ed è, questo innamorato del suo paese, un uomo che ha passato in galera tre anni, dal 1947 al 1950, dopo un processo che fu uno dei primi casi giudiziari della campagna contro le «attività antiamericane». È inutile che racconti dettagliatamente la storia del caso, che qui suscitò a quel tempo clamore e anche proteste di giuristi e uomini politici: il meccanismo è lo stesso che fu poi ripetuto più volte, e che quella volta fu usato con una particolare pesantezza; era l'inizio della «caccia alle streghe» e si doveva creare l'atmosfera di terrore negli uffici governativi. (La persona di cui parlo, noto come militante di sinistra, era stato funzionario governativo durante la guerra e aveva allora dichiarato di non essere iscritto al partito comunista, cosa che un informatore della polizia dichiarò essere non vera; da ciò la condanna a tre anni per «frode»).

Ebbene, quest'uomo che ne ha viste tante, che avrebbe tutte le ragioni per trarre dal suo caso personale conclusioni generali d'un buio assoluto, è uno che crede nell'America con una sicurezza che fa restare a bocca aperta, e non ha dubbi sul fatto che la società americana poggi su basi fondamentalmente democratiche, e scopre in tutti i movimenti strutturali e sociologici un aspetto positivo nel senso d'uno sviluppo di democrazia, giura e spergiura che gli Stati Uniti possono subire involuzioni reazionarie anche gravissime ma è impossibile che cadano in forme autoritarie fasciste. E tra le prove cita anche il suo stesso caso, tutti i cavilli a cui sono dovuti ricorrere i «cacciatori di streghe» per condannarlo, la forza di cui egli disponeva di fronte ai giudici e negli anni di prigione, d'essere dalla parte del giusto, d'incarnare il vero spirito d'America.

È un uomo esuberante, polemico, paradossale, aggressivo, che non sta mai zitto, che sommerge gli interlocutori col suo spirito di contraddizione. Privo di complessi di modestia, intercala i suoi discorsi con continue autocitazioni dai suoi libri editi e inediti dove già aveva spiegato tutto. Privo dei complessi d'inferiorità della sinistra americana, come può esserlo un uomo che non ha mai deflettuto dalla sua linea per opportunismo o paura, giustifica con lo stesso calore le tesi giudicate eretiche da tutti i conformismi e quelle giudicate conformiste dagli eretici d'ogni tipo. Ed è pure un uomo d'una coerenza testarda, immune dal generale eclettismo come può esserlo chi esercita la sua intelligenza sempre in una direzione, verso un suo ideale di convivenza umana.

Non si può sminuirne certo le componenti europee: è figlio di italiani, si è laureato a Oxford, ha combattuto in

Spagna, è un lettore di Hegel (*rara avis* in America), ha tradotto e commentato Gramsci. Ma è pure così assolutamente americano nella sua capacità d'intravedere gli sviluppi del suo paese per vie completamente diverse da quelle europee, dando già per scontato in partenza che gli strumenti del Vecchio Mondo (partiti ideologici, sindacati politici, prese di coscienza di massa nei termini storici europei) qui sono impensabili, eppure sapendo riconoscere anche qui la stessa dialettica di forze economiche e di volontà umane. Oppure è proprio per questo più europeo che mai, perché riesce a pensare in termini così completamente americani, perché riesce a rendere operante proprio l'enorme differenza tra noi e loro.

Ecco, da questa New York dove non si discute mai se non di cose marginali, e sempre convivialmente, a battute evasive, mi sento ritrasportato, dove?, nelle nostre città dove l'atmosfera intellettuale è sovrasatura d'ideologia, dove la discussione problematica non ha fine, dove vige il gusto della molteplicità delle chiavi critiche, della scommessa intellettuale, del paradosso come esperimento d'approssimazione alla verità? No, qui tutto acquista un senso diverso. Ma come?

Per spiegarmi meglio, nella discussione, gli parlo nella mia lingua, dato che la comprende e legge e traduce. Cerca di rispondermi in italiano anche lui, e allora la sua agilità di disputatore intellettuale sempre all'attacco s'attenua: subentra un umile timbro centro-meridionale, d'una lingua tramandata attraverso le donne di casa.

Ecco, è il vero sapore dell'America, questo: l'America che non è altro che questo modo di ricordare l'italiano, non è altro che la storia di lui figlio di poveri emigranti diventato l'allievo modello che vinceva le borse di studio (non a caso, tra gli elementi positivi per lo sviluppo di questa società egli mette in primo piano la scuola, la possibilità per tutti di studiare, l'enorme apparato – in senso quantitativo, almeno – degli istituti d'educazione, paragonabile solo a quello sovietico), è la sua ostinazione nell'interpretare lo spirito che anima la storia degli Stati Uniti fino alle ultime conseguenze, è l'ottimismo del capitalismo del consumo capovolto e inverato nell'ottimismo socialista; ed è anche il modesto decoro di questa *living-room* di un quartiere popolare, l'atmosfera di virtù familiare, di rispetto conquistato sull'ostilità dell'ambiente, sulla difficoltà economica, è l'immagine stessa della moglie sorridente e serena, paralizzata da anni, sulla poltrona a ruote...

I cappellini di Pasqua

È Pasqua. R. oggi viene a trovarmi con un cappellino un po' strano. «Oh, ma questo non è niente! Vedrai in Fifth Avenue! Per quanto, – soggiunge, rattristata, – i bei tempi degli *Easter bonnets* sono finiti».

Fifth Avenue stamattina è chiusa alle automobili. I pedoni, vista inverosimile, passeggiano in mezzo alla via. E le donne sfoggiano cappelli ancor meno verosimili: rosa, violetti, verdi, a larghe falde, di paglia, di seta e fil di ferro, con le roselline, con le gardenie, con le margherite, col tulle, con la veletta, con le piume di struzzo. È la vecchia tradizione del giorno di Pasqua, un benvenuto alla primavera. Da una settimana le vetrine di moda erano fiorite di questi copricapi insoliti, che si possono portare una volta sola all'anno. Ma pare che negli ultimi anni il coraggio e la fantasia si siano attenuati: tende a diminuire il divario tra la stranezza dei cappellini di Pasqua e quelli di tutti i giorni.

Un tempo, a Pasqua, gli uomini in Fifth Avenue erano tutti in tight e cilindro. Qualcuno se ne vede ancora, tipi anziani. C'è un'aria, più che di sfoggio, di burla, di gaia usanza paesana continuata anche quando non ci si crede più.

I fotografi vanno a caccia delle teste più strane. Eccoli che s'affollano a puntare gli obiettivi attorno a una matrona in vesti e acconciature ottocentesche. La matrona ride, truccata come un mascherone. M'avvicino anch'io, e, ma certo! non ho dubbi: sono stato a New Orleans per carnevale, di tipi così ne ho visti tanti: è un uomo travestito.

Fifth Avenue

M'accorgo che non ho scritto un pezzo su Fifth Avenue, e ora è troppo tardi, sto per partire, non lo scriverò più. Peccato: sarebbe venuto un bel pezzo, lungo, avrei descritto la strada pezzo per pezzo da come comincia nel *décor* fine Ottocento di Washington Square, e come vien su nella prosaicità commerciale di Midtown, e poi i classici grattacieli, il Rockefeller Center, i negozi eleganti, le residenze signorili lungo il Central Park… Avrei rievocato le giornate caratteristiche: il Thanksgiving Day, in novembre, quando il grande emporio Macy's organizza una sfilata di carri e aerostati per divertire i bambini; o il giorno di St Patrick, in marzo, con l'interminabile corteo degli irlandesi, vestiti in costume col gonnellino, che noi avremmo giurato fosse scozzese…

Niente: è troppo tardi; di queste cose gioiosamente banali, o se ne scrive alla prima scoperta o non se ne scrive più. Dopo un poco viene perfino il pudore di dichiarare loro il proprio amore, come a certe donne che sono state di molti.

Invece i newyorkesi no: nulla dà loro più soddisfazione che descrivere e ridescrivere la loro città, come fosse la più gran scoperta, nulla dà loro più soddisfazione che leggere di cose che vedono tutti i giorni.

Sui giornali illustrati e su riviste anche serie spesso trovo lunghi articoli, rievocazioni letterarie o giornalistiche di aspetti della città che a me turista straniero sono utili perché mi servono da guida, e che corrispondono come vibrazione emotiva di scoperta al mio stato d'animo di neofita. Un genere di scritti che non ci s'aspetterebbe di trovare sulla stampa europea, dove i giornali d'ogni città danno il mondo intorno come già risaputo, segnalano l'eccezione, il fatto nuovo, o se mai ciò che entra in contraddizione con l'immagine tradizionale della città.

Questo degli americani è un altro aspetto del loro giovanile interesse a sentir parlare di sé, a sentir descrivere il proprio ambiente, insomma a definirsi. Di fatto, la mia curiosità di viaggiatore per gli Stati Uniti non è di natura molto diversa da quella dei residenti: solo che la mia è durata per sei mesi, la loro dura tutta la vita.

Il nome che non si dice

Oggi è il giorno dell'esecuzione di Chessman e non si parla d'altro. Per combinazione, proprio oggi tengo una conversazione nel teatro d'un *club*, rispondendo alle domande degli ascoltatori in platea sulle mie impressioni americane. Naturalmente, qualcuno mi chiede cosa penso dell'esecuzione di Chessman. Rispondo che sono contrario alla condanna a morte in linea generale, tanto più in questo caso particolare in cui si manda sulla sedia elettrica un uomo la cui colpevolezza d'assassinio non è affatto sicura. La mia opinione non si discosta da quella che qui a New York domina sulla stampa e nel sentimento popolare, ma mi rendo conto che parte del pubblico è scontenta della mia risposta e preoccupata solo del fatto che l'esecuzione faccia una cattiva impressione all'estero.

Mi pare che parlando di condanna a morte sia doveroso ricordare un caso tanto più atroce, quello dei coniugi Rosenberg. Il processo e la condanna a morte dei Rosenberg li sento ricordare spesso da alcuni americani quando vogliono definire la tempra morale e il coraggio civile d'una persona. «Al tempo del caso Rosenberg si è comportato così o così». Altri americani non se ne ricordano mai, come avessero rimosso dalla loro memoria il più straziante episodio della guerra fredda. Come farlo entrare nel mio discorso? Mi rendo conto che fare il nome dei Rosenberg in una pacifica riunione mondana in cui sono ospite sarebbe come una bomba. Mi limito a ricordare che in Europa già anni or sono c'era stata una forte emozione per un caso ancora più grave, data la mancanza di serie prove di colpevolezza e data la figura dei condannati.

Uscendo dal *club* con un gruppo di conoscenti newyorkesi, faccio una piccola inchiesta per sapere se la mia allusione ai Rosenberg sia stata colta dal pubblico. Alcuni di loro dicono che non c'erano dubbi possibili, altri dicono che pochi hanno capito, altri che si poteva pensare a Sacco e Vanzetti.

Al tavolo di ristorante in cui sediamo si comincia a discutere dei Rosenberg. Una ragazza, di famiglia tedesca, pur dichiarandosi contraria alla pena di morte in linea di principio, sostiene che i Rosenberg erano colpevoli. Altre due ragazze che siedono vicino a me mi dicono concitatamente all'orecchio: «Cambia discorso, cambia discorso in fretta, prima che Gloria faccia una scena. Guarda com'è pallida. Ora salta su e strappa gli occhi alla tedesca!».

Gloria è una ragazza molto giovane, una tipica bella sorridente ragazza americana appena uscita dal *college*. Non avevo mai supposto che fosse sfiorata da passioni politiche.

Mi spiegano che è ebrea, con un attaccamento appas-

sionato per tutto ciò che riguarda le persecuzioni subite
dal suo popolo. Basta il richiamo a quell'episodio tragico
dell'ondata antisemita maccarthysta, da lei vissuta quand'era
bambina, a piombarla in uno stato di furore.

L'allarme atomico

Oggi alle due ci sarà la prova dell'allarme atomico, nessuno potrà circolare per le strade per un'ora. È una buona
occasione per visitare i dinosauri del Museo di Storia naturale che non ho ancora visto. Con un'amica prendo un taxi.
«Ce la facciamo ad arrivare al Museo?» lei chiede all'autista.

«Speriamo di sì». È un autista volenteroso, gentile, caso
raro. Si parte.

Siamo già al Central Park quando comincia a suonare la
sirena. Il conducente ferma la macchina in mezzo alla strada. Noi proviamo a proporgli: «Ma forse se si fa in fretta arriviamo...».

«Via! Dentro! Tutti dentro ai portoni!» urla l'autista.

E non solo a noi: nello spazio d'un secondo s'è infilato
un bracciale con qualcosa scritto sopra, e s'è trasformato
in un capo: inveisce contro i passanti con gesti di comando, facendoli correre dentro le case come se già la nube
atomica coprisse la città.

Ecco che a uno squillo di sirena abbiamo visto come
l'animo umano possa cambiare per semplice contatto con
l'atmosfera bellicosa, e nel pacifico cittadino si scateni l'ag-
gressività repressa del piccolo capoccia da «regime forte».

(L'indomani apprendo che centotrenta persone si sono
fatte arrestare per aver rifiutato d'obbedire alle disposi-
zioni. La polizia è intervenuta a disperdere gruppi di studenti di fronte al municipio, che manifestavano chiedendo
trattative per il disarmo, anziché preparativi per le incur-

sioni. La gioventù studentesca presenta un po' dappertutto sintomi di risveglio politico insospettabili anni addietro. I giornali parlano spesso di manifestazioni contro il razzismo del Sud da parte degli studenti di New York e delle università dell'East).

L'utopia americana

In Europa qualcuno sostiene che Unione Sovietica e Stati Uniti si vanno sempre più assomigliando; uno scrittore francese di spirito, Escarpit, ha scritto un libro, *Les deux font la paire*, che sullo spunto di recenti esperienze dell'autore nei due paesi mette in luce una serie d'impreviste somiglianze. Devo dire che questo brillante paradosso è troppo lontano dal vero per servirci a capire qualcosa. La mia conoscenza diretta dell'Unione Sovietica è meno vasta e meno recente di quella degli Stati Uniti, perciò non mi metterò sul terreno dei confronti tipo Escarpit; ma soprattutto mi sembra che non è questo che conta oggi. Oggi ciò che conta è cosa possono imparare i due paesi uno dall'altro.

Le testimonianze degli osservatori occidentali in Urss concordano nel dirci come – ora che il raggiungere il livello di vita americano è l'obiettivo ufficiale dei sovietici – una febbre di confronto con gli Stati Uniti informa di sé la produzione, la tecnica, e giunge a toccare anche campi «sovrastrutturali» come gli spettacoli o il vestiario. Un vecchio amore per l'America – al di là di tutta la polemica «antimperialista» – è sempre corso come una vena sotterranea proprio nel cuore della rivoluzione comunista. Il modello dell'industrializzazione americana era costante in Lenin, l'immagine dell'America moderna era alla base della fantasia poetica di Majakovskij, lo stesso Stalin costellò

Mosca di superflui grattacieli. (Per non parlare dello scisma trotskista che rimandava a una futura rivoluzione americana le possibilità del comunismo).

È sempre esistita ed esiste, per i russi come per noi e certo per molti altri popoli, un'utopia americana, o meglio un'America d'utopia che funziona come mito attivo, d'un livello di vita da raggiungere. Negli Stati Uniti, dove le cose sono sempre più avanti che le idee, dove le forze produttive e la tecnica riescono a modellare la civiltà più direttamente, con meno ostacoli e ritardi, si configurano realtà che sono come immagini d'un mondo futuro. Ma l'ideologia americana non sa proporre agli altri popoli vie per raggiungere quel livello. L'America propone solo se stessa, una via di soluzione geografica anziché una via di soluzione storica, aprendosi alle masse di emigranti dei paesi poveri (ieri europei oggi latino-americani): «Venite qui, fatevi cittadini degli Stati Uniti, i vostri figli o i vostri nipoti godranno della nostra *prosperity*». La forza dell'Unione Sovietica è d'indicare alle masse povere la via di soluzione storica dei loro problemi (non necessariamente le vie della rivoluzione socialista: anche quelle delle pianificazioni, delle industrializzazioni, delle trasformazioni della natura, come si va tentando in Asia, in Africa), per raggiungere quelle immagini mitiche del benessere, che pur restano nel cuore dei popoli quelle del mito americano.

Ma è solo il livello produttivo l'aspetto dell'America cui i russi tendono? O l'America non funziona da mito anche per altro, in una sfera extraeconomica? Certo, la società sovietica, man mano che il livello economico si eleverà, si porrà sempre più dei problemi di libertà, che verteranno soprattutto sull'efficienza di organismi di direzione civile ed economica decentrati e di strumenti di controllo; e lì la solidità di molte strutture costituzionali democratiche degli Stati Uniti (e anche quel loro modo di far la politica senza politica, quasi inconcepibile per noi europei) sarà per i sovietici il punto di riferimento più naturale e facilmente comprensibile.

Problemi e interessi

All'atteggiamento che ho ora (più che descritto) ipotizzato, d'un'Unione Sovietica che cerca d'imparare dagli Stati Uniti tutto quello che può entrare nel quadro del suo sistema, non si trova una corrispondenza in senso inverso: cioè, gli americani paiono meno propensi a sospettare che dai sovietici ci sia qualcosa che dovranno pur finire per imparare, prima o poi.

Questo qualcosa è la pianificazione, lo sviluppo razionale delle forze produttive, l'organizzazione dell'elevamento economico e culturale. Una razionalizzazione della produzione e del consumo ora funziona solo per quel tanto che coincide con gli interessi delle singole *corporations* private (e in quell'ambito può funzionare magari benissimo), mentre per risolvere veramente qualcosa dovrebbe partire dai problemi, dai bisogni delle masse, dentro e fuori gli Stati Uniti. Siamo oggi lontanissimi da questo criterio, che pure fu della classe dirigente americana durante il decennio rooseveltiano e ora pare cancellato dalle coscienze.

All'interno stesso degli Stati Uniti, i problemi del Sud (compreso quello razziale) sono problemi di economie sottosviluppate non diversi da quelli dell'Africa o dell'Asia, e la via per risolverli è quella di vaste trasformazioni produttive. Appena fuori dei confini meridionali della California e del Texas si entra nell'America latina formicolante di miseria, di fame, di ingiustizie sociali, e tuttavia dominata economicamente dai capitali delle *corporations* degli

Stati Uniti. Le previsioni per il futuro sono di una facilità addirittura monotona: negli anni che verranno gli Stati dell'America latina a uno a uno, seguendo l'acerbo esempio di Cuba, si ribelleranno a una tutela economica che li paralizza e non propone loro nessuno sviluppo e tenteranno con varia fortuna vie autonome per sfruttare le proprie risorse.

Ormai il dissidio vero che divide il mondo è tra due modi di direzione e azione politico-economica: quello che ha come punto di partenza interessi costituiti da tutelare, e quello che ha come punto di partenza i problemi da risolvere. Il primo tipo di direzione ha le sue vere leve di comando nei consigli d'amministrazione, il secondo necessita l'integrazione della scienza e della cultura negli organi del potere. Sono identificabili queste due vie con capitalismo e socialismo? In linea generale sì, anche se in pratica la linea di demarcazione può passare spesso all'interno dei due campi e quindi la lotta per sostenere il tipo di direzione «a problemi» deve essere combattuta anche all'interno del campo in cui ci si trova. (I funzionari sovietici che negli anni passati imponevano alla Polonia esosi tributi di materie prime e merci operavano nel senso degli interessi costituiti anche se si giustificavano con la «salvaguardia del sistema». Una *corporation* privata americana che finanzi gli studi sui problemi d'un paese dell'Africa e crei le basi per uno sviluppo economico e culturale, può svolgere un lavoro utilissimo nel senso della soluzione dei problemi, anche se intende poi sfruttarlo per interessi costituiti).

La soluzione ideale, per tutti, si avrà con un'azione combinata Usa-Urss per un razionale sviluppo dei paesi arretrati. Non è questione di discutere se questo è possibile o no secondo le condizioni politiche contingenti. L'importante è che risponda a una possibilità tecnico-operativa, a una razionalità generale, e allora si deve arrivarci, non c'è altro da fare che arrivarci. È l'unica via che il mondo ha per realizzare un futuro non catastrofico.

Cosa s'intende per catastrofe

Dicendo catastrofico non penso solo al pericolo di guerra e d'annientamento atomico (cui pur bisogna sempre pensare: ma impostare ogni ragionamento sulla formula: «o così o la fine del mondo» finisce per corrodere la stessa capacità di pensiero).

Penso alla catastrofe quotidiana, all'inedia, all'inettitudine, allo spreco delle forze e delle vite, al logorio morale, al lasciare le cose come stanno, cioè al lasciare che peggiorino ogni giorno.

Giorni di catastrofe sono tutti i giorni in cui non succede nulla.

Sempre catastrofe

Dicendo catastrofico penso anche alle soluzioni ideologiche astratte, alle possibilità rivoluzionarie attuate col massimo di perdita e di sforzo, il cui bilancio finale si potrà pur chiudere all'attivo ma solo se le somme s'aspetta a tirarle chissà quando, dopo aver sopportato un passivo immenso, materiale e anche morale.

Oggi non si può dare norma etico-politica se non basata su un'economia della felicità e delle sofferenze, in un calcolo che senz'essere miope e timoroso parta però dalla coscienza che con queste cose non si scherza.

Fare di tutto per volgere al bene comune tutte le forze che possono essere volte al bene comune non è eclettismo, è atteggiamento di scelta attiva e di rigore discriminante, fiducia nel poter sottomettere a ragione la storia, finora mossa dal ritmo catastrofico e biologico dei maremoti e delle epidemie.

Le due morali

Sul piano della strutturazione e delle istituzioni della vita civile ed economica, Unione Sovietica e Stati Uniti potranno avvicinarsi; ma il divario sembra difficilmente colmabile sul piano della cultura intesa come forma mentis, come ideologia incarnata nella morale pratica a qualsiasi grado. L'America è il paese dove i moventi economici, insomma il denaro, sono accettati come la base di tutto, con una sincerità che non ha riscontri in nessun'altra civiltà. Anche la teologia, l'unico valore riconosciuto al di sopra dell'economia, non si pensa che sia un'antitesi al mondo del denaro, anzi ha la sua validità in quanto prescrive un comportamento di massima efficienza economica. Gli Stati Uniti sono sempre stati e restano un paese d'una praticità brutale fino al cinismo; ma stiamo attenti a non vedere solo il lato negativo di questa loro sincerità di fondo. Aver ben chiari quali sono gli interessi che ci muovono è già di per sé un'attitudine morale, superiore all'abitudine ipocrita di pretendere per ogni azione motivazioni ideali. La nuova religione americana della felicità, la psicoanalisi, si riduce spesso a un'egoistica pratica tra igienica e stregonesca, ma rafforza quel fondamento morale laico di sincerità, esteso ora dalla sfera pubblica-economica a quella privata-sessuale.

L'Unione Sovietica è una civiltà nata nel bisogno e nella violenza e cresciuta con rapidità e fretta di staccarsi dai ricordi troppo brutali; sente quindi in maniera acuta la necessità di porre in primo piano gli elementi ideali, l'«educazione dei sentimenti» e su questi, quanto e più che sui motivi economici, fa leva per i suoi sforzi collettivi. Così la sua morale di massa (a contrasto spesso con la realtà della politica) è diventata il sacrario dei buoni sentimenti umanitari ottocenteschi. E il ritmo della vita e delle emozioni è l'opposto di quello americano, scandito dai titoli dei giornali e dalla corsa della pubblicità: è un ritmo di progetti a lunga scadenza, di concentrazione nel lavoro e nelle abitudini. La sensazione di muoversi in un mondo illusoriamente cosparso di zucchero candito emana da molte manifestazioni della vita sovietica, specie per quel che riguarda letteratura e arte; e il ritmo di vita manca dell'eccitazione cui noi, figli del nervosismo occidentale, pare non sappiamo fare a meno; ma si sente che, al di là d'ogni ingenuità finta o vera, al di là della patina di vecchia vita provinciale da romanzo russo, esiste nelle persone una tensione morale, una giovinezza ideale, uno slancio extraindividuale che non ha riscontro in Occidente.

È in questo terreno che una compenetrazione tra i due atteggiamenti, quello americano di spregiudicata sincerità e quello russo ancora capace di passioni disinteressate, è più difficile da trovare. Eppure, è quello il punto. Magari potessimo trovarlo noi, questo punto d'incontro, noi che stiamo in mezzo...

L'Europa

Il *jet* è partito da Idlewild che è poco, è appena notte, è da qualche ora soltanto che si naviga nel cielo nero, e già la striatura dell'alba è sulle coste chiare del Vecchio Mondo. Era così vicina, l'Europa? Siamo a Orly.

Cambio un biglietto da mille, attendo cinquecento franchi di resto, ma me ne danno cinque, protesto... No: il franco adesso è il «nuovo franco», sono stato via sei mesi ed è come se tornassi dopo cinquant'anni, il vecchio emigrato che non conosce più il valore del denaro e la distanza dei ricordi.

Ma Parigi non cambia il suo volto in fretta come New York. Cammino per i *quais*. In un angolo del *bistrot*, la prima faccia conosciuta dell'Europa è quella di Sartre. Provo a dirgli degli Stati Uniti ma lui è tornato ora da Cuba, attacca a raccontare, a spiegare, a domandarsi: Castro, la novità storica della rivoluzione cubana, il posto che ha nel quadro in cui si configura oggi la lotta politica nel mondo, la crisi dei partiti tradizionali, la *nouvelle gauche*, l'ideologia…

Ecco che ritrovo l'Europa, con il lungo filo ininterrotto della sua logica, l'Europa con il suo tradurre instancabile in concetti il mondo delle cose, col suo sporgersi avanti nella storia, l'Europa con la sua insoddisfazione o i suoi entusiasmi, così diversi dall'insoddisfazione e gli entusiasmi dell'America. M'accorgo che per mesi ogni mio ragionamento ha dovuto articolarsi in altri termini, in un altro sistema d'ideogrammi e geroglifici, per cercare di spiegare una realtà diversa e una diversa logica. Ora riprende a scorrere attorno a me un discorso dove tutto è certo, e complicato, e improbabile. E là, lontanissima, l'America, l'America piena di cose senza parole, di banalità difficili da dire, l'America che non sa pensare al futuro eppure ha in sé tanta parte del futuro di tutti, l'America…

NOTA

Di questo libro mai pubblicato si conserva fra le carte di Italo Calvino un giro di seconde bozze corrette, senza titolo, di complessive 180 pagine contenenti numerosi interventi autografi dell'autore (correzioni, aggiunte, tagli, spostamenti di righe tipografiche). Le pp. 121 e 145-48, che risultano mancanti, sono state recuperate da un giro precedente di prime bozze di complessive 129 colonne.

Le citazioni di Calvino utilizzate nella Premessa sono tratte da: lettera a Paolo Spriano del 24 dicembre 1959, in *Lettere 1940-1985*, a cura di Luca Baranelli, Mondadori, Milano 2000, p. 628; *Calvino allarma quattro città*, «L'Espresso», VI, 24, 12 giugno 1960, p. 25; Carlo Bo, *Il comunista dimezzato. A colloquio con Italo Calvino, dieci anni dopo Pavese*, «L'Europeo», XVI, 35, 28 agosto 1960, pp. 64-65 (poi in *Saggi*, a cura di Mario Barenghi, Mondadori, Milano 1995, pp. 2724-32); lettera a Luca Baranelli del 24 gennaio 1985, in *Lettere 1940-1985* cit., pp. 1530-31.

Oltre al *Diario americano 1959-1960*, uscito postumo in *Eremita a Parigi. Pagine autobiografiche*, Mondadori, Milano 1994, pp. 26-138, gli articoli sul suo viaggio negli Stati Uniti del 1959-1960 che Calvino pubblicò in periodici e riviste fra il 1960 e il 1962 – *Cartoline dall'America*; *Quaderno americano*; *I classici al Motel*; *Diario dell'ultimo venuto*; *Diario americano 1960* – sono stati raccolti nel Meridiano dei *Saggi* cit., pp. 2499-679.

L'editore ringrazia per la collaborazione Luca Baranelli e Didi Magnaldi.

INDICE

Arnoldo Mondadori Editore S.p.A.

Questo volume è stato stampato
presso ELCOGRAF S.p.A.
Stabilimento - Cles (TN)

Stampato in Italia - Printed in Italy